Ad un ot

e curioso!

Spero che questo libro

ti faccia compagnia

a Natale e che ti

scaldi un po' il

cuore!

Ti voglio bene e

te ne vorrò sempre!

BUON NATALE

Silvia

25/12/2013

Rizzoli

Anna Marchesini

Moscerine

Rizzoli

ISBN 978-88-17-06724-9

Prima edizione: ottobre 2013
Seconda edizione: novembre 2013
Terza edizione: novembre 2013
Quarta edizione: novembre 2013

Moscerine

La signorina Iovis

La signorina Iovis in tutta la sua vita si era storta una caviglia.

Con ogni probabilità, anzi di certo con ogni evidenza, codesto evento più di ogni altro aveva rappresentato l'accadimento di maggiore rilevanza di tutta la sua striminzita esistenza.

La signorina Iovis era nata nello sperduto comune di Roccafiorita, un minuscolo paese montano annesso alla provincia di Messina che contava alla sua nascita il ragguardevole numero di duecentoventisette anime.

Nulla di rilevante era accaduto durante tutto il periodo dell'infanzia; bambina gracile animata da un discreto senso del dovere, sufficiente il rendimento degli studi scolastici, nulla di rilevante.

Col diploma che aveva conseguito, la signorina Iovis avrebbe potuto permettersi un lavoro fisso presso l'ufficio postale che, peraltro, nel suo paese, non c'era neppure. La posta veniva recapitata lassù due giorni la settimana, non sempre gli stessi, da un certo Don Pepe che, oltre a svolgere mansioni di postino, sbrigava pure, non sempre alla luce del sole, qualche piccolo affare con la farmacia del posto: spedizioni, commesse su ordinazione, piccoli discreti commerci di retrobottega; sì perché il farmacista Don Sauro, che era anche speziale, vendeva, senza licenza beninteso, anche spezie profumi liquori, certi miscugli che distillava egli stesso nel retrobottega e smerciava, per così dire, anche all'estero, ovvero fuori dagli esigui e ristretti confini di Roccafiorita.

La merce di contrabbando usciva da una porticina bassa bassa, un passaggio sul retro, incassata nel muro e nascosta da una vigorosa pianta di glicine che d'estate si riempiva di grappoli fioriti, certe escrescenze profumate i cui pistilli famiglie allargate di api, ubriache di zucchero, accorrevano a saccheggiare.

Lassù a Roccafiorita l'estate non finiva mai.

Capitavano certi pomeriggi d'agosto lunghi belli e tremendi, giorni indimenticabili in cui si sentiva che l'estate stava doppiando la sua curva e allora lo stormire degli alberi in pieno fogliame nella brezza pareva la voce dell'autunno imminente, dei moniti e dei rischi della vita.

Fu proprio all'inizio dell'autunno quando alla signorina Iovis si presentò l'occasione, attraverso un bando pubblico, di partecipare ad un concorso riservato a nove posti complessivi come impiegato postale; la signorina Iovis si era spinta, dunque, in continente fino alla città di Roma, accompagnata dal cugino, ché una donna da sola è bersaglio per i malintenzionati!

Svolto il suo compito si era messa ad aspettare, perché quello solo poteva fare.

La raccomandata con la risposta, l'avviso che l'aveva vinto quel concorso, la signorina Iovis l'aveva ricevuta con quattro giorni di ritardo, per via che ci si erano messi anche il sabato e la domenica di mezzo.

Subito subito la signorina Iovis aveva dovuto fare i bagagli, il bagaglio, perché l'indomani stesso avrebbe dovuto presentarsi a Stroppo, un minuscolo paese in provincia di Cuneo, per prendere servizio presso l'ufficio postale del comune.

Assunta! Era stata assunta! Sì sì, mica si trattava di una supplenza, di una temporanea sostituzione, no no, proprio assunta assunta: posto fisso stipendio mensile tredicesima malattia ferie e tutto il resto.

La signorina era partita senza troppi indugi.

Aveva viaggiato in nave quella volta; un giorno e una notte intera a bordo e quella notte aveva guardato il cielo, il firmamento era stupendo tutto argento e nerazzurro, un'algida volta sfavillante dove le stelle parevano una miriade di punti di ghiaccio.

"Deve pur esserci un'altra esistenza" si era detta, "non altrove, qui, adesso" e poi si era addormentata.

Un cielo color cobalto, il tempo eternamente mutevole, era stata la prima cosa che aveva notato appena scesa dal treno e durante la corsa in corriera fino a Stroppo.

Del resto non c'era nulla che avesse portato con sé, alcun frammento visibile di quel suo mondo dai colori inconsueti; ora qua non c'era nulla da contemplare al di fuori delle case basse e nere, dei fiochi lampioni alternati per la via, dei gatti vagabondi che di tanto in tanto sfrecciavano attraverso le strade e delle lontanissime stelle tremendamente misteriose.

Accade quando ci si reca all'estero, in particolar modo con il denaro; non si fa altro che confrontare il valore della valuta estera e sconosciuta con quello della moneta di casa nostra e considerarne le differenze. Così la signorina Iovis agli inizi della sua permanenza, del suo trasloco italico, non aveva fatto altro che fare paragoni: il cielo che osservava attraverso i vetri orlati di brina, un cielo incarnato e violetto contro il quale si stagliavano alti camini incrostati e quei due alberi ingialliti dentro il recinto del giardino brullo che circondava la casa in affitto all'ultimo piano, bastavano da soli a recare una dolcezza color malva al cielo puro. A quell'ora di sera, al contrario, sulla bella piazza esiliata del suo paese, il chiaro di luna riflesso sulla fontana centrale rendeva l'acqua del colore dell'opale.

A primavera a Roccafiorita poi, si celebrava la festa degli orti, gli alberi di pero puntuali all'appuntamento avvolgevano ogni cosa, ogni modesto cortile, di un candore così vasto compatto e splendente come se tutte le abitazioni, i terreni recintati, stessero per fare nel medesimo giorno la loro prima comunione.

Le chiome degli alberi agitavano sorridendo e innalzavano al sole, come una cortina di luce palpabile, i loro fiori increspati dalla brezza, ma lucenti e inargentati dai raggi del sole.

Più tardi nella stagione calda, giù a valle, quando il tempo della fienagione era iniziato, un vento di scirocco si annunciava con un sibilo caldo e profondo; tutto il paesaggio allora si rannicchiava per paura, si restringeva come un gregge impaurito, le farfalle saettavano avide e incerte tra le genziane color cobalto e le rare corolle delle sassifraghe rosa.

Certe volte da una seppur fragile sensazione, risorgeva in lei, come fosse sommerso e naufragato nel tempo, l'edificio immenso del ricordo. Tutto ciò: la nostalgia e quell'inevitabile e perpetuo paragonare laggiù con quassù e poi quaggiù e lassù, quel suo paesaggio domestico, ammantato nel ricordo di quella dolcezza per così dire wagneriana, o forse anche qualcosina in meno, al cospetto di quelle reliquie superstiti, esaltato nella memoria degli inverni; ecco! lassù in montagna.

Nei giorni di temporale tra i monti di laggiù, in pieno sole, l'iridescenza di un piovasco rigava con il suo filtro luminoso la nodosità di un magnifico gruppo di faggi centenari.

Miserabile cosa, al confronto, l'aria liquida e gelida, la nebbia rauca e opaca in cui viveva immersa in compagnia degli ippocastani.

Grazie all'eco invisibile di un'ultima nota di luce, indefinitamente tenuta, come per effetto di qualche pedale ottico, aveva dipinto il quadro della sua esperienza passata e dei luoghi; così di tanto in tanto la folla dei rumori esiliati tornava ad infrangere la castità del suo attuale silenzio, della sua irrevocabile solitudine; eppure, ciononondimeno, con l'andare del tempo, era come se una certa parte della sua esistenza, quella che rimirava dentro la cornice, la vecchia cornice scaduta ormeggiata accanto a lei, era come se si allontanasse definitivamente, con un allegro sventolare di stendardi, per destinazioni ignote; come un naviglio, le sembrava ora di scorgerlo infinitamente lontano inevitabilmente perduto.

La signorina Iovis sollevò la sua faccetta lunghetta e strettina quasi incolore dalla fronte spiccatamente alta e chiara, dalle pagine del registro contabilità dell'unico sportello dell'ufficio postale; il suo sguardo aveva ancora gli occhi leggermente socchiusi, mostrava una sorta di consapevolezza concentrata, uno stile e un grado di espressione che erano gli unici elementi ai quali poteva riferirsi chi avesse voluto adornarla per qualche verso.

La luce che emanava da lei, in qualche modo, appariva quella di una intelligenza un po' in alto mare, appena in grado di intuire, casomai, che le si era negato libero esercizio per molto tempo.

La signorina Iovis aveva appena fatto una scoperta strabiliante: alle due del pomeriggio, orario della chiusura sportello, i suoi sentimenti nei confronti del mondo intero erano complessivamente improntati ad una indifferenza che sconfinava nell'antipatia.

Tale amara agnizione, in aggiunta alla sua spiccata tendenza ad una infondata malinconia, procuravano alla signorina Iovis la spiacevole sensazione come di stare ammainando la sua bandiera, di svolazzare sulla soglia di una città invisibile.

Del resto, qualcuno aveva profetizzato da qualche parte, doveva averlo ascoltato in chiesa o forse letto nelle pagine di qualche messale: "Ognuno in terra rappresenta la sua parte fintanto che può, poi si ritira mogio nella cerchia degli inservibili e sprofonda infine nelle tenebre senza che se ne faccia molto scalpore".

La signorina Iovis strinse per un istante le palpebre davanti ad uno splendido impulso, le sue pallide mani accennarono un gesto di noncuranza, quasi ad evitare il crudo bagliore del suo tormento.

«Buongiorno, signorina! Mi permetta, ho ragione di credere possibile che io sia in un colpevole ritardo, mi dica per cortesia, è già chiuso al pubblico lo sportello od esiste ancora la benché minima possibilità di concludere una qualche operazione? Mi rimetto alla sua cortese amabile disponibilità, lungi da me tuttavia di volermi approfittare, od esigere in qualche modo un trattamento inammissibile; nonostante, mi permetta, non sia rilevabile in modo chiaro se lo sportello sia aperto o chiuso.»

La signorina Iovis trasferì la fessura del suo sguardo sull'individuo che le era comparso davanti, non poté al momento che scrutarlo seriamente per cogliere a che punto esattamente egli si trovasse.

Il tono discordante della voce di costui l'aveva fatta trasalire; egli aveva parlato con un tono burbero che in ogni caso aveva temperato con un malizioso sorriso perché non si prendesse sul serio il suo disappunto.

Quel suo sorriso a dire il vero affiorava appena, era un abbozzo di sorriso, una specie di rata e di acconto, avrebbe sorriso di più, pareva dicesse, quando ne avesse avuto il tempo o il modo.

Adolfo Perrès, giovane maestro elementare del luogo, volse in direzione della signorina Iovis quella sua testa intelligente, orgogliosa e prospera e fissò su di lei due occhi troppo rotondi e troppo ostinatamente attoniti; le sue labbra, su cui svettava un paio di baffi che non pretendevano certo di essere rappresentativi, suggerivano, ciononondimeno, un temperamento di una certa mite risolutezza.

Era il tardo pomeriggio nella vita della signorina Iovis, un tempo in cui il crepuscolo si andava inasprendo, nella circostanza presente, ella somigliava piuttosto ad un museo di riverberi trattenuti, esemplari sopravvissuti della vecchia esistenza, ben conservati ma bloccati, come vecchi orologi fermi.

Nulla di rilevante era accaduto nella pigra esistenza della signorina Iovis, rassegnata a guardare da una infinita lontananza tutto quello che la vita le portava di brillante o di fangoso.

Nulla di rilevante. Era, adesso, un silenzio e un gelo che dava alle apparenze superstiti, così come si intravedevano nel campo devastato della sua vita, uno squillante irremovibile avvilimento.

Nulla di rilevante era accaduto, perché la signorina Iovis aveva fatto della sua esistenza passata una specie di divinità obesa e invadente che aveva reso il tempo presente una successione di giorni e uomini sfocati dalla polvere; era come se le immagini che scorgeva riunite in qualche parte, nelle circostanze presenti, fossero nient'altro che il riflesso di un primo simmetrico raggruppamento delle stesse immagini estremamente lontane, eppure le uniche che contassero veramente, le uniche di cui si fidasse davvero.

Povera malinconica signorina Iovis, educatamente seduta al banchetto di indifferenza cui era certa di essere stata invitata da quando, non ricordava neanche più quanti anni, aveva traslocato la sua modesta esistenza prima dentro una valigia e poi dentro un monolocale semiarredato, dotato di angolo cottura, ripostiglio, terrazzino abitabile.

Piatti sporchi bicchieri petali e molliche di pane: tutto ciò in quell'istante, a quella luce glabra, le sembrava prosaico e irreale, cadaverico e tristissimo, tristissimo.

Un giovane robusto le stava di fronte, uno sconosciuto nell'attesa esigente di una risposta da lei; esibiva un'affettata disinvoltura e nondimeno un'aria languida e vagamente sentimentale.

Aveva un modo di esprimersi così appropriato, in cui era possibile scoprire tutte le simmetrie del linguaggio e la loro bellezza; la signorina Iovis ne rimase ammirata.

L'ingresso di quell'uomo in quello spazio angusto sembrava aver aperto un solco; ad ogni piccolo gesto egli pareva scrollare tutta l'oscurità che filtrava appena tutto intorno attraverso le lunghe vetrate.

La scena si svolgeva nell'unica sala pubblica; la stanza, piuttosto tetra, era mal rischiarata da grossi finestroni opachi di nebbia imprigionata dentro geometriche inferriate di ferro bruno; era come se, dal buio, quella apparizione volesse ricreare lo spazio intorno, ridargli forza luce aria! O forse era lei che era rimasta attonita ad ammirarlo, in quella luce rossastra che mentre svaniva sembrava provocasse un incendio, a cui mai, a nessuna ora, in nessuna stagione, tantomeno in autunno, alla signorina Iovis era capitato di assistere.

Quel volto che le era apparso di fronte, fuori orario, l'aveva attratta come la continuazione di qualcosa, non sapeva, ma di cui le sembrava di aver perso la prima parte.

Aveva scosso, anche se per qualche istante, la sua rigida apatia, terremotato tutte o in parte, quelle forze alleate accampatesi ormai sul terreno devastato della sua vita.

Imprevisto come un primo giacinto che in anticipo laceri il suo cuore fecondo perché possa sbocciare il fiore sonoro, fece entrare, come una finestra aperta tutto il tepore lo sfolgorio la stanchezza di una prima giornata di bel tempo, di un tempo buono.

Esisteva ancora, dunque, pareva rendersi conto la signorina Iovis, esisteva in lei ancora la possibilità di voli immensi, esisteva dopo essere stata per anni nient'altro che il riflesso di un vetro di lanterna magica.

Fantasie tutte diverse ora parvero impregnarla della schiumosa umidità dei torrenti.

Ben presto, senza che ella potesse porvi alcun rimedio, Adolfo Perrès maestro elementare scapolo renitente dal passato ignoto, ma dal presente fulgido e cristallino, avrebbe illuminato per la signorina Iovis un'intera metà della terra, avrebbe riempito da solo un'intera provincia dell'immaginazione.

In poco tempo Adolfo Perrès prese il sopravvento su qualsiasi attività o pensiero a cui la signorina Iovis tentasse di dedicare la sua attenzione.

Non era trascorsa una settimana e già la signorina Iovis aveva deciso di mutare il percorso che la conduceva al luogo di lavoro, allungava il cammino pur di passare davanti alla scuola elementare, fingendosi lì per caso, ogni mattina con la speranza di vederlo, di incontrarlo, di salutarlo magari! E quando una volta vi era riuscita, oh Signore! le era parso che le scoppiasse il cuore a lei!

Quando finalmente, sotto una pioggia che non concedeva tregua, al riparo di un grazioso ombrello color lampone maturo che incorniciava un volto infiammato da due guance color porpora per l'imbarazzo, quando, dunque, riuscì ad incrociare lo sguardo del maestro Adolfo Perrès, che procedeva con quella sua aria di radiosa incondizionata deferenza, la signorina Iovis, sorpresa dalla tempesta, fece scendere su di lui l'acquazzone scintillante e celeste del suo inesperto sorriso.

Erano seguiti in risposta a lei, alcune piccole smorfie di lui, suoni andati perduti sotto la pensilina dei baffi, rapidi enunciati che producevano sulla bocca di lui quasi il crepitio improvviso di uno zolfanello illuminatore.

E invece niente! Niente, ogni cenno ogni sillaba ogni cosa era andata perduta dentro il rumore della pioggia che cadeva e non cessava, inghiottita dentro il mulinello gorgogliante delle grondaie che risucchiavano l'acqua.

Il cielo aveva tuonato e anche la terra e anche la scuola gli uomini le finestre i cuori e l'ombrellino della signorina Iovis; un rombo spaventoso definitivo aveva squarciato, pareva, la crosta celeste; una qualche frattura, un incendio, qualcosa al mondo doveva essersi rotto, era seguito come un coriandolio di meraviglie; un lampo aveva illuminato il marciapiede di una luce algida, spettrale che l'aveva mutato in una lacca dorata e in quella aveva stampato la sua istantanea in bianco e nero; la signorina Iovis come un puntino intirizzito perso e sfocato giusto al margine della foto.

Nella vita della signorina Iovis, che ella aveva colorato di una tinta angosciante, il pensiero di quell'uomo aveva impedito che essa riprendesse indietro e definitivamente i suoi abituali toni neutri.

Sta di fatto che ogni nostro più piccolo desiderio, benché unico come un accordo, accoglie in sé le note fondamentali sulle quali è costruita tutta la nostra vita.

Così, a poco a poco, il desiderio di lui, del maestro elementare Adolfo Perrès, imbeveva senza che se ne rendesse conto appieno tutti i pensieri della signorina Iovis; come un certo oro inalterabile e massiccio, rimaneva legato alle sue impressioni, metteva radici, penetrava nella sostanza spessa della sua materia, simile a certe venature bionde dell'onice o, meglio ancora, come quella morbida e luminosa ondeggiante capigliatura i cui filamenti corrono come sinuosi raggi dentro l'agata muschiata.

In sonno e in veglia da quel giorno, da quell'incontro non smetteva mai di volgere e di rivolgere il pensiero a quell'uomo; ella aveva scoperto nella vita un altro piano dunque, che le pareva infinitamente più interessante di quello in cui si muoveva da sempre per dovere; cionondimeno la si vedeva muoversi soltanto in quest'ultimo.

Nulla era accaduto nei giorni successivi, nulla che potesse alimentare quella sorta di leggenda visionaria in cui la signorina Iovis aveva incorniciato la tela giovane delle sue illusorie aspirazioni.

Nelle persone che amiamo c'è immanente a loro, non v'è dubbio, un certo nostro sogno che non sempre sappiamo distinguere, ma che percepiamo e, anzi, non smettiamo di desiderare.

La mancanza e la privazione, nondimeno, elevarono ancor più in lei quel desiderio all'altezza di un sentimento che ella tuttavia rischiava di immergere ancora nella malinconia e nel vago.

Quell'anno l'inverno era stato più freddo e inclemente del solito; l'ultimo strascico di gelo, cupo come un avvoltoio che vola in cerchi bassi per minacciare la preda, stringeva in una morsa rigida gli ultimi giorni di marzo.

La signorina Iovis non era uscita quasi mai di casa durante quel periodo e nonostante le insistite, bugiarde casualità in cui si era ingegnata di trovarsi davanti al cancello della scuola, le era capitato di incontrare il maestro sì e no un paio di volte e sempre in compagnia per giunta; così lei in quelle occasioni si era fatta scrupolo di presentarglisi davanti, e con che coraggio? Al contrario aveva cercato di nascondersi, si era camuffata, aveva fatto in modo che nessuno la riconoscesse lì impalata, del tutto inutile e senza scopo, nell'atteggiamento, peraltro mal simulato, di chi si trovi lì per caso e – per carità! – passasse di lì solo perché di strada.

E così ella viveva ruminando il suo amore, davvero non sapeva come chiamarlo, aggiungendo ogni giorno il timido eccitamento d'una nuova immagine di lui ad una già lunga collezione di atteggiamenti di suoni della voce appena appena carpiti, di mosse di guizzi della persona, assaporandoli con un timore, una prudenza e con un tormento crescenti che non le davano pace.

Ah! Calpestare erba! Quello che si prova è difficile a descriversi, con ogni probabilità, molto vicino ad una sorta di innocenza pastorale.

Scalza, a piedi nudi sull'erba seduta sopra il ceppo mutilato di un enorme albero di sicomoro, la signorina Iovis si godeva il calore tiepido dei primi raggi della stagione nuova.

Il luogo pullulava dell'acerba delicatezza d'aprile, esprimeva tutta la fragranza e la freschezza del momento più incantevole dell'anno.

La primavera risaliva lentamente per i campi con i primi anemoni tra le mani; a passeggio lungo i sentieri dei giardini appena fuori città, la signorina Iovis aveva scoperto che erano disseminati di ranuncoli selvatici, si era stupita; schiere disordinate di piccole farfalle bianche dai voli timidi poi, avevano incrociato i suoi passi festivi e li avevano scortati come in un racconto incantato fino al giardino delle orchidee selvatiche dove la signorina Iovis si era spinta in cerca di profumi, di colori e di un qualche incanto.

Respirò intensamente la signorina Iovis e sorrise; le farfalle sono piccoli perfetti miracoli nel nostro mondo imperfetto, aveva pensato, sono come l'avvertimento di un "incredibile", ci dicono che è possibile, che c'è qualcosa di meglio, qualcosa del mondo perfetto esiste.

La signorina Iovis recuperò e mise sul grembo la piccola borsa di paglia che aveva poggiato accanto a sé sopra il grosso ceppo umiliato, dopo che l'ebbe aperta vi guardò dentro, immerse appena due dita e rimestò sul fondo finché ne estrasse delicatamente come da un vaso di Pandora una busta di carta pergamena, la trattenne per un po' in aria come se tenesse una farfalla tra le dita, poi dalla linguetta aperta che svolazzava, fece scorrere lentissimamente un foglio di carta su cui era riprodotto in poche vegliatissime righe un capolavoro di aulica eloquenza, un piccolo ridondante saggio di stile, un minuscolo vademecum del riserbo e della deferenza, una pagina esemplare in tema di sottendimenti e di nascoste elusive allusioni, di avversative profferte, un ingegnoso soliloquio educato, un manifesto disinfettato di un'arte di corteggiare senza merito. E forse anche senza sostanza?

Nulla di tutto questo era mai giunto agli occhi della signorina Iovis; altro che anemoni, altro che farfalle, altro che innocenza pastorale!

La lettera conteneva un messaggio inviatole qualche giorno prima dall'imprevedibile signor Adolfo Perrès maestro elementare in quel di Stroppo, indirizzato a lei e spedito al recapito dell'ufficio postale, in busta affrancata con tanto di francobollo raccomandata, nonché la dicitura sul retro del mittente e del relativo indirizzo.

Quest'ultimo particolare l'aveva assai colpita; non era forse un segno? Di cosa la signorina Iovis non seppe dire, tuttavia ne rimase piacevolmente impressionata.

La signorina Iovis, dunque, aprì la lettera piano piano spianando le pieghe del foglio con la mano come fosse la prima volta che si dedicava a farlo.

Nel dispiegare con religiosa flemma il foglio di carta robusta, aveva socchiuso gli occhi per ascoltarne il fruscio, quel crepitio sonoro che la prima volta le era sembrato la voce della carta, il suono delle parole che giungeva a lei con quel sussurro ancor prima di leggerle.

Il manoscritto suonava così:

Gentilissima signorina,

è con ossequiosa prudenziale reverenza che mi rivolgo a lei attraverso le parole di codesto scritto che ella avrà licenza, qualora ne giudicasse troppo libero il fraseggio nonché ardimentoso il contenuto, di ignorare del tutto.

Non alberga nelle pretese del sottoscritto, del resto quasi alla stregua di uno sconosciuto, che ella indulga alla benevolenza di rispondere alla sincera umile supplica che la mia persona osa rivolgerle.

Chi sono io signorina? Alla fine dei conti, poca cosa, di più che un fantasma apparso a lei mesi or sono all'appropinquarsi dell'ora di chiusura dell'ufficio postale. Se ne sovviene? Oso sperarlo! Eppure, il cielo mi è testimone, la grazia e la rilucente gentilezza unite allo squisito sorriso con cui ella nondimeno intese darsi cura di codesto uomo, ebbero a lasciare in me medesimo traccia impenitente e indelebile.

Mi è occorsa fortuna di intravedere ripetute volte la sua attraente figuretta ferma di fronte alla scuola, sempre alla stessa ora, forse in paziente e prolungata attesa di qualche bimbetto? Ah, saperlo! Il dubbio mi incalza.

Nella penosa incertezza di recare disturbo alla sua stimabile persona, o, peggio ancora, di offendere la sua rispettabile riservatezza, quest'uomo mai si risolse ad avvicinarla.

Signorina, ignoro i suoi pensieri e le sue inclinazioni, ciononondimeno, se Dio vuole ella vorrà compiacermi, nell'auspicabile eventualità che il suo anelito coincida con la fervida aspirazione del sottoscritto, vengo a domandarle ossequiosamente la confidenza di voler accettare un appuntamento, ma cosa dico appuntamento, un semplice ma sincero invito.

Signorina, mi consenta di invitarla domenica prossima dopo l'ultima messa.

Qualora ella deciderà di compiacere a tale immodesta richiesta, sappia che l'aspetterò al bar della piazza, sarò seduto ad un tavolo all'esterno e costì resterò in attesa nella acuta speme che ella mi conceda il piacere di offrirle una granita e di scambiarci qualche parola onde addivenire ad una reciproca conoscenza.

Che le pare? Le sono sembrato troppo frettoloso oppure troppo incalzante? Ciò, le confesso, sarebbe fonte di indicibile rammarico.

Signorina, non desidero recarle altro disturbo, sappia tuttavia che nello spiacevole avverso destino per cui ella non vorrà concedermi il beneficio di compiacermi, qualora non la vedrò arrivare insomma, intenderò la sua assenza come un rifiuto, Dio non voglia, come un rimprovero giacché temo me ne dorrei all'infinito.

Addio signorina, la ringrazio per la pazienza che ha inteso dedicare al sottoscritto, anche solo per essere giunta alla fine di codesto umile scritto.

Le auguro ogni bene

Suo devoto
Adolfo Perrès

La signorina Iovis sollevò il capo gaiamente spettinato da quelle righe cesellate che, con ogni probabilità, aveva riletto un'infinità di volte e lanciò uno sguardo al di là dell'inquieto e confuso andirivieni delle mosche.

Era una giornata limpida, una delle poche rare giornate in cui lo sguardo pareva allungarsi all'infinito. A quell'ora l'orizzonte stendeva il suo confine come un nastro di raso azzurro, al di là delle siepi di ribes, oltre l'opalina iridescenza della cortina di nebbia bassa sul fiume che divideva in due piccole porzioni di mondo un minuscolo paese e dava allo sguardo un'aspirazione di infinito, una pretesa di spazio che andava ben oltre i modesti confini del perimetro locali.

Il cuore della signorina Iovis era lieto e malinconico al contempo, come se in quel momento tutto ciò che aveva fatto e vissuto le ritornasse come risposta e adempimento.

Si era sentita come ripresa nel flusso della possibilità, come se le fosse stato accordato un altro lasso di tempo.

Un gridio di uccelli improvviso e prolungato come un accordo trattenuto, la fece trasalire; c'era qualcosa di curioso nel modo in cui trasaliva, nell'espressione che il suo volto esprimeva, una specie di innocenza, di candore davanti all'assurdo del mondo.

In questo stato doveva trovarsi la signorina Iovis, seduta nel suo immobile stupore; era incredibilmente affascinante quell'impasto di libertà e di umiltà e di inesperienza; in quella scena era tutta l'evidenza di una creatura capace forse di voli immensi eppure seduta come una colomba con le ali ripiegate.

E venne il dì della festa.

Sul sagrato della chiesa, all'uscita della messa una conventicola di bambinetti si rincorreva, qualcuno si azzuffava, era appena iniziata una partita di lancio di tappi di bottiglia contro il muro.

La chiesa di Stroppo sorgeva nella parte più alta del paese, da lassù si srotolava come un tappeto la strada principale, una lunga e vorticosa discesa che conduceva fino alla piazza centrale.

Il paese di fatto era stato costruito lungo il declivio, le case degradavano mano a mano fin quasi a valle così che il paese con il suo mucchietto di casolari pareva montato in sella alla collina.

Dentro quello che sembrava un villaggio di bambole spalmato lungo il declivio, un andirivieni di vicoli, stradine, un dedalo di viuzze e saliscendi faticosi, intrecciati come in un ricamo antico, intarsiato poi di portici e piazzette, slarghi grandi come stanze, dove l'eco delle voci si intrecciava, rimbalzava e poi si spegneva, piccoli angoli panoramici dove salvifiche panchine di legno o di ferro battuto accoglievano la stanchezza dei paesani avvezzi, eppure stremati dalle impietose risalite.

Graziosa come il volo di una rondine e l'inclinazione di una rosa, la signorina Iovis aveva appena varcato la soglia della chiesa, pareva irriconoscibile così al di fuori del suo abituale sistema animato, al di fuori dell'ingeneroso mezzobusto a cui il banco dell'ufficio postale la relegava. A dispetto della sua immagine mortificata dunque, incedeva su due gambe niente male, a dire il vero con una eleganza riservata e una grazia prudente.

Per la speciale occasione la signorina Iovis aveva rinnovato del tutto il suo guardaroba, indossava un abito di mussola misto seta, sul cui sfondo bianco, rametti di giunchiglie stampati, dai colori tenui, sembravano aver acceso la primavera; sopra l'abito poi faceva delizioso sfoggio di sé uno spolverino dal colore sfumato, un verde pallido pallido, più trasparente dell'acquamarina.

Altro che graziosa figuretta; di sicuro doveva aver fatto un salto in città per procurarsi quel coordinato così fine così accurato. A dire la verità la signorina Iovis aveva ordinato tutto attraverso un catalogo, ci aveva pensato a lungo, aveva esitato, poi, con un certo pudore si era acconciata davanti allo specchio, a quel punto la signorina Iovis avrebbe di sicuro potuto sbalordire la risicata platea di paesani, infagottati ancora nelle loro giacche di panno crudo, grazie alla inaspettata ricercatezza degli accessori.

Guanti borsa sottile cintura in vita e scarpe, tutti della medesima tinta, neanche a dirlo del colore delle giunchiglie.

Santo Cielo signorina Iovis! Si sarebbe potuta scambiare per un'altra quel giorno, quella domenica dopo la messa, mentre in equilibrio su tacchi altissimi – ma che bambola! – si disponeva con una certa prudenza ad affrontare quella impervia discesa; per lei era stato srotolato quel tappeto invisibile, quell'aura magica che la conduceva fino alla piazza, fino al bar della piazza, a quel tavolo da caffè a cui le era parso di intravedere da lontano, già seduto, il maestro Adolfo Perrès, puntuale all'appuntamento e, diremo noi, con tanto di camelia candida appuntata all'occhiello.

Facile le era parso quella mattina, facile uscire di casa, facile ormai da tempo si era rivelato lasciare dietro di sé quell'arredo nostalgico che ornava la sua esistenza e che aveva reso inutili e irrilevanti le circostanze occorse successivamente al grande viaggio.

Facile ora le appariva coprire la distanza che la separava da quest'ultima occasione che le rimaneva, si era detta, per sentire qualcosa.

E qualcosa davvero stava mutando i termini sui quali la sua vita aveva imparato a reggersi; aveva preso a rifugiarsi da qualche tempo in pensieri senza importanza, frammenti di un altro mondo, allusioni che come acqua si infiltravano negli spazi vuoti che l'orma ciclopica della nostalgia a poco a poco autorizzava.

Per la prima volta il mondo esterno concordava perfettamente con quello interiore, in questi casi l'anima è in festa e vivaddio mette conto di vivere.

Vivere ecco ciò che si era dimenticata di fare la signorina Iovis dal momento che ogni circostanza presente non aveva fatto altro che accelerare il suo ritorno all'indifferenza, o piuttosto ad una rianimazione nostalgica del passato al quale pur tuttavia non era più possibile fare ritorno poiché esso, nella sua corsa dentro il tempo, aveva ormai preso il passo del rimpianto.

Che caldo faceva! La signorina Iovis slacciò lo spolverino e si tolse un guanto, a passi brevi e prudenti iniziò a doppiare lo scomodo pendio.

Gli alberi lungo la via tracciavano con il loro ampio fogliame appena scosso una breve trama d'ombra tremula sul marciapiede.

Sembrava che il tocco dell'aria medesima fosse guantato e che le tinte delle strade avessero la morbidezza di un disegno superficiale.

Che caldo! O forse era la tensione per il pericolo, il rischio di camminare arrampicata in cima a quei tacchi a spillo, così inusuali per lei, così instabili.

Un passo... due... tre... piano piano come si trattasse di passeggiare sulle uova, con la preoccupazione di simulare all'esterno una certa disinvoltura, non si trattava in fondo di una passeggiata? Macché! Laggiù in fondo alla discesa come un fiore che brillava nell'ombra stava seduto Adolfo Perrès, maestro elementare, tra qualche istante lei si sarebbe seduta al suo fianco e lo avrebbe ascoltato parlare. Ah! Le sue parole! Egli pareva suonarle come tasti di un organo, lo avrebbe guardato negli occhi finalmente, scrutato attentamente; si era fatta lei una specie di doppio di quell'uomo ideale che popolava la sua mente e le faceva compagnia.

Adolfo Perrès, chi era costui? Veramente cosa voleva da lei? Piano piano senza perdere la concentrazione aveva sollevato lo sguardo dalle sue scarpette in tinta, per guardare laggiù in fondo alla discesa, laggiù in cima alle sue speranze.

Quanto mancava ancora? Non più di qualche metro – si disse – forse poteva addirittura scorgere l'espressione compiaciuta del maestro, il quale le sembrava addirittura avesse abbozzato l'accenno di un saluto, appena appena nascosto sotto le ampie falde di un panama color cremisi.

Era bello assai a vedersi in versione festiva, spiccava in mezzo ad un folto gruppo di astanti tutti in abito chiaro, così seduti sparsi, sembravano una colonia di gabbiani bianchi asserragliati sotto il sole, sulla banchina della marina.

Che caldo! Un passo dopo l'altro, come cieca al buio sollevava i piedi e avanzava quasi a tentoni ad ogni passo si ingegnava di spostare il peso del corpo indietro e piegava un poco le ginocchia per mantenere l'equilibrio; la signorina Iovis rigida, il collo teso, sentiva dentro le scarpe le dita dei piedi tutte rattrappite, congelate, scomode, contratte!

Non era abituata a camminare sui tacchi, nessuna aderenza alla strada, le sembrava di scalare una montagna al contrario; sinistra destra… sudava freddo aveva male ai piedi, certi crampi al polpaccio che hai voglia a cercare di ignorare, sinistra destra… adesso anche il dolore alle anche cominciava ad insidiarla... coraggio pochi metri ancora, ci voleva forza anche per simulare una buona dose di tranquillità, e come? Sinistra... destra... sudava adesso, lacrime di sudore scorrevano sulla fronte, colavano lungo la schiena fino a infrangersi sul bordo della mutandina; la signorina Iovis si passò, con un gesto indifferente la mano sulla fronte, ne approfittò per scrutare il volto impassibile del maestro; lei era in affanno, i suoi tendini stridevano come corde di uno strumento straziato; avanti ancora, sinistra... destra... sinistra... destra... si... cosa accade? Un dolore acuto improvviso straziante, una specie di scossa le aveva attraversato la caviglia, che dolore! Quella povera, offesa cedette senza opporre alcuna resistenza. Mentre ciò accadeva lo sguardo della signorina Iovis permaneva ostinatamente agganciato al volto del maestro Adolfo Perrès che doveva averla per certo veduta oscillare pericolosamente.

Sì che oscillava la signorina Iovis, si era storta una caviglia, ecco, all'improvviso, orribile sensazione, le era, come si dice, mancata la terra sotto i piedi; quello sinistro in particolare era uscito dalla scarpa e cercava nel vuoto un piano d'appoggio; povera signorina Iovis si era presa paura era andata in confusione; perso l'equilibrio sbandava le girava la testa, peggio, si sentiva come al centro di una vertigine, nessun appoggio, cadeva, la strada crepava il mondo franava, lei cedeva le pareva di affondare lentamente in un fine reticolato di rami mossi dal vento, di colline che si oscuravano, di foglie pendule come una strina nera – cos'è, non vedeva più? – cosparsa di stelle, cosa le balenava davanti? Adesso come lampi di luce che frustavano gli occhi. Si sentiva morire.

La faccia del maestro era stata l'ultima visione su cui si era stampato a colori come uno scatto fotografico l'inatteso burrascoso cascatone della signorina Iovis; un'espressione, le era sembrata quella di lui, lievemente incredula, alterata comunque, già se ne stava facendo un cruccio la signorina Iovis, quando un guanto era saltato via in mezzo alla strada, proprio di fronte al negozio del fioraio; allora a lei, non si sa come, venne fuori un piccolo gesto rapido con la mano, come per cancellare un profilo mal disegnato.

Eppure quel gesto cancellò davvero qualsiasi lembo del paesaggio, ogni cosa sparì e calò il buio, giacché sfortunatamente proprio in quell'istante la testa della signorina Iovis, che insieme ad essa aveva cominciato a rotolare a terra, era finita dentro uno dei secchi di metallo pronto proprio davanti al negozio del fioraio per accogliere un mazzo di margherite gialle, accidenti, proprio sul bordo della strada!

Il secchio era pieno d'acqua, perciò quando la signorina Iovis vi infilò fortunosamente il capo, e in gran corsa poi, giacché ormai il suo corpo aveva preso a ruzzolare liberamente lungo la strada in discesa, quel maledetto secchio cilindrico finì per agevolare di molto la corsa e anzi imprimere un nuovo impulso alla velocità; in breve sotto una cascata di rigagnoli di acqua torbida, di schizzi, di schiamazzi, di rintocchi metallici come di timpani percossi, gli spettatori della piazzetta videro sventolare come ali mozzate i lembi pallidi di uno spolverino e catapultarsi con la testa infilata dentro un secchio, una giovane signorina distinta con una sola scarpa ai piedi e l'abito fantasia con rametti di giunchiglie, completamente inzaccherato e irrimediabilmente strappato.

Un rigagnolo di acqua sottile come quello che lascia la pipì di un cane raggiunse la gamba del tavolo a cui era seduto il maestro; egli alzò il piede con una invidiabile flemma per evitarlo, proprio in quell'istante arrivava il secchio con la testa della signorina Iovis, andò a sbattere contro la stessa gamba e lì fermò la sua corsa con un clamore che di solito accompagna l'entrata dei clown.

Seguirono alcuni istanti di silenzio, nulla si muoveva.

Senza alcun intervento, spontaneamente, dopo qualche attimo il secchio ebbe la compiacenza di scollarsi via e scoprire così la faccia piuttosto ammaccata della signorina Iovis; la prima immagine che ella si trovò di fronte fu la faccia grave ed allarmata di Adolfo Perrès che la guardava severo come un giudice dall'alto.

Fu come se ella avesse scorto, grazie ad uno squarcio miracolosamente apertosi fra le nubi, l'accolita degli dèi nell'atto di contemplare lo spettacolo degli uomini sotto un velario rosso, in una schiarita luminosa tra due colonne nel cielo.

Nessun lamento, non un gemito. Con un misto di incantevole riserbo, di familiarità, di pudore e di educazione, la signorina Iovis rivolse un grazioso saluto da terra a quel dio, poi spense quella sua specie di mezzo sorriso indefinitamente prolungato come un sol diesis. Il suo sguardo divenne dolce e vuoto come se le fosse stata tolta la corrente, infine il suo spirito scivolò via silenziosamente.

Si alzarono tutti gli astanti, ci fu un movimento generale, non molto diverso tuttavia da un confuso e inconcludente battito di bianche ali di gabbiani asserragliati al sole giù alla marina. Un mormorio profondo sembrò risuonare alle orecchie della signorina Iovis, era il paese che innalzava una specie di coro in solitudine.

Il sole aveva già raggiunto il suo massimo cielo, era di certo suonato mezzogiorno. In campagna i campanili annunciavano l'ora cigolando, il rintocco rugginoso volava sui campi rossi di trifoglio e i corvi si alzavano in volo come fugati dal suono delle campane, roteavano un poco in aria poi si posavano in cima agli alberi come in attesa.

Ci fu un grande tramestio quando la portarono via, la signorina Iovis era rimasta a terra sdraiata da sola, non riuscì a rendersi conto per quanto tempo, solo che nel momento in cui degli sconosciuti con il camice la sollevarono per infilarla nell'ambulanza, le sembrò che il maestro, che lei non aveva cessato di guardare – appena riusciva a tenere aperti gli occhi – lui al contrario avesse fissato su di lei due occhi d'acciaio, implacabili.

Tuttavia non era stato solo quello sguardo a turbarla, ciò che l'aveva colpita di più – quante volte quante vi aveva in seguito ripensato – era stato un gesto di lui: ad un certo punto qualcuno, l'infermiere forse, aveva chiesto se qualcuno dei presenti la conoscesse, l'infortunata, e il maestro allora aveva sì alzato una mano, ma per coprirsi il volto o per abbassare la tesa del cappello, non aveva compreso bene, si era girato di spalle ed aveva mostrato di non conoscerla, che, anzi, era lì per caso, quasi non si fosse accorto di nulla.

Prima di essere portata via lo aveva cercato con lo sguardo lei, doveva mostrare un'espressione compassionevole alquanto querula e lui, ne era certa, si era mostrato seccato, di più, aveva cercato di nascondersi come se provasse una vigliacca eccentrica esuberante egoistica vergogna.

La signorina Iovis si era storta una caviglia, all'ospedale le avevano dovuto ingessare il piede, tuttavia non si trattava solo di quello, c'era qualcosa di più rilevante. Non ne era uscita in poco tempo la signorina Iovis: tolto il gesso la gamba non andava ancora a posto, il ginocchio, dicevano, purtroppo aveva subìto del risentimento, si trattava di operare e poi di nuovo il gesso, ma poi le cose erano andate ancora per le lunghe così, quando si era trattato di operare l'anca, la famiglia della signorina Iovis aveva insistito perché lei tornasse a casa, a farsi operare a Messina, da uno zio del fratello minore della giovane cognata del cugino di primo grado della nuora della sorella di Santuzza, la mamma della signorina Iovis; dai dottori di casa a farsi operare, altro che! Non da quei signori del Nord che, diciamo la verità, le avevano rovinato la gamba.

Avevano insistito tanto, tanto, non c'era stato niente da fare, così doveva andare, ma poi un cugino si era mosso, sempre lo stesso, quello del viaggio per il concorso, era andato a prenderla in continente, fino lassù, fino a Stroppo e l'aveva convinta a scendere giù, che lì era sola, a farsi vedere dal medico di Messina che tutti lo conoscevano che era bravo.

La signorina Iovis è tornata a Roccafiorita, ci sono voluti due anni prima che riprendesse a camminare,

camminare bene bene poi non ha ripreso mai, non si è mai potuto conoscere a cagione di quale delle tante operazioni subite la gamba sinistra è rimasta un po' più corta dell'altra, così la signorina Iovis è rimasta un po' zoppetta, zoppica un po' quando cammina, ma non si vede tanto eh! Un pochino!

Ora che ha questa, chiamiamola così, invalidità, porellina, è facile che trovi un lavoro anche quaggiù a casa sua, ora che è tornata giù potrà anche restare. Lo sussurravano un po' tutti, via! Eppure la signorina Iovis è come certi oggetti a cui nessuno si è dato la pena di assegnare un posto, oggetti, chissà come, che non hanno nessuna dimora e che sono sempre fuori posto. A sentire lei, a dire il vero, la nostalgia è la sua vera casa; nel luogo dove si trova è come se fosse sempre fuori posto, così su a Stroppo, era di Roccafiorita e della sua Sicilia che sentiva il richiamo, la nostalgia struggente che le impediva di mettere radici altrove, tuttavia ora che vi è tornata quaggiù, a casa, la nostalgia di Stroppo e con ogni probabilità non solo del paese, la consuma, la tormenta.

La sua esistenza non può fare a meno della nostalgia; il luogo dove non ci si trova, il nostro altrove, è come la forma dell'onda e quella del vento che si sono impresse per sempre nella conchiglia.

Ho l'impressione di essere sempre dove non mi trovo; lo sapeva bene la signorina Iovis, ci sperava lei che la vita ritirandosi trascinasse via le delusioni della vita; forse non era accaduto nulla di rilevante lassù in quell'altra vita, era successo che fosse stata come posseduta da un mite delirio, forse si era solo gingillata con dei pezzi di carta per procurarsi sensazioni a buon mercato, uno di quei fogli di carta giapponesi che appena tuffati nell'acqua diventano fiori, barche, uccelli, personaggi.

Era davvero accaduto quello che adesso rimpiangeva? Da laggiù le cose presentavano sembianze sfumate indistinte.

Quel giorno fatale, questo sì era accaduto davvero, aveva smarrito la borsetta nuova, non l'aveva più trovata, dentro c'era quella lettera, quella lettera era l'unica prova del punto a cui era arrivata la sua esistenza, la prova che c'era stata un'offerta, la vita le aveva offerto un'occasione, qualcosa andava prendendo il posto lasciato vuoto da quell'assenza da quell'indifferenza da quella nostalgia che chissà dove si erano rifugiate.

L'aveva la prova, ma poi a dire il vero chi gliel'avrebbe domandata a lei che non aveva mai parlato con nessuno, non le era venuto, forse perché temeva che nessuno l'avrebbe creduta oppure che sarebbe stata compatita; solo una volta qualcuno, forse il nonno, una sera d'inverno seduto davanti al camino, aveva incrociato quel suo sguardo compassionevole desolato e sognante, si era intenerito, le aveva domandato: «Che cos'hai figlia, che cosa ti fa male?».

C'era stato un lungo silenzio, lei aveva guardato la fiamma che giocava sul carbone, era una fiamma verde agile futile, «Non è nulla nonno» aveva risposto e poi aveva lasciato scorrere le parole senza occuparsi di dare loro un posto, «forse non mi abituo alle cose che finiscono!».

Povera tenera inguaribile signorina Iovis! Davvero l'anima abita in qualche inattingibile cielo!

Lisetta

A Santo il dolore stava bene addosso, gli calzava a pennello come un vecchio cappotto logoro.

Il dolore aveva assunto le sue misure la sua forma, lui lo indossava come una vestaglia dentro casa per strada, ci viveva insieme, era tutt'uno.

Ci si era abituato Santo, ormai non ci faceva più caso era come avesse avuto un arto finto cui era avvezzo; all'inizio sì, doveva essersene accorto certo; gli faceva male la vita, diceva, da sempre, da quando era partito per la guerra, per questo non aveva voluto prendere moglie, per non tediarla quella povera donna, per non rovinarle l'esistenza con quel suo muto avvilimento, con quella sua pena di vivere che gli si era attaccata addosso.

Troppo chiedeva l'amore via, qualsiasi donna avrebbe reso terribilmente esosa, immaginava, la sua condizione di innamorato!

Quale esosa poi? Quale donna? Perché a dire il vero nessuna creatura femminile né in gioventù né in età avanzata si era mostrata mai neanche un po' interessata a quell'omino segaligno e dall'aspetto frigido e assai poco salubre.

Così Santo aveva finito per invecchiare in una desolata ciononondimeno decorosa solitudine; non aveva bisogno di nessuno, in casa aveva imparato a rifarsi il letto a tenere pulite le stanze e persino a farsi da mangiare.

In ogni caso non ne aveva voglia di tirare fuori dall'animo suo quelle verità profonde così tanto astruse, tanto complicate che c'era voluto uno sforzo immenso per cacciarle in fondo; no non se la sentiva, era un lusso troppo penoso, non l'aveva Santo tutto questo coraggio.

E poi non era, quella sua remissione, una professione di fede o la malevola conseguenza di qualche scherzo crudele che la sorte buffona gli avesse apparecchiato senza che lui fosse d'accordo – no! – era piuttosto, quella melanconia, una complessione del carattere una propensione familiare una fisionomia ereditata, un lineamento, quasi un tratto fisico con cui pareva nato e che cresceva con lui, una smorfia di cui da sempre indossava la maschera.

Era accaduto così che a poco a poco la sua esistenza era andata assumendo un colorito semispento e assopito dentro quella vita diminuita in cui si era ristretto ancora fino ad ora, che era il crepuscolo degli anni.

Ogni giorno dopo pranzato Santo andava a sedersi fuori la porta di casa su una vecchia panchina di pietra proprio di fronte all'aia ormai vuota di animali; neanche un cane gli era sopravvissuto, e in quella posizione restava per ore con lo sguardo basso come un osservatore tranquillo come un soldato spettrale montato di sentinella alla propria insidiosa solitudine.

Le giornate gli trascorrevano uguali nel silenzio della campagna, quasi fuori dal tempo, vuote di senso e senza scopo.

In quella vacuità, pure ogni intimità della coscienza gli cessava, guardava le sue mani appoggiate, guardava le cose, il carro abbandonato i tini impolverati, come fossero le uniche cose al mondo, come se esistessero solo per se stesse in uno spaventoso isolamento.

Nessun fiore selvaggio si era annidato dentro le sue rovine, nessuna facile indulgenza alla sua semplice e spartana debolezza d'animo.

Ogni giorno al suo risveglio malediceva le ossa aggrinzate dai dolori; nella vecchia camera, per l'umido, la crosta dell'intonaco sul soffitto e ad una parete s'era tutta screpolata e cascava a pezzettini come se nevicasse; ad ogni alba era come se ad una ad una si spegnessero tutte le luci, ma non si era mai ribellato lui, al contrario era andato sviluppando via via una specie di benevola acquiescenza verso quella sua personale amara e scorbutica ruvidezza, quel suo aspro avvilimento con cui, non senza angustia, ogni giorno portava a braccetto la vita.

Non ci pensava proprio a cambiare lui, e poi perché? Per chi? Nessuno se ne sarebbe accorto, nessuno lo guardava vivere, niente e nessuno gli aveva mai mostrato, come in uno specchio, il rimarchevole grigiore in cui erano precipitati i suoi giorni le sue ore il suo tempo informe che, nella indolente consuetudine, egli indossava ogni giorno trascurandone l'aspetto, così come faceva col suo gilet di fustagno color petrolio colmo di patacche, sbrodolato di minestra e di vino. Eh Santo Santo!

Ad osservarlo con quel suo viso cereo secco secco e allungato, il naso lungo e sottile e l'acconciatura perennemente autunnale che indossava di capelli quasi del tutto bianchi e lunghi e incolti e arruffati, con quella sua infrangibile abitudine di rimanere immobile seduto ore e ore sul muretto di pietra in un silenzio quasi ascetico, lui era andato assumendo negli ultimi anni un'aria ispirata da profeta, quasi l'immagine di una ciclopica figura che abbia rinunciato a lamentare il fato degli uomini.

Il dolore non è fatto per essere agitato smosso, ci vuole immobilità perché ricada. Pareva volesse dire.

In quella identica posa proprio, che pareva un Cristo di cera, lo aveva sorpreso Nevio, un pomeriggio d'ottobre in cui si era spinto fino alla casa di Santo, non ne aveva notizie da tanto tempo e voleva vedere se era ancora vivo. Aveva con sé l'asino, lo teneva alla cavezza, gli aveva caricato sulla groppa due ceste di castagne.

Uh come gli era sembrato invecchiato l'amico!

Tutti quei capelli, se li ricordava bruni e lucidi, avevano ora l'opacità ruvida della stoppa, erano biancastri come neve, ma insudiciata e che abbia perso il suo nitore.

Nevio, con l'asino appresso, si era fermato vicino al pozzo proprio di lato alla casa, ad osservare l'amico; il vecchio pareva inciso nel legno, tanto era immobile, e il suo volto, una maschera primordiale e gelida e tuttavia piena di un'inaudita vita segreta, era ingiallito si era scurito come le pagine di un libro, le sue labbra poi, ora che ci faceva caso, erano agitate da un perenne tremolio.

Non si trattava solo del fatto che fosse invecchiato, anche Nevio lo era, piuttosto doveva essere che Santo seduto lì da solo sembrava come abbandonato in un luogo di confine. Che era stato di lui? Il suo vecchio amico laggiù pareva disperso in fondo all'universo, intorno a lui la terra arsa brulla incolta; incolto e denutrito anche lui, la solitudine della sua vecchiezza pareva lo avesse portato a chiudere anche gli ultimi cicli dello spirito.

Santo si era voltato, lentamente, non era abituato alle visite, ben poca gente arrivava laggiù; eppure gli era parso che qualcuno... infatti aveva sentito un rumore di passi; le foglie morte scricchiolavano come fragili conchiglie sotto lo scalpiccio degli zoccoli dell'asino che scalciava di continuo irritato dall'esuberanza delle mosche.

«Vecchio mio» lo aveva salutato con un tono vigoroso e amichevole Nevio, «quanto tempo!» In quell'istante un conciliabolo di uccelli si era levato in volo con un chiassoso gridio, sembrò un festoso rituale di accoglienza congegnato apposta per l'occasione di quella visita inaspettata; era certo molto di più di quello che Santo seppe fare restituendo il saluto con un sorriso tardivo e spento che sembrava piuttosto la reliquia di una gioia disseccata più che il tiepido stupore e l'improvvido piacere di rivedere il vecchio amico Nevio.

Da quel pomeriggio che profumava del vino giovane dentro i tini, Santo si era lasciato convincere a spingersi lui fino alla casa dell'amico e addirittura ormai andava a trovarlo tutti i giorni; «Se non altro devi venire per assaggiare il vino nuovo Santo Cielo!» aveva rimbrottato Nevio alla lamentevole riluttanza dell'amico.

Il nobile pretesto del vino lo aveva miracolosamente persuaso, a Santo, il quale sosteneva di aver perduto da tempo il gusto a tutti i sapori, era il frutto del saccheggio che il tempo aveva operato in lui, il cibo gli era indifferente, diceva a cagione della sua avara vecchiezza; solo il gusto del vino riusciva a sentire ancora schietto e sonoro come una volta. Che di fiaschi, fra lui e Nevio, si erano ben dati da fare a svuotarne in gioventù!

Col vino Nevio aveva trovato la miccia giusta per infiammare quel cumulo di macerie refrattarie e ignifughe che pareva essere diventato Santo.

La prima volta l'aveva trovato, Nevio, che tornava con le capre dal pascolo, procedeva tenendosi dietro al gregge, camminava con passo pesante, tenendo le gambe un po' larghe, aveva addosso una camicia linda e stirata a quadretti azzurri e bianchi un disegno scozzese, con le maniche tirate su arrotolate fino sopra i gomiti e un paio di stivali che spuntavano da sopra l'erba. Nella cornice bucolica della campagna dove ancora si sentiva zufolare il tordo, Nevio sembrava il soggetto perfetto per una tela pastorale; la quiete e la pace parevano lambire il suo corpo e, senza sforzo, come avvolgerlo in un lino sottile.

Al vederlo così piccolo e grasso con quella buona faccia imberbe e floscia piena di rughe sorridenti, Santo si era sentito incoraggiato.

C'era odore buono di pane, la fragranza si era diffusa nell'aia; si era finito di cuocere prima di pranzo, il forno era ancora caldo, Nevio ci aveva messo ad arrostire le castagne, dentro si sentivano ancora scoppiettare sulla brace: «Le caldarroste col vino sono la morte sua!» aveva sentenziato.

Si erano seduti insieme sulle seggiole impagliate di fresco uno di fronte all'altro, al tavolo di pietra sul cui piano la Lisa, la moglie di Nevio, impastava il pane, ci preparava l'arrosto per metterlo al forno, riempiva i pomodori col riso e ci spianava la focaccia per i nipoti.

Tutto quello che si vedeva intorno era uscito dalle mani operose di Nevio oppure da quelle della Lisa, come il grosso panno di canapa bianco ricamato con l'orlo a giorno, dentro cui erano state incappucciate le castagne; Nevio girava e rigirava tra le mani il fagotto, lo sbatteva con piccoli colpi sul tavolo, si sentivano scricchiolare dentro le bucce abbrustolite.

Sul retro della casa si intravedeva un orto ordinatissimo e curato, con i filari di verdura regolari e poi, più avanti, le gabbie dei polli e dei conigli, l'ovile, cucce larghe e spaziose, le porticine di legno ampie e ben costruite inchiodate chiodino per chiodino dalle mani di Nevio. Era un gran bel vedere!

«Allora! La vecchiaia ti ha attaccato le suole di piombo ai piedi?» aveva esordito Nevio versando il vino nei bicchieri fino all'orlo con una specie di gioiosa impazienza febbrile; s'ingegnava eccome di rallegrarlo quel suo amico refrattario.

Mesceva il vino e il vino scaldava gli animi e pareva che quella modesta ebbrezza sottraesse mano a mano Santo alla sua tetraggine abituale; Nevio ne era contento ne godeva, non sapeva spiegarsi, solo che una specie di solletico invisibile gli formicolava addosso ora che dopo tanto tempo, inaspettatamente gli era dato di assistere a quella specie di resurrezione del loro capriccio giovanile.

«Vacci piano Nevio, non lo reggo più come una volta!»

«Allora ti è passato eccome il tempo Santo, è passato anche per te!»

«Le cose sono passate, i fatti sono cambiati, ma la vita resta, è restata uguale sempre come se non fosse mai successo nulla, con un'ostinazione bruta che fa pena!»

«Ma che cos'ha la vita di tanto brutto, Santo!» Nevio scolò l'ultimo sorso tutto d'un fiato e riempì di nuovo il bicchiere.

Santo sollevò il busto che teneva curvo sul bicchiere, appoggiò la schiena e stirò le gambe lunghe e dinoccolate che si erano intorpidite tutte piegate sotto il tavolo, gli facevano male le ginocchia, nello stenderle si lasciò sfuggire una smorfia ma poi subito dopo si trovò a fissare lo sguardo sul gigantesco albero di castagno alle spalle di Nevio, con la sua ampia chioma che faceva ombra al tavolo; era un nobile albero dal tronco vigoroso, al vento d'autunno della sera ancora giovane di tanto in tanto lasciava cadere i frutti spinosi dalla corona ingiallita; a terra, il prato di foglie secche che la brezza sparpagliava, attutiva i colpi di quei tuffi riluttanti e pigri ma inevitabili.

«Non ti capita mai Nevio» fece Santo continuando a fissare l'albero, «non ti capita di avvertire magari così, in una pausa, certi momenti la vita che pesa, non ne senti la fatica di tenerla addosso! Nevio? Il bisogno di riposare dal troppo male di questa vita troppo lunga?» «Troppo lunga» ripeté ancora tra sé senza voce.

Nevio lo aveva guardato senza smettere di sprimacciare, con le dita infilate dentro al cestino, le castagne; il vecchio cane Lupo girava e rigirava accanto al padrone con una sorta di spasmodica eccitazione attorno alla sua sedia, si vedeva che aspettava che il padrone gliene lanciasse una lontano e come altre volte cominciasse il gioco; Nevio non era mai solo, in tutte le istantanee della sua giornata era sempre con qualcuno, con le pecore, appresso alle capre, col cane, con la Lisa, con l'asino, a dar da mangiare alle colombe, stava sempre con le mani in pasta, dentro alla terra o dentro al mangime, alla semenza, quando non gli toccava di mungere o di ripulire le stalle.

A Nevio quello che diceva Santo parevano stranezze, non lo capiva, era come voler dire che il cielo non era più azzurro, che l'inverno non era la stagione fredda, che il mare – che dico – fosse asciutto; anche quando erano giovani, si ricordava, lo sfottevano a Santo, per quella specie di strambo sciocchezzaio che tirava fuori nei suoi discorsi, ma ora non si poteva proprio raccapezzare Nevio di come gli fossero venuti certi pensieri.

«Ma sì, la vita... Santo! Angustie noie affanni, macché, ce ne sono, come no! Poi tutt'un tratto però, si ride! Ma anche così, eh, per niente, che dico! Dopo che ha piovuto, fai conto Santo, io esco fuori nel campo, respiro quel buon odore di terra bagnata, dopo la pioggia me ne vado in cerca di funghi, se ne trovano tanti quassù! Oppure, si va per lumache; ma sì davvero Santo! Dopo, le cose del giorno sembrano più facili! Ma tu devi smetterla di pensare sempre a quello che è successo; io poi, la vita che ho... che dico... è quella che ho dato ai miei figli, se stanno bene loro!» E giù una sfregatina alle castagne e un altro bicchiere pienato fino all'orlo.

Non era il tasso alcolico dei loro incontri, a dire il vero, ad averla avuta vinta sulla penosa persistenza a vivere così come s'era deciso a vivere il povero Santo da quando era tornato dalla guerra.

Aveva trovato la casa tutta vuota di bestie e di cristiani, che né il suo babbo né la mamma lo avevano aspettato; se n'erano andati uno dopo l'altra nell'attesa, il dolore li aveva ammazzati, la notizia di averlo creduto morto quel figlio adorato, lo sbaglio tragico di quel telegramma ricevuto che lo aveva annunciato morto. Lui sì, era vero, era stato ferito grave e poi disperso eccome, ma morto no! Così loro disgraziati lo avevano creduto ammazzato perduto lo avevano pianto, si erano ammalati ed erano morti senza sapere che invece il figlio era ancora vivo, ferito soltanto e che presto sarebbe tornato a casa.

Per loro il figlio, unico figlio, era stato ucciso in guerra, quella malasorte gli era toccata, morto, e lui, tornato a casa, in un deserto senza voci e senza occhi, in una patria senza attese, quella parte poco alla volta aveva seguitato a rappresentare in vita.

Non più vivo lui, ma poi vivo per chi? Se chi lo aspettava si è portato via la memoria di lui il pensiero di lui, vivo per chi se non per qualcuno che ti riconosca ti ama ti aspetta, se non sei vivo per nessuno se nessuno risponde alle tue parole nessuno può sentirti; vivo per chi se non sei vivo per l'altro e se non c'è nessun altro che abbia memoria di te, che sappia chi sei, nessuno a dare un pretesto alla tua vita, nessun altro a giustificare la tua esistenza? Non più vivo lui, perché il suo essere vivo non era più nel sentimento di quelli che se ne erano andati.

Non era stato da subito così; all'inizio quando era tornato a casa dalla guerra, Santo si era trovato davanti un paesaggio desolato, il modesto podere abbandonato, le stanze vuote lasciate così sottosopra erano rimaste tali e quali come se chi vi abitava fosse dovuto fuggire all'improvviso e poi, nessuno vivo, i suoi genitori, l'aveva saputo tempo dopo, erano morti qualche mese prima, gli animali, i pochi rimasti, scappati tutti oppure ammalati dispersi in cerca di cibo, del suo adorato cane invece, e questo maggiormente lo aveva ferito al cuore, di Mollo, aveva trovato solo la carcassa di pelo distesa fuori dall'uscio di casa, gli occhi mangiati dai vermi e dalle formiche, il cane doveva essere rimasto a lungo ad aspettarlo, finché, ormai solo, povera bestia era morto di fame.

All'inizio davanti a quella scena lo aveva colto un tale sbigottimento, uno stupore, perché lui reduce di guerra, sfuggito alla morte in mezzo ai morti, tanti ne aveva visti di cadaveri, compagni che gli erano spirati addosso, tra le braccia, adesso più che mai adesso, lì, ne sentiva così forte la pena il senso di privazione il lutto l'ingiustizia l'assenza il vuoto e poi il dolore, il dolore.

Che freddo aveva provato, un gelo che neanche adesso non passava non guariva; aveva provato a rappattumare le rovine, aveva voluto seppellire quello che restava di Mollo e aveva pianto aveva pianto la bestia che aveva combattuto la sua personale guerra e c'era rimasto dentro; Santo aveva preso tra le mani quel cencetto di pelo e polvere, lo aveva deposto nella buca, lo aveva ricoperto di terra e poi si era appoggiato sfinito al muro di casa, come se attendesse di venire fucilato, aveva pianto scosso dai singhiozzi dalla rabbia dalla stupefazione, nessuno lo aveva udito; la sua vecchia casa rassomigliava ora ad un sepolcro profanato incustodito e abbandonato, ovunque incombeva un silenzio irreale, la natura stessa era fuggita, nessun canto nessun grido, era come se anche essa si astenesse, la vita aveva abbandonato anche l'ultima radice dell'albero di melograno che pure aveva resistito agli accidenti della natura. Morto morto anch'esso morto!

Quanto faceva male!

Quella morte gli era entrata dentro, gli era toccata in sorte in tempo di pace; nessuna festa nessuna famiglia nessuna voce abbraccio sguardo nessuna fatica ci sarebbe più stata, nessuna semina nessun raccolto nessuna corsa di cane nessuna alba a cui sacrificare il torpore, nessun fuoco acceso nessun richiamo più, più nulla più nulla.

Troppo forte quel dolore gli s'era presentato gli s'era stretto addosso gli s'era appiccicato gli aveva raggrinzito la pelle come avesse avuto il fuoco addosso, quel dolore l'aveva ustionato l'aveva essiccato l'aveva ucciso.

Gli era mancata la forza di ricominciare, di arare il terreno arso e cattivo, di riaprire le stalle, curare le piante, di pulire, di rimettere le tendine alle finestre; non lo aveva fatto, sarebbe stata necessaria a lui quella disobbedienza, quell'eccesso di vita; ma se lui era appena sopravvissuto per andarsela a riprendere quella vita per riuscire a dimenticare per reimparare a ricominciare! Invece non era stato capace, no, lui figlio e orfano, in un solo giorno di diventare il padre di sé e di quella terra, non era stato capace di sopravvivere a quell'eccidio, di contravvenire alle evidenze, si era sentito come quella pelliccetta di Mollo rinsecchita e mangiata dalla polvere, niente di più che la reliquia della sua maltrattata esistenza.

E allora aveva ceduto a quell'evidenza aveva acconsentito a quegli impliciti richiami, gli era venuto più facile obbedire agli ordini si era lasciato assuefare a quella disposizione, mano a mano era andato assomigliando alla sua casa deserta e al resto delle cose abbandonate, così come erano diventate, a quel vuoto tombale dentro cui si aggirava come un mendicante sì, ma non più straniero, uno di loro invece, anche lui uno di casa, così simile a quell'albero di melograno fulminato dalle intemperie e dalle zecche.

Lasciata andare la terra dunque, la casa se stesso, non più in vita, niente più di quell'involucro impolverato senza ingombro di affetti e di pensieri e di cure, faceva meno male così; le persone care tutte, Mollo, i ricordi, le figure di riferimento si erano a poco a poco ritirati sullo sfondo, lui aveva abbassato gli occhi e non vedeva più; non faceva quasi più male così, così ce la faceva e riusciva a sopravvivere.

Non era indifferenza, dicessero pure quello che volevano gli altri, oppure sì, ma sì che importanza poteva avere; quella era stata la sua salvezza, il modo in cui si era organizzato a vivere nella sua personale prigione quella in cui il destino lo aveva cacciato.

Era stato il suo miglior modo di sopravvivere al dolore, il suo modo di difendersi, perciò non avrebbe potuto abbandonarlo, non avrebbe potuto disfarsene come non avrebbe potuto della sua zattera di salvataggio recuperata in mezzo alla tempesta e, a cagione del suo potere salvifico, trasformata nella sua casa, anche quando la tempesta si era allontanata e quella non sarebbe più servita.

Sì perché era capitato, come no, specialmente all'inizio, che qualcuno che lo conosceva da tempo, al vederlo tanto cambiato e così strano, avesse cercato di dissuaderlo da quel suo modo di vivere; succede certe volte agli altri, quando vedono che fai diversamente, che sei in qualche modo diverso da loro, viene naturale che cerchino di cambiartelo quel tuo modo, di togliertelo quel tarlo, quell'anomalia, quel modo che non corrisponde, tentano di togliertelo di dosso, come se fosse una macchia di caffè, perché disturba come un pelo ficcato fra i denti, di più, inquieta chi guarda e ti vede fare al contrario, storto eccentrico sbagliato, viene preso dalla smania di cambiartelo quel vizio, di fartelo lasciare, di fartelo ripudiare, insomma di farti fare come fanno tutti accidenti! Mentre non si accorge che quella macchiolina di caffè è il tuo neo invece, il tuo cappotto d'estate che nasconde il tuo gelo, che quel vizio di vivere è il tuo unico modo per farlo; perché morire in vita si può giorno per giorno, abituarsi ad una morte bianca bisogna, se questa è l'unica vita che hai, l'unica che ti rimane per continuare a viverla, per continuare a vivere.

«Guarda il colore di questa foglia Santo! Guarda che lucentezza quest'anno hanno tirato fuori, guarda che colore denso, senti, senti com'è robusta, toccala stai a sentire come scricchiola tra le mani, come suona come sfrigola, non è una bellezza? Prendila tu tra le mani senti com'è liscia, accarezzala, dimmi se non sembra velluto, il bel velluto inimitabile degli anni! Caro mio!»

Ogni volta Nevio accoglieva l'amico al tavolo di pietra dove si riempivano i bicchieri e spizzicavano focaccia al rosmarino, con qualche curiosità di quelle sue; quella volta gli aveva fatto trovare delle foglie d'ulivo della sua piantagione; era un'annata speciale, quell'inverno gli ulivi avevano tirato fuori un rigoglio di foglie e di rami e non solo, avevano gonfiato certi frutti duri scuri e turgidi, saturi d'olio, che era un piacere toccarli vederli spremerli e lavorarli.

Santo il velluto non riusciva a sentirlo, non ci credeva al velluto, allora Nevio s'ingegnava a spiegare a convertire a dire che, via insomma, come faceva a non accorgersi! E giù a spezzare le foglie e a mettergliele sotto il naso a Santo, per farglielo sentire il profumo di quel nettare acidulo che ne sortiva fuori, che meraviglia! Ma insomma come faceva Santo a non restare ammirato di fronte a certi spettacoli della natura a certi regali che metteva a disposizione! Quell'anno poi, il raccolto era una benedizione di Dio, così, era cosa fatta, l'avrebbe voluto alla raccolta delle olive, non doveva rifiutarsi avrebbe dovuto aiutarli a lui e alla Lisa, come no, e giù vino!

Era stato il vecchio Nevio, era stato lui a scuoterlo, Santo, era andato a cercarlo laggiù dove insisteva a vivere in mezzo ai fantasmi, gli aveva parlato senza giudicarlo aveva riconosciuto il suo amico di un tempo; per Nevio egli esisteva ancora, eccome.

Era stato il filo di quella esistenza rintracciato a caso e senza tanto rumore che egli aveva preso tra due dita, ma così, bonariamente, senza premeditazione, con quella invidiabile abitudine scarna e paciocca, quel suo fare da contadino felice che era un dono che Nevio aveva sempre posseduto e vivaddio non aveva mai perso.

A primavera inoltrata il massiccio albero di castagno, davanti alla casa di Nevio, irradiava tra il fogliame la sua fioritura esotica d'un verde bianchiccio e languido dal profumo aspro e intenso quasi opprimente.

Quella sera Santo aveva trovato l'amico seduto in silenzio al tavolo della cucina, una grossa stanza semplicemente arredata, accogliente e rischiarata da due porte finestre che si aprivano all'esterno e al di là della loro lucida trasparenza scoprivano all'orizzonte il profilo timido e quieto di morbide colline digradanti verso il fiume.

In ogni stagione era un incanto affacciarsi a quelle finestre da cui ancora a quell'ora non si decideva a svanire una tiepida luce rossastra, tipica del crepuscolo.

La giornata era stata eccezionalmente fresca per la stagione, tuttavia il camino era spento, per la prima volta, notò Santo, un particolare, quello, che conferiva alla scena un aspetto di calma e di fatalità; come se tutto il contesto nel suo ordine immacolato e nella sua meticolosa fissità, sottendesse che là dentro non si sarebbe mai più acceso il fuoco.

Nevio era rimasto chiuso in un silenzio insolito carico di peso. Santo da subito aveva avuto un presentimento che tuttavia si ostinava ad ignorare.

«Che hai Nevio? Perché stai dentro? Neanche Lupo oggi ha abbaiato, non si è mosso, che succede amico mio?» Aveva appoggiato le mani sul tavolo, con uno sforzo piegò il busto e si sedette a fatica di fronte all'amico senza smettere di guardarlo, si era sentito improvvisamente perso, avrebbe desiderato non essere andato a trovare Nevio a mani vuote, quella volta avrebbe voluto avere qualcosa da mostrare lui, qualcosa da offrire, allungò le gambe sotto il tavolo, una fitta acuta gli attraversò le ginocchia, accusò il dolore e nascose una smorfia; Nevio non parlava, teneva gli occhi bassi fissava le sue mani che giacevano abbandonate sul tavolo, quiete e inerti come due sorelle addormentate.

Per lungo tempo dunque i due rimasero in silenzio, poi d'un tratto con un sospiro Nevio alzò il viso e guardò l'amico scrutò il volto come se lo vedesse per la prima volta e gli sorrise, un sorriso che aveva l'aria di essere tutto quello che restava in lui di pronunciabile, di robusto ancora, di generoso ancora.

«La Lisa è di là» disse e lasciò cadere quelle parole nella quiete luminosa della cucina senza fuoco. «Vuoi vederla? È tanto bella tanto, non sembra mica morta.» Le parole erano scivolate dalle sue labbra come miele sul pane, nessun accento alterato nel tono della sua voce; lo splendore della visione amorevole su cui era ormai calata la tenda del lutto era inefficace ad alleviare il suo carico di dolore, tuttavia e ciononostante, quella sua personale attitudine, quella naturale acquiescenza affatto apparente che incredibilmente mostrava senza sforzo e con così virile libertà, suscitò in Santo, non sapeva spiegarselo, come l'impulsivo istinto di essere al posto di lui, di essere lui e il desiderio di poter sentire quello che sentiva lui, così come lo sentiva lui, che pareva un miscuglio di forza di tenerezza di nostalgia e di amore e di profonda verità, finalmente di verità.

Nulla, pensò Santo, non c'era nulla che trattenesse il dolore di lui, che ne impedisse la vitalità, nessuna rabbia nessuna vergogna alcun timore che gli impedissero di viverlo, nessuna candida mascherata nessuno stratagemma nessuna difesa nessun respingimento; Nevio si concedeva al dolore con una tale pienezza e una tale verità, e, gli sembrava, con una virile accettazione delle fortune della vita, priva perfino di amarezza; non c'era nulla di buono, aveva perso il bello che aveva vissuto, eppure nulla di terribile pareva essere accaduto per averlo perso per sempre; eppure Nevio aveva perduto Lisa.

«Era la mia delizia» gli aveva detto poi e aveva spento le lacrime dentro l'arco dei suoi sorrisi. «Lo rimarrà per sempre; sono stato fortunato io, mi sento un uomo privilegiato perché lei mi ha scelto e io l'ho avuta, la mia moglie, è rimasta con me fin quando Dio ha voluto!» Eppure mentre parlava era radioso il volto di Nevio, pareva che il dolore lo irradiasse attraverso tutta la luce che il mistero gli riservava; nulla nulla di insopportabile si intravedeva dentro quei penosissimi pensieri nulla che li deteriorasse. Santo ne rimase in qualche modo attratto, confuso, era ammirato da quell'impasto di terra e di oro, di verità e di grandezza che il suo vecchio amico esprimeva in tutta la sua immanente semplicità.

Lisa era rimasta accanto a Nevio per tanti anni sin dal tempo in cui erano stati giovani, e per tutto il tempo incessantemente; quell'amore conteneva tutto il racconto dell'esistenza di quell'uomo, così dunque quell'amore era diventato per Nevio anche una forma di devozione alla sua giovinezza.

Tutto, tutto di lui Lisa possedeva, gli anni la storia l'età la costruzione dell'amore e del loro tempo vissuto insieme; eppure tutto questo, Nevio, non sentiva di averlo perduto, poiché, glielo aveva detto lui, si perde solo quello che non si ha.

Bello! Addirittura bello lo rendeva il dolore, pareva conferire al vecchio la distinzione di uno sguardo più elevato, in qualche modo quasi incomprensibile, aveva pensato Santo.

Un profumo soave e sottile era penetrato, attraverso una finestra socchiusa, dalla campagna, da un piccolo campo di fave in fiore; un debole richiamo, un invito che la Lisa non avrebbe più raccolto, aveva pensato subito Nevio.

A Santo tremava il cuore, con forza batteva e gli doleva, gli mancava il coraggio di andare di là dalla Lisa, di guardarla distesa senza vita, come gli aveva chiesto lui, voleva bene a Nevio avrebbe desiderato saperlo consolare eppure, anche nella circostanza presente, era ancora l'amico che gli insegnava il verso giusto, gli svelava il senso; aveva paura Santo e se ne vergognava si sentiva deplorevole ai suoi occhi, eppure Nevio gli aveva offerto una specie di regalo, lo aveva ammesso ad un banchetto riservato alla sua patibonda intimità: troppo per lui, troppo in confronto alla sua vigliaccheria, alla sua bugiarda indifferenza.

Non era per questo che egli si era oscurato di fronte al resto del mondo? Non era forse per quella malcelata fifa, quell'orrore antico e insuperato di vederli chiusi per sempre gli occhi delle persone amate, di sognarli maledetti, rosicchiati dai vermi e dalle formiche? Il dolore dell'amico lo investiva come una piena, lo toccava lo raggiungeva, avrebbe voluto respingerlo, arginarlo evitarlo eppure qualcosa non funzionava, come un mezzo di contrasto esso evidenziava ai suoi occhi, al suo stesso sistema nervoso, i gangli scoperti della sua oscurata sensibilità. Non era preparato a fronteggiare gli imprevisti, aveva murato le vie d'accesso, aveva disposto le cose, se stesso, predisposto così da non temere più scossoni, da non venire più disturbato. Non più vivo; non era dunque questa la disposizione di sé come pure quella delle cose?

Tuttavia stavolta non funzionava stavolta nulla spariva, si allontanava sullo sfondo; Santo il dolore di Nevio lo sentiva, accidenti, lo sentiva eccome, e non solo il dolore di lui per la moglie, anche quello suo per l'amico, e quello suo, di sé, per l'amico e quello suo per la Lisa che conosceva dal tempo dell'infanzia ed era pure sua mezza cugina.

Era sempre lo stesso acuto dolore lo riconosceva, era il dolore della perdita della mancanza il dolore dell'assenza, dall'odore lo riconosceva, il suo sapeva di amaro di marcio sapeva di muffa e di putrefazione; era l'odore stantio della morte.

Tuttavia, là nella cucina linda e rigovernata dove l'ordine delle cose custodite tratteneva ancora le tracce sapienti delle ultime faccende domestiche della povera Lisa, Nevio, il corpo robusto e solido accasciato sulla sedia, gli parve come un vecchissimo Noè che avesse salvato la sua casa da quel diluvio che pure aveva cambiato quel giorno in notte e, ciononostante e anzi grazie a quello, avesse continuato a vivere e a gettarsi ancora anima e corpo su ciò che rimaneva su ciò che ancora amava.

Senza sforzo dunque sospinto da una sorta di nobilissimo vento, con l'animo in verità tutto rimescolato dalla pena di tutte quelle emozioni di cui avrebbe voluto sbarazzarsi, Santo si mosse e finalmente andò da solo incontro alle ombre.

Era vero, Lisa coricata sul letto come per il protrarsi di un riposo pomeridiano era molto bella, il volto disteso serenissimo pareva atteggiato al sorriso, era ancora lei, ancora dolcissima nei tratti. Il suo corpo pareva ancora carico di una intensa vita celata, essa stessa conteneva e portava via con sé l'immenso e segreto carico di gesti familiari di attese e di sguardi e del significato che aveva dato loro, i toni delle raccomandazioni domestiche e delle domande la memoria delle abitudini e dell'esercizio quotidiano del vivere, era fatta del mondo familiare e di tutto quello che ora lasciava; lei scompariva eppure ora, ora come non prima, era come se venisse alla luce quello che di lei in vita era rimasto senza accento, vissuto nell'ombra: il suo modo personale energico e taciturno di stare al mondo.

Era composta, lei, di quegli stessi anni che egli, Santo, aveva perduto; in qualche modo Lisa assomigliava alla sua giovinezza.

Era possibile guardarla sì, era persino consolante, nessuna dissonanza si sarebbe frapposta prima del silenzio eterno, nessuna allusione spettrale, non faceva paura, al contrario, reclamava la sua personale parte di verità sul dolore, la sua verità sulla morte.

Un profumo di buono veniva ora dalla cucina, Nevio aveva acceso il fuoco e stava cucinando una zuppa di fagioli e di verdure, c'era odore di pane abbrustolito, le stanze della casa si andavano sensibilmente riscaldando, il definitivo silenzio di quella camera, popolata solo dalle fotografie degli antenati di famiglia pieni di baffi, che osservavano la scena appesi alle pareti, si andava mescolando con i suoni e i rumori dello spiattio che veniva dalla cucina; quegli echi concilianti del brusio domestico stavano a suggerire, così pareva, la presenza di un altro mondo, al di fuori da quel mondo di qua, che occupava uno spazio piccolo piccolo e non sembrava ribellarsi.

Nevio aveva raggiunto l'amico adesso, ancora ritto in piedi accanto al letto di ferro battuto, benedetto dal crocifisso appeso alla testiera, gli aveva messo una mano sulla spalla e lo aveva invitato a rimanere a cena, un invito generoso gli era sembrato, come aveva fatto altre volte, accogliente, non la richiesta di una malinconica compagnia alla sua improvvisa solitudine.

Il cibo e la morte, il vino la fame e un corpo morto di là in camera; due mondi che per Santo non potevano in nessun modo conciliarsi non potevano accordarsi, bisognava essere capaci di dimenticarla quella scena, bisognava riuscire a disattivare la sua feroce potenza. Ma poi come? Come chiudere quella porta? Come dimenticare ignorare e sopravvivere? Come lasciarlo alle spalle e non sentirlo invece addosso tutto quel peso esclusivo della morte e del dolore che metteva il piombo ai piedi? Che scassinava la vita?

«Come vivrai adesso Nevio, senza che lei sia più qui?» aveva domandato con l'aria di chi invoca per sé una via di uscita e nel suo sguardo supplice c'era malcelata la richiesta affannosa forte e infantile che Nevio desse a lui una risposta, che gli mostrasse una soluzione se c'era; ma che! Ahimè non ci poteva essere povero vecchio amico, non l'avrebbe trovata neanche lui stavolta, neanche lui.

«Ti sbagli amico mio, solo perché io non posso vederla tu dici che non c'è più; lei la Lisa, può vedermi ancora e questo a me basta. Non ho paura delle cose che cambiano, Santo, non ho paura di morire, non starla a pensare la morte, ti romperesti il capo con qualcuno che non conosci amico mio! Lascia perdere, sediamoci Santo! Via! Che ti devo parlare.»

Insomma il fuoco acceso e la Lisa là sul letto potevano stare insieme, la vita e la morte il dolore e il piacere a casa di Nevio potevano stare insieme; Santo si lasciò guidare e si sedette davanti ad un bicchiere di vino e a una zuppa calda che odorava di orto e di vento.

Insieme potevano rimanere, sì, senza guerra senza feriti sul campo senza trincee senza riparo e senza tragedie perché là dentro la morte era arrivata a casa dei vivi; la morte, loro, li aveva colti in vita e la vita sarebbe rimasta intatta, così forte e convincente e visibile, era là dentro il senso che ne imperava. Nulla sarebbe crollato nulla si sarebbe spezzato e perso.

A lei, alla morte, spettava appena il permesso di fare il suo dovere senza alcun'altra concessione, nessuna confidenza nessun compiacimento nessuna collusione amoreggiamento inciucio vizio e poi basta! Via! Senza attardarsi senza accomodarsi, di fronte piuttosto solo un muro, il muro ispirato e intransigente dell'esistenza, della vita e della sua esclusiva altéra persistenza.

La cucina piena dei vapori che salivano dalle pentole messe a bollire sul fuoco, aveva quasi assunto l'aspetto di sempre, quando Santo era apparso mezzo curvo dentro il riquadro della porta della cucina, Nevio stava attizzando vigorosamente il fuoco, una salva di faville si era alzata in volo su per la cappa del camino, Santo si era lasciato distrarre da quel bagliore volatile che si era consumato in un istante; quel piccolo corteo di luce danzante fantastico gli parve una felice allegoria dell'anima e del suo volo, del suo destino.

La tavola era stata apparecchiata con cura senza negligenze senza stanchezze, Nevio preparava delle bruschette e lasciava colare dal becco della bottiglia un filo d'olio e lo faceva girare ad arte sulle fette di pane caldo che profumavano di aglio; nessun particolare veniva tralasciato nessuna cura trascurata, nulla era cambiato nello studio e nella premura che poneva all'ospitalità dell'amico; Santo non poteva fare a meno di contemplarlo.

Lisa era di là sul letto, morta, tuttavia questo evento tragico e terminale non aveva fatto deflagrare tutto il resto non devastava ogni cosa non trascinava con sé ogni altro aspetto dell'esistenza, al contrario permetteva degli spazi salvi dal dolore, non distruggeva ogni cosa, al contrario ogni cosa sopravviveva insieme con esso e, anzi, nonostante esso.

Santo seduto al tavolo davanti alla sua zuppa aveva assunto il curioso aspetto di un bambino seduto alla mensa dell'orfanotrofio, aveva tutta l'aria di sentirsi escluso da quell'offerta eppure di averne un gran bisogno.

Si sentiva in effetti l'animo tutto rimescolato, non sapeva cosa fare di tutto quel groviglio di emozioni che gli slabbravano il cuore gli corrodevano il respiro e gli insaporavano le parole; pure così grande e lungo com'era, si sentiva, in quel momento, un'anima mingherlina rinsecchita e squagliata che si affacciava, senza che lui potesse farci nulla a quegli occhiacci di bue che gli s'erano tutti annacquati di lacrime, certi goccioloni si gonfiavano sul bordo degli occhi e restavano lì tremolanti e lucidi sul ciglio. Santo se ne vergognava e col pugno chiuso cercava di cancellarne ogni traccia, certe strusciate sul viso certe tirate su col naso certe raspate di gola!

«Piangi?» gli domandò Nevio sottovoce quando furono seduti uno di fronte all'altro col cucchiaio che cantava nella zuppa calda. Non aveva ceduto al pianto lui e in qualche modo lui si prese cura delle lacrime dell'amico.

«Il bello della morte» prese a dire Nevio, «sta nel fatto che non possiamo farci nulla; questo ci salva dalla fatica di arrabattarci a cercare una soluzione, fatica inutile, ci salva dal delirio di onnipotenza di pensare di trovarla, dalla pena di non riuscire. Arriva e pare che ci dica state pure buoni state cheti, questa volta non vi esaurite, questa volta, alla fine, non c'è niente, nessuno sforzo che vi tocca di fare, non vi date pena, non c'è niente da fare.»

«Non piango per la morte Nevio» e poi fece una pausa, non era sicuro di voler andare avanti.

Abbassò gli occhi posò il cucchiaio e sussurrò: «Piango per la vita! Per la vita che sento qua dentro, la vita che tu hai rintuzzato dentro ogni scansia in ogni angolo, la vita che si sente battere in ogni cosa Nevio, ogni istante, anche ora anche ora; io che pensavo che fosse così solo prima, solo fino ad ora, solo perché la fortuna ti aveva risparmiato, perché avevi tutto quello che desideravi, allora la vita ti sorrideva certo che sì, ma ora ora Nevio che l'hai perduta una parte, ora che essa ti ha tradito che ti ha offeso che ti ha fatto male, ora che ti ha portato la morte in casa, anche ora Nevio, lo vedo, tu la stai affermando la stai celebrando la stai maneggiando; tu e lei siete la stessa cosa, la vita e la sua forza non ti lasciano neanche ora perché tu non hai neanche per un momento pensato che potesse accadere né lasciato che accadesse. Come uno stendardo tu l'hai innalzata contro quella dannata, come un'immagine sacra l'hai sbandierata contro, perché non fosse passata oltre! Perché non rubi qua dentro, non saccheggi non prenda alcun vantaggio; e come potrebbe? L'odore di vita che c'è qua dentro, la vita della vita e il suo perdurare è così forte, più del lezzo di quella, da sola è in grado di offuscarla di respingerla, vorrei dire è capace di farla morire, la morte».

Un rumore di piccoli passi corti e felpati, un ticchettio lento venne a infrangere il silenzio per un istante e acciuffò senza indugio l'attenzione dei due; era Lupo, si era deciso ad entrare in casa, aveva addosso un odore di prato e di erba, avanzava mogio mogio a testa bassa, non si curò nemmeno di Nevio che gli aveva allungato un pezzetto di lardo spalmato nell'incavo della mano; se ne andò dritto di là verso la camera, lo sentirono accucciarsi di peso a terra seduto accanto al letto a fare la guardia alla Lisa.

Nevio ebbe un cedimento come se tutta la commozione l'avesse agguantato adesso, proprio assistendo a quella manifestazione di attaccamento e di fedeltà della povera bestia; riconosceva in esso, nell'animale l'espressione di quel senso di devozione, quel legame inseparabile prescelto devoto unico indissolubile e per sempre.

Era a quell'indissolubilità che avrebbe certo attinto, di cui si sarebbe fatto forte, lui l'aveva costruita con la Lisa, lei ora avrebbe regalato ad essa il tempo dell'eternità, lui non l'avrebbe rimpianta, non sentiva di averla persa, al contrario era qualcosa che di lei rimaneva e lui l'avrebbe custodita fino alla sua di morte.

Fuori già sfumava dalle campagne un chiarore lieve ed ampio nella sera, si sentiva fino là arrivare il rombare sordo della strada semideserta e, fra gli sterpi del poggio, qualche lontano grillo stridere di tratto in tratto nascosto nel lievissimo stormire degli alberi foschi.

Una prima fetta di luna galleggiava accesa in un cielo scialbo e vano.

Nevio aveva sprangato le finestre e sparecchiata la tavola; quella sera pareva lo portasse tutto addosso il peso della vecchiaia in cui era precipitato a sua insaputa e, quella, gli dava l'aria di implorarlo adesso, dolcemente e timidamente, una specie di sostegno, anche lui, almeno per l'inesorabile durata di quella notte.

Santo si offrì, non senza un certo timore di infrangere lo spazio di quel cerchio invisibile che lo escludeva, di vegliare insieme con lui la Lisa, col fuoco acceso e un poco di caffè, insomma di tenergli un po' di compagnia, ma Nevio no, Nevio disse che quello toccava a lui, che non avrebbe rinunciato a starle accanto ancora per un'ultima volta a tenerle la mano e aspettare insieme che si facesse giorno, prima che la portassero via, voleva vestirla e pettinarla come gli aveva chiesto la Lisa, se lo erano promessi tante volte a chi fosse toccato per primo e lui non voleva tradirla.

Disse tutto questo con un misto di serenità e di gentilezza dimessa, con un tono carico di incessante tenerezza che tuttavia non aveva ispirato repliche.

Fuori adesso era buio non si distinguevano che alcune offuscate sembianze e nessuna direzione. A che punto era la notte?

«Prima che tu vada Santo» aggiunse con una gravità densa e lenta, «voglio darti questo» e trasse dal primo cassetto della grossa madia di legno in cucina, dove erano custoditi in ordine documenti e altri fogli pieni di conti, un foglietto di carta a quadretti grandi, di quelli dei quaderni delle scuole elementari, nascosto dentro il nodo di un fazzoletto ricamato. «Lo ha scritto la Lisa, s'è fatta aiutare dal nipote, ci ha messo quasi un pomeriggio» mentre parlava aveva sciolto il nodo e liberato il foglietto, «tieni, lei voleva che lo dessi a te.»

Santo aprì il foglietto con mani tremanti; c'era scritto:

LASCIO A MIO CUGINO SANTO LA MIA SOMARA CHE LA DEVE CHIAMARE LISETTA SE NO NON RISPONDE COSÌ VIENE A FARE COMPAGNIA A NEVIO ANCHE CON IL MALE AI GINOCCHI QUANDO IO NO CI SONO PIÙ. FIRMATO LISA.

La notte precipitò orrenda sulla campagna con un rovescio strepitoso di pioggia.

Era iniziato da qui il lungo e solitario viaggio dei vecchi al termine della notte.

L'odore del caffè

Era da quando c'era stata la guerra mondiale che gli italiani, in barba ad una deplorevole mancanza di iniziativa, lasciavano la patria, anche per sempre e si recavano in Svizzera col treno a cercare lavoro. Pure Adelmo, il marito della Giuseppina, la figlia di Nazzareno e di quell'impiastro della Rosina, era emigrato lassù, lo sapevano tutti, lui aveva pure scritto una cartolina con la foto del paesaggio delle montagne; Nazzareno, il suocero, l'aveva attaccata con la puntina sul muro del negozio, sopra il piccolo tavolo di legno consumato e tutto graffiato, dove rifaceva la suola alle scarpe.

C'era anche appesa la fotografia del matrimonio di lui e della Giuseppina vicino a quella cartolina, mentre uscivano dalla chiesa con tutto il riso che gli era andato in bocca e pure un santino sbiadito c'era attaccato, l'immagine di san Cristoforo, che sicuramente era un santo protettore di qualcuno, anche se forse non dei calzolai.

E poi ovunque intorno un gran disordine, le scarpe vecchie da aggiustare da risuolare si ammucchiavano sul pavimento una sopra l'altra; per riconoscerle Nazzareno scriveva il cognome del proprietario sulla suola, ma quando erano proprio consumate ci passava sopra il pennello della colla sulla suola e ci appiccicava un pezzetto di carta; il cognome poi lo scriveva lì sopra.

Da quando era un bambino che faceva compagnia al nonno, pure lui calzolaio, rimaneva chiuso tutto il giorno dentro quel bugigattolo senza finestre che affacciava sulla strada, bastava scendere un paio di gradini o tre, non c'era nemmeno la stufa, d'inverno Nazzareno lavorava col cappotto addosso e si scaldava i piedi con lo scaldino. Ma Nazzareno al suo mestiere non avrebbe rinunciato, lui diceva che sotto la materia, dentro a quel cuoio, anche quando era finto, ci scorgeva qualcos'altro, lo diceva lui proprio con queste parole, ma poi non diceva altro.

Il genero invece era disoccupato, senza arte né parte senza lavoro e senza titolo di studio, pochi giorni dopo il matrimonio, con quel bagaglio nefasto appresso, era emigrato in Svizzera e aveva trovato lavoro subito lassù.

Questa storia era storia comune allora, era la storia della povera gente che non si arrendeva al bisogno e alla miseria; ci s'era abituati, pareva quasi normale a quel tempo. Da noi però era accaduto qualcosa di diverso, con ogni probabilità un fatto unico, un evento straordinario al confronto con quelle storie; da noi, quaggiù, le cose erano andate al contrario, nella nostra cittadella infatti – ma poi perché proprio da noi? – erano venuti giù loro, gli Svizzeri, da noi!

Sì gli Svizzeri, non si sapeva quali non sapemmo mai come, non sapevamo se fossero una famiglia o un po' di Svizzeri così, sciolti, non li conoscevamo non sapemmo mai com'erano e non li vedemmo mai. Solo che si parlava di loro, questo sì, si sapeva che erano arrivati, perfino i giornali locali ne scrissero, un trafiletto modesto, ma che fu pubblicato di domenica.

Appena scesi, gli Svizzeri, li pensammo scesi perché venivano da su, sopra di noi, dal Nord del Nord, si erano stabiliti nella centralissima via del Corso ad un civico pari e lì avevano impiantato una piccola Repubblica indipendente del caffè, perché, oh, buono come dagli Svizzeri, di caffè, a quel tempo, non se ne poteva trovare; il caffè degli Svizzeri, come la cioccolata come il cacao, a voler trascurare gli orologi, non se ne poteva rintracciare, anche perché loro (erano Svizzeri mica orvietani), lo lavoravano tutto loro il caffè, in ogni passaggio, avevano i loro fornitori, ma poi li tostavano proprio loro i chicchi, nel laboratorio dietro la bottega, dove gli Svizzeri avevano il magazzino, che non trascuravano di mantenere provvisto delle più diverse scorte di cacao spezie e cioccolato, svizzeri naturalmente.

Il caffè dentro al negozio te lo macinavano davanti sul bancone, subito, una volta che, infranto il proprio ingiustificato riserbo, si era indicata la qualità che si desiderava. Si poteva scegliere: c'era il prezzo economico, il caffè da centonovanta lire l'etto, quello familiare da duecento lire e quello da duecentoventi lire qualità super, in genere riservata agli ospiti, raramente si faceva lo sforzo di comprarlo.

Gli Svizzeri, tutti insieme, inforcavano allora il manico di una paletta di acciaio larga quanto una manica e con un gesto deciso, virile, svizzero, la conficcavano dentro quella manna di chicchi lucidi e marroni che scintillavano come perle di un rosario, sgranate dentro piccole robuste madie di legno naturale, e poi rovesciavano i chicchi dentro il macinacaffè; i chicchi scivolando uno dietro l'altro tinnivano come allegre rincorse di accordi sulle corde di un'arpa.

In un attimo erano precipitati, erano inghiottiti e allora, proprio come un'esperta musicista, la commessa con una mano accendeva il macinacaffè, mentre l'altra era già volata ad infilare un piccolo cartoccio color pulce sotto la bocca della macchina; il motorino faceva un gran rumore, ci lasciava qualche istante in attesa con gli occhi puntati sullo scivolo metallico del piccolo bocchettone, poi un profumo inconfondibile annunciava l'arrivo della polvere marrone, in pochi istanti la bocca la sputava fuori tutta (se ne comprava al massimo un etto) e non appena, dopo una breve impennata, una sorta di fragoroso acuto finale, il motorino si chetava, TAC TAC: la mossa estrema, il gesto finale; al ritmo blando della consuetudine la commessa faceva sbattere una piccola leva TAC TAC, per scuotere l'ultimo pulviscolo scuro, quei rintocchi metallici ci distraevano ci scuotevano dall'inebetimento in cui nel frattempo ci eravamo persi, nella contemplazione rapita dei barattoli di vetro traboccanti di confetti liquirizie cioccolatini amaretti nocciole mentine e poi la cannella la vaniglia il cacao le cioccolate i biscotti disposti sopra gli innumerevoli scaffali a muro di quella grande dispensa colorata e traboccante in cui consisteva quella torrefazione emporio cuccagna casa degli odori giardino della meraviglie paese dei balocchi luogo prediletto succulento e invidiabile, come certe mete di pellegrinaggi, come certe cappelle che custodiscono le reliquie del Santo e gli oggetti che gli furono cari in vita, certi luoghi che paiono circonfusi da una avvolgente benevolenza divina. Perciò, colmi di mansueta riluttanza, con difficoltà e in gran lentezza ci decidevamo infine a sbrigare, ma più tardi possibile, le procedure della cassa.

Il mercoledì era il giorno in cui gli Svizzeri tostavano il caffè, senza tema di smentite, ad ogni buon conto nessun altro giorno era simile a quello.

Sin dal mattino, da quella misteriosa specie di antro artificioso e fantastico, nell'innocente segreto del retrobottega dove nessuno aveva mai assistito all'alacre armeggio di quella fastosa vasta ingegnosa ubbidiente orologeria meccanica umana che sono gli Svizzeri, cominciava a salire un profumo forte e acre come di foglie bruciate, un aroma amaro e intenso si infilava su per la cappa del camino; tuttavia non si poteva dire che si trattasse solo di quello; subito intorno si diffondeva come l'avvertimento che si trattasse di altro, di qualcosa di più, come una specie di carezza al nostro amor proprio, una ricreazione, un pascolo piacevole dato alla nostra indolente fantasia. L'aroma poi si spandeva sopra il tetto di tegole della piccola Repubblica indipendente, si spargeva, si dipanava lungo tutta la via del Corso, si allungava come una serpe invisibile, si snodava come un nastro aromatico lungo la vecchia strada etrusca; una invisibile fascia rarefatta di vapori intensi e di essenze galleggiava sospesa nello spazio remoto e quieto, l'aria tutta ne era quasi ispessita. Gli antichi palazzi di tufo ai lati della strada delineavano il passaggio di quella sorta di torrente aromatico che scorreva a mezz'aria, come una quinta di pioppi che con le sue sinuosità argini il corso di un fiume e che tuttavia rimane invisibile.

Sennonché la strada principale, il Corso, si complicava in una serie di incroci a cagione dei numerosi vicoli che la tagliuzzavano ai lati; in quelle piccole viuzze mal rischiarate, allora, il profumo del caffè tostato sterzava con delle spallate sornione, si divaricava pigliava certe curve, girava e s'infrattava fino là dentro, nei vicoli, entrava nelle piccole botteghe, nei cortili, si infilava dentro al Cinema Corso, tracimava fino alla piazza grande, quella del mercato e finalmente si espandeva; una tale turbolenza odorifera quella, che non poteva lasciare indifferente nessuno dei passanti; bisognava vederla, come una ghirlanda inanellava i loro volti li avvolgeva li incoronava, alcuni ne rimanevano quasi storditi, si fermavano con le facce prive di espressione, rapiti annusavano l'aria come lucertole inebetite al sole; quando si incontravano tra loro, lasciavano cadere le parole di saluto in quelle profondità aromatiche, come zucchero nel caffè; era un odore fisico quello, corposo e forte, un profumo dal richiamo carnale quasi vergognoso quasi peccaminoso.

L'aroma del caffè il suo vento, incombeva denso e carico su tutto, come il cielo di un temporale sulle case di pietra, si adagiava sopra i tetti, penetrava nelle stanze attraverso le persiane accostate, dalle finestre spalancate, pertinace e ostinato si infilava perfino attraverso i vetri chiusi, le finestre serrate, pioveva sugli orti, si avvinghiava alle cancellate come un rampicante, grondava sulle case come una benedizione; a poco a poco un intero quartiere ne era pervaso ogni angolo catturato ogni passaggio; allagate le cantine i garage i magazzini; quelle volute di fumo e vapore dall'odore esotico materico e consistente a poco a poco invadevano di sé e corrompevano perfino il silenzio. Niente da fare. Preso al laccio e domato, un quadrilatero cittadino finiva per dichiararsi vinto, senza opporre resistenza ogni pietra ogni arco stipite piazzetta campanile si arrendeva con una remissività totale; turbato inerte nevrotico eccitato assuefatto, lo spirito del luogo cedeva placato in una sorta di proverbiale e oleosa sonnolenza.

Era come se in quel profumo inebriante e irresistibile si solidificassero una mezza dozzina di fragranze di allusioni di attimi, memorie persistenti, di odori, di aliti sfiorati, di fragili essenze evaporate, eppure eternamente capaci di trattenere nelle loro goccioline appena palpabili, ricordi lontanissimi e fedeli, istanti inarrivabili in cui qualcuno o qualcosa che abbiamo incontrato nel tempo ha lasciato impressa una traccia, ha lasciato per noi il suo istante di posa.

In ottemperanza agli obblighi indotti dagli stereotipi, peraltro futili quanto il ronzio di un moscone tardivo, puntualmente gli Svizzeri, in qualunque stagione dell'anno si applicavano alla tostatura del caffè ogni mercoledì, precisi e puntuali.

Nei pomeriggi d'estate, quelli soffocati in un'asma di vento caldo, specialmente nell'ora in cui si ispessiva il crepuscolo e i fiori bianchi degli alberi di tiglio lungo i viali si alzavano e si abbassavano alle carezze della brezza che spirava sui rami, simile ad un umido scirocco d'Oltreoceano, gli Svizzeri tostavano il caffè ed era subito l'Avana era viva Zapata e la Rivoluzione era la Repubblica di zucchero e cannella era musica e turbamento era il carnevale di Rio era la movida, anche se non ne conoscevamo il significato, era danza latino-americana era l'amore ai tempi del colera, poteva essere uno schianto esotico esotico e gratuito. Tutto. Tutto.

Dopo le prime ore ti lasciavi rincoglionire, non era più un aroma un profumo di caffè era il preludio abituale di cosa? Quell'odore che tormentava, nel pomeriggio inoltrato, si era condensato si era espanso sfilacciato aveva allargato braccia, tentacoli, allungato gambe; quell'odore possedeva un corpo, era come una donna tenera e immateriale eterea soffice volatile profumatissima, piena di forme e di anse e di rotondità, piena di capelli e di braccia, quante ne disegnava il profilo del profilo del profumo che si insinuava con le sue curve oscillanti, si espandeva come una chioma di capelli sciolti mossi e ondeggianti come alghe filiformi cullate sul fondale dalle correnti; era l'abbraccio muto di quella donna pingue dall'origine magica, sognata, una figura desiderata e inimmaginabile apparsa dal fumo della lampada di Aladino, un'ombra dilatata dalla natura divina simile ad una dea; una Giunone bellissima e immensa che avviluppava la città, la inondava, la possedeva tutta, la penetrava fino nelle viscere, la sequestrava, come un'aquila che ha ghermito la sua piccola preda e non la lascia respirare.

Verso sera, poi, quando le prime stelle cominciavano ad appuntarsi a casaccio nel cielo e, appeso lassù, si accendeva il carro fantasma, la potevamo sentire galleggiare come un'ombra chiara che esalava ancora, distesa sulla rupe dove sorgeva la cittadella, con le braccia distese penzolanti e morbide, le gambe lunghe e affusolate, abbandonate languide lungo le robuste costole medievali di tufo bruno; con gli animi traboccanti la sentivamo ancora respirare insieme alla notte dentro il lucore del roseo bagliore lunare; dentro il silenzio rotto solo dall'eco di una stridula malinconia dei grilli che si sentiva languire nelle campagne intorno, finché la nostra piccola città non diveniva più che una piccola baracca contro un enorme sfondo di cielo.

La Torta Nuziale

Uno due tre... quattro... ah! Certo che non avevano badato a spese, non si può dire che si fossero tirati indietro!

Cinque piani, cinque piani ci volevano sì, cinque piani, nondimeno, via, era il minimo; certe feste vengono una volta sola nella vita, almeno così ci si auspica! E chi potrebbe svenarsi un'altra volta e poi a questo livello! In queste proporzioni!

Cinque piani di Torta vogliono dire, sono cinque piani nella scala sociale! Oddio, c'è anche chi ne ordina sei o sette, ma quello è sfoggio, quello è "pidocchio rifatto", quello è "burino ripulito", come si dice, quella è ostentazione, pura e semplice esibizione di volgare ricchezza, del soldo sonante. No! Cinque piani è la misura giusta, cinque piani sono appropriati cinque piani bastano e avanzano, è vero che gli invitati sono più di cento, ma il menu prevede tanta di quella roba da mangiare che ci sarà da portare a casa gli avanzi, riempire i vassoietti di carta alluminio e portarli a casa con la scusa del cane, anche se il cane poi, alla fine dei conti, ce l'hanno tre invitati su dieci e nessuno di quei tre ha intenzione di sfamarlo con i resti del pollo arrosto del banchetto, buono pure per la nonna quello, via!

Tutta bianca da cima a fondo questo sì, la Torta era stata ordinata rigorosamente esclusivamente bianca, così come le decorazioni, una composizione di roselline di zucchero disposte tutte in cerchio in ogni piano, solo bianche, niente cioccolato, niente coloranti, niente confettini colorati, niente granaglie né decorazioni pastello, no no no no no, tutto bianco candido come il piumaggio delle colombe, immacolato come la via lattea, bianco innocente nitido limpido, vergine proprio come era giunta la sposa al matrimonio.

Per fortuna anche lo sposo aveva scelto di indossare un abito bianco, l'opzione si era riverberata positivamente dal punto di vista estetico sulla confezione della Torta; la coppia di sposini di plastica che troneggiava in piedi, era perfettamente somigliante all'originale, piazzata all'ultimo piano della Torta, bianco lui bianca lei dai guanti bianchi, le scarpe bianche, la pelata bianca di lui e quel gran velo tutto bianco di lei, gran Dio!

Quella nitida iridescenza faceva risultare una nuvola soffice, eterea tutta quella grassa magnificenza di Torta farcita di panna montata alta alta, abbondante, crapulona proprio come era stata ordinata, davvero quella sì, senza badare a spese.

Cinque piani di panna soffice, un grattacielo di panna montata, tirata su – senti che ti dico – con il latte di capra, di capra si erano raccomandati, senza neanche sapere se si potesse fare o se invece si trattasse di una di quelle inqualificabili castronerie eccentriche e irresponsabili tipiche dei committenti urbani, dunque ignoranti circa i procedimenti della produzione artigianale; fatto sta che adesso, alle quattordici e quarantacinque della prima domenica di maggio – il mese delle spose – a banchetto iniziato, la Torta attendeva in tutta la sua tronfia e opulenta grazia di Dio, di essere ammessa al tavolo degli sposi, di fare la sua bella figura trasportata come in processione tra le braccia dei camerieri che le avrebbero riservato un ingresso trionfale in sala, servita in mezzo ad un incendio di petardi, piccoli fuochi d'artificio, fontane di scintille d'argento mentre una piccola orchestra dal vivo avrebbe intonato la canzone preferita della coppia, quella con cui si erano conosciuti sotto la rotonda di quello stabilimento calabrese mentre i loro sguardi, i loro sensi si perdevano dentro il profumo delle zagare che inondava come un incenso i giardini della marina.

La cucina immensa dove fervono i preparativi è quella di un ristorante di lusso; nulla nell'organizzazione della cerimonia è stato lasciato al caso, la sposa è figlia unica e il preventivo di spesa è stato accettato dalla famiglia, non senza un moderato dolore, ammortizzato sulla base di una ragionevole sostenibile rateizzazione.

Una specie di teatro di posa la cucina, uno spazio immenso bianco e acciaio organizzato fin per il più piccolo inutilizzato utensile, fuochi piastre camino cappa aeratori, nemmeno una sottile cortina di fumo, nessun odore acre o nauseante, piani cottura e di lavoro lindi e rilucenti, uno spettacolo da godersi insieme al profumo ai suoni al tramestio al crepitio della mezzaluna sulle erbette, allo sfrigolio dell'olio nell'atto di abbracciare e folgorare una rondella di cipolla: si gioca o si lavora? Si pasticcia si insuga si spalma si impana si squaglia si frulla si mescola si tagliuzza si manteca si frigge si scola si assaggia si mette a bollire si farcisce si inforna si sforna si umetta si monda si sbollentisce si cuoce si addensa si sfuma si sbatte si stende si guarnisce si impasta si avvolge si svolge si sala si impepa si insaporisce si scotta si unge si dora si infarina si sbuccia si grattugia si affetta si monta si assaggia si sbriciola si salta si spolpa si disossa si accende si spegne si abbassa si stempera si infila si copre si scopre si fa evaporare si allunga si fa rosolare si zucchera si svapora si riscalda si netta si snocciola si sgrana si ammolla si pesa si passa al setaccio si travasa si spruzza si versa si spolvera si scarta si condisce si assaggia e alla fine si impiatta.

Un quadro animato e sonoro da contemplare attraverso l'olfatto a cui un labirinto di profumi e aromi smarrisce la strada e confonde il senno.

Cuochi assistenti cuochi e cuochi pasticcieri: a questi ultimi era stato assegnato il pregiato compito di confezionare i cinque piani della Torta Nuziale, i gironi paradisiaci di una semplice architettura sentimentale in vetta ai quali disporre la loro felicità; c'era voluta l'intera mattinata per fabbricarla, proprio pochi minuti prima i mastri pasticcieri l'avevano a fatica posizionata su un grosso tavolo di marmo disposto in una zona della immensa cucina rischiarata da una grossa vetrata.

La vetrata che fungeva da parete ad un lato della stessa cucina, immetteva con lo sguardo sul corridoio proprio dirimpetto, c'era una finestra sempre aperta, da qui, in un'incessante corrente d'aria, l'ombra tiepida e il sole arancio dell'ora filavano come su una superficie fluttuante, emanavano una luce fino alla cucina, e di quella luce evocavano tutta la sua riflettente instabilità.

Attraverso quella vetrata i cuochi pasticcieri, usciti sul corridoio per fumare una sigaretta, si erano messi ad ammirare la Torta sistemata là sul tavolo di marmo, al centro di una ghirlanda di violette e di asfodeli – guarnizione di repertorio destinata naturalmente a scomparire – la rimiravano con espressione adorante e con una sorta di venerazione laica; bella in tutta la sua imponenza, regale come un'imperatrice sul trono, levigata perfetta come una scultura, come un'opera d'arte, ornamentale come una fontana che dia sfoggio di sé al centro della piazza.

Un peccato guastarla, un atto vandalico mangiarla. "Bella!" si erano detti i cuochi, si poteva essere orgogliosi di averla forgiata montata guarnita farcita spalmata creata battezzata.

In effetti dietro quella vetrata come dentro a una teca di cristallo, quella spirale mistica, quell'ascensore diretto all'Olimpo, quella creatura cui solo mancava la parola, sembrava rendere irreale quasi musicale il chiassoso fermento quotidiano che squittiva tutto intorno e davvero, nel suo scintillante lucore siderale, pareva ormai immersa in un luogo pallido di chiaro di luna.

Era ora di rientrare in cucina, i cuochi pasticcieri si erano concessi appena il tempo di fumare una sigaretta tutti insieme, affacciati alla finestra aperta, quella lungo il corridoio, che dava su un ampio giardino interno dalla forma quadrata e recintato tutto intorno da un antico muro di pietra poligonale che era diventato la dimora di piccole erbe rampicanti; negli interstizi di quelle pietre poi, avevano insinuato le loro filiformi radici coroncine di delicati myosotis, le minuscole corolle, alla timida brezza delle prime ore del pomeriggio, fremevano cullate dalla luce perlacea di un lembo di sole piegato all'angolo del muro esterno.

La porta della cucina, i cui battenti si chiudevano a molla come nei vecchi saloon, si richiuse dietro l'ingresso dei cuochi; un ultimo strascico di fumo soffiato via in fretta per l'incombenza di rientrare rimase strozzato tra i battenti come un lembo del velo di una sposa dileguatasi di corsa, rimasto impigliato; il serpentello di fumo azzurrino restò appena qualche istante sospeso a mezz'aria poi scomparve frantumato dalla energica scia dei passi dei corpulenti pasticcieri nel corteo di ritorno.

L'orchestrina aveva ripreso a suonare; gli sposi avevano concordato alcune pause musicali che scandivano il flusso andante mosso delle innumerevoli portate; una fisarmonica ed un pianoforte accompagnavano con un allegro ma non troppo la naturale gaiezza con cui procedeva la festa.

Parapapapapapapa... rarara!

Bianca, nell'immenso spazio bianco, come la schiuma spessa arenosa e grumosa che cavalca le onde quando vanno all'assalto della spiaggia, come quell'esile strato bianco che sussiste quando ricade la prima schiuma, ristava la Torta Nuziale chiusa in un silenzio quasi angelico; la sua nuda profferta recava come un annuncio di bontà di allegria di vita, riservato agli appetiti alle gole agli esofagi alle budella che si aprivano ad essa e non chiedevano che di farne parte. Ahi gola! Capitale del vizio letto di perdizione!

Un aroma grasso di zucchero e vaniglia circondava come un'aura invisibile tutto intorno quell'astronave golosa e molle che come una divinità obesa, lussuriosa, come un venerabile Buddha dal sacro ventre di panna richiamava fedeli e postulanti al pascolo, agli appetiti irresistibili non già della carne, ma a quelli supremi dello spirito.

Ah gola! Ah gola!

Con zelo esemplare dunque e con prudente solerzia la Torta era stata sistemata in un angolo non troppo rischiarato della cucina, una culla in penombra al riparo da luci moleste che – ah gola! Ah gola! – rischiassero di cagionare nocivo riscaldamento alla panna, lontano da odori vapori contaminanti, in una sorta di spazio sigillato, un bunker protetto, una camera iperbarica inaccessibile alle insidie del concerto dei profani che ruzzolava tutto intorno, operoso e caotico, eppure così ben diretto e dunque in coincidenza perfetta di andatura.

Parapapapapapapa... rarara! ... Rarara!

Non c'è niente da fare! Eccola là, la Torta Nuziale è il biglietto da visita della cucina, la firma a coronamento onorevole del ricevimento, l'acuto finale l'accordo perfetto tenuto fino allo spasimo è l'applauso l'estasi la poesia e la dedica l'orgasmo la vetta è l'apice è l'ingresso alla soglia del divino è musica arte è... Ah gola! Ah gola! Gola! È il piacere è... oh, gran Dio! Fermi! No, no! Questo non ci voleva! Cos'è accaduto? Perché ci interrompiamo? Forse una sincope improvvisa della storia? Ah gola! L'acuto è stonato, l'accordo stecca cala vergognosamente, stride si blocca l'applauso si tace, macché! Ma quale orgasmo, quale orgasmo! (Ti pareva?) Parapapapapapa... Ah, natura imperfetta, imperfetto racconto! Che è stato, si dica dunque? Per tutti gli dèi dell'Olimpo! Un infarto dell'estasi dunque dove la vetta? Quando la vetta? La vetta! Ah gola! Ah gola! Che dici che farnetichi? "Astieniti Orazio ancora un poco dalla felicità e séguita a respirare dolorosamente in questo mondo crudele non foss'altro che per raccontare questa storia" (*Amleto* atto terzo). Ma cosa odo? Son versi codesti, a qual scopo? Che seguito questa storia! Che seguito! Ah gola! Il racconto si interrompe rimandandoci dunque a raccattare lordure... a qual punto vedete dunque seguo le vostre peregrinazioni con ali doloranti... Parapapapapapa... Delirio mistico parvemi! Che si dica, che c'entra? Che significa? Non è finita, no, tale dunque lo scempio, la portata di ciò che non osiamo raccontare! Ah! All'improvviso, si narra, di fronte agli occhi increduli degli uomini le acque violacee del mare si aprirono, voi lo vedeste, uomini di poca fede! Si sollevò un vento spaventoso e un solco infinito separò le acque... Ma perché codesto annuncio ora?... e nell'ora in cui Abramo con estrema fatica, Abramo campione di fede, raggiunse la cima del monte e fu sul punto di sacrificare il figlio Isacco, così come il Signore gli aveva ordinato, si udì chiara la voce del padre così come ora voi la udite! Che accade? Egli aveva visto tutto sulla terra, sapeva tutto e da lassù svelò la verità a tutti noi a beneficio della nostra conoscenza infine, profetizzò financo lo sciagurato seguito di cotale racconto, udite dunque, ebbene egli disse: «C'è una mosca sul piano inferiore della Torta, quello più grande, quello con tutte le roselline intorno».

Ahinoi! Popolo disperso e disorientato, mai mai avremmo immaginato una simile diaspora della narrazione! Sì bene procedeva... maledizione! Ci guardiamo in viso increduli smarriti, perduta è la grazia smarrita la via, come prendere ora il cammino e soprattutto il racconto! Ah disgrazia! Codesta è la notte di ogni parola, cosa aggiungere quando ogni sillaba ogni verbo frana senza riparo ingoiato dentro l'oblio come dentro un abisso! Tutto è perduto! La morte arriva circonfusa di silenzio come una tacita ultima combinazione del pensiero! Cosa c'entra quest'ultima affermazione? C'entra! Dovemmo pur scrivere qualcosa di solenne, una riflessione degna, un pensiero estremo di seguito alle gravi e definitive parole del Signore! Quale sentenza udimmo! La più grave signori! Tuttavia essa è la verità! Come dubitarne? Fa male ma è vero: c'è una mosca; c'è una mosca sulla Torta Nuziale, no, signori, non è una scheggia fuggitiva di tenebra, non la meniamo troppo per le lunghe con le metafore! Ora chi glielo dice? C'è una mosca, enorme, nera nera lì sulla Torta, piano inferiore, si è posata proprio su una di quelle roselline bianche, ha introdotto il suo musetto nelle pieghe dei petali di zucchero, lo struscia, struscia e succhia succhia, che delizia! E mentre abbassa il capino sprofondato nello zucchero per abbeverarsene tutta, solleva il minuscolo sedere tremolante ossia il deretano... la parte posteriore del corpicino; succhia e distende le alucce vibratili trasparenti e fragilissime e solleva e abbassa il posteriore e succhia, oscilla e su e giù avanti e indietro come se consumasse un amplesso; con quel minuscolo corpicino d'insetto, si struscia, cammina esplora pare accarezzare quando segue tutte le pieghe sinuose delle forme dello zucchero; ne scorre le curve i dossi le anse i buchi, come un infante lanciato sugli scivoli di Aqualand! Che goduria! Ah gola! Ah gola! La mosca ora cammina lungo tutto il perimetro di panna come un soldato russo a piedi nella steppa; deve sembrarle immensa quella distesa bianca come una pista da sci, solo che questa neve si può succhiare, si può leccare, si può mangiare e allora dàiii! Con quelle zampette vispe che non lasciano alcuna traccia; chissà in quale scarico di fogne putride sarà stata a ubriacarsi, dentro quale e quanta cacca di cane avrà deposto le sue uova, si sarà impantanata di liquame con quelle zampette filiformi! Astute le mosche si sa, sono animali socievoli non conducono vite solitarie, per lo più si organizzano in colonie, non proprio come le api, cionondimeno debbono essere dotate certo come quelle, di loro inudibili richiami, altrimenti come si spiegherebbe che ora sulla Torta ce ne sono altre due, sono entrate altre due mosche, eh sì! Hanno abbordato la Torta e stanno sguazzando ai piani alti; sono più piccole di corporatura queste due, con ogni probabilità si tratta di due mosche femmine.

Codesta, che può definirsi senza alcun dubbio una impronunciabile tragedia, ci espone ad un'altra sventura, l'insorgenza di un feroce dilemma: come accidenti hanno fatto le mosche ad entrare dentro quella sorta di cassaforte blindata, quel bunker riparatissimo senza fessure senza finestre senza accessi gran Dio!... Deve essere accaduto nell'attimo in cui la porta della cucina che dà sul corridoio è rimasta aperta durante il passaggio dei cuochi pasticcieri! Dalla finestra spalancata sul corridoio si devono essere infiltrate senza dare nell'occhio; ecco come deve essere andata.

Tre, tre obbrobriose macchie nere, precise nette inzaccherano la panna immacolata, ogni mosca ha scelto il suo territorio, il suo disco volante nuziale, si ignorano, per lo più rimangono distanti, soltanto per un attimo due di loro si scontrano sullo stesso preciso punto, eh no! Allora ecco, si avverte un ronzio acuto nervoso, un battibecco convulso, una ridicola infinitesimale manifestazione di isteria collettiva, la mimesi, l'epico accenno all'andamento di una bega condominiale, ma poi... gran Dio! La Torta è immensa il campo d'azione sconfinato e poi le mosche vivaddio hanno esigenze distinte; già, perché il mosco, quella più grossa, finalmente si va ad affogare letteralmente al suo solito posto, sulla rosellina, forse per marcare il territorio – ignoro se sia presente in natura tra le mosche tale comportamento – si inginocchia piegando le zampette pelose in avanti, affonda il musetto puntuto dentro la panna e sollevando il deretano scarica microscopiche deiezioni, invisibili puntini neri che lascia andare e trascina per un lungo tragitto, già proprio così, perché essa, la mosca, è dotata della ragguardevole capacità di defecare e seguitare a camminare durante l'operazione.

Le mosche imparano sin da piccole ad utilizzare il materiale di cui sono intrise le zampette per nettarsi di tutto ciò che le ha inzaccherate nel precedente atterraggio; così quel gran strofinare di zampette in cui erano impegnate le mosche sopra la panna, le ripulirà di tutta la porcheria, il letame e la mondezza in cui hanno rovistato precedentemente.

È come un colpo di spazzola, nella panna ora sono atterrati miliardi di microbi e impalpabili sfogliatine di cacca, di fango, di grasso e di urina, oh! Le mosche sono golosissime di urina e avide di feci calde appena sfornate.

Le mucche, o meglio la loro cacca ricca di azoto, spianata e fumante, è per le mosche come per noi la pizza.

Nessun disturbo alla quiete del santuario, nessuna ingerenza da parte degli umani; la Torta è al riparo, le mosche sguazzano indisturbate, non c'è angolo di panna che non sia stato esplorato assaggiato rovistato succhiato dalle mosche; in particolare ce n'è una maggiormente agitata, séguita a girare su se stessa, roteando senza sosta sullo stesso punto, poi si alza in volo, un volo basso quasi radente, accompagnato da un ronzio insistente tignoso, una lagna sincopata e atona, una nota ossessiva che si spegne solo quando la mosca agitata riscende e si posa.

Se ne capisce il senso solo quando alla fine la mosca si ferma definitivamente – che bizzarria! – sempre sullo stesso punto intorno al quale aveva orbitato e da cui era volata via.

"Loredana e Ugo oggi sposi."

La scritta rigorosamente in bianco è stata meticolosamente realizzata, come un ricamo, con una crema di vaniglia; ed ecco! Ecco dove! Proprio sul puntino della “i” di “sposi” la mosca femmina, l’esemplare iperagitato, ha deciso di atterrare definitivamente; con tutta evidenza la natura collosa e densa della crema è estremamente adatta al suo scopo, risulta di suo gradimento.

Femmina autentica e premurosa, una volta sistematasi comoda sul puntino della “i”, rimane immobile, almeno alla parvenza; solo, a guardar bene ad un certo punto solleva le ali trasparenti e chiare – ah! quelle minuscole ali d’insetto sono fatte della stessa mescolanza di fragilità e intangibilità che hanno i vetri delle chiese – la mosca femmina, dunque, accovacciata nella crema comincia a scaricare dentro il puntino della “i” un fottio di uova e, senza sforzo, ne espelle velocemente un numero infinito; sgrava, svuota il ventre ma poi, non paga, probabilmente per affrancare quelle uova da eventuali rischi ne assicura un certo numero sulla “s”, sulla “o” e poi sbrodola via le ultime dentro il buco della “p”.

Ah! Altro che in pasto ai topi! Lì, la sua microscopica covata è stata collocata al sicuro; la mosca femmina, materna provvida saggia e previdente ha svolazzato saltellato ha vagliato ha scelto e poi instancabilmente distribuito la sua prole dentro il ventre di Buddha, al fine di assicurare ad essa perfino il nutrimento alla nascita.

Codesto almeno si presume debba essere stato l’oculato intendimento dell’insetto.

Ora la mosca femmina riposa esausta spiaccicata nella panna, sugge e sugge nettare di latte, ah nettare divino! Si stropiccia e sugge, deve riprendersi dalla fatica, sugge sugge e defeca sugge e defeca; quella manna dolce e rara potrebbe rivelarsi irripetibile per il futuro; le mosche, tutte e tre, ne sono ben consapevoli, non fanno che esplorarla aspirarla succhiarla leccarla ed espellerla.

Se si potesse distinguere ad occhio nudo lo stato delle cose così come si è trasformato ora a cagione dell'operato delle mosche, vedremmo un campo devastato ovunque calpestato insozzato scacacciato impregnato di urina; nessuna sembianza più della bella superficie levigata, scomparsa invece, solchi ovunque, striature ammaccamenti buche orme pantani mondezza liquami pattume, una discarica di rifiuti, ah lordura! Ah sozzura! Quanti misfatti perpetrati furono, quale distruzione, devastazione; un passaggio di armate in marcia una carica uno scontro di eserciti un campo di battaglia; vedete tutti, gli esiti di una guerra, rottami lacrime e sangue e vittime e caduti feriti e morti e fine della festa e liberateci tutti, liberateci! Parapapapapapa.

Considerate voi se questa è una Torta!

Ah scempio profanazione orrore bestemmia! Ah il puzzo degli invasori il fetore dei vandali! Chi li ha fatti entrare, uomini colpevoli blasfemi! Cacciate via i mercanti dal tempio, viaaa! Sono entrati con l'inganno come scimmie hanno invaso il tempio di Buddha e si sono riprodotte, ora cresceranno vermi dentro il ventre obeso del dio, vermi e uova e chissà quanti altri vermi ancora, dalle uova germineranno, ancora e ancora. Ah gola! Ah gola! Cacciate via i mercanti dal tempio essi hanno profanato il sacro hanno violato il luogo proibito hanno disseminato veleno. Sciagurati! Non vedete voi come circolano indisturbati quasi fossero i padroni, gozzovigliano rubano banchettano e defecano. Perché non avete sorvegliato il tesoro prezioso voi uomini incuranti e distratti? Che Dio vi maledica, ora la fortezza è assaltata, il nemico invisibile ha infestato ogni angolo, ha vituperato il regno intoccabile; nulla è più da salvare, nulla più come prima mai più come prima! Cacciate per carità i mercanti dal tempio! Cacciate i malfattori i ladri i saprofiti i vandali i barbari, cacciate il mostro, l'idra a sette teste, fate fuggire i draghi dalla lingua di fuoco, cacciate gli invasori, pur se, ormai, il danno è fatto! Sconfiggete Satana dunque fatelo fuggire, gran Dio! Fatelo fuggire e scomparire perché Satana è il demonio perché Satana è il peggiore dei nemici il più infido, è il più temibile dei pericoli, perché Satana è il nome con cui in cucina chiamano le mosche.

Come una fiera corazzata i tre solerti cuochi pasticcieri veleggiarono dispiegati in una fila difforme, una formazione a triangolo, con la cuspide che puntava dritta verso la Torta Nuziale. Terraaaa!!! Qualcuno sventolò una salvietta; sembrò una bandiera issata a bordo di quella specie di grande nave bianca e acciaio che a quell'ora una brezza di maggio riempiva di tiepido silenzio.

L'orchestra in sala s'era fatta muta; con ogni probabilità qualcuno degli astanti stava tenendo il suo modesto discorso; tuttavia in cucina non si udiva alcun frastuono nemmeno l'eco dei suoni dello squillante brusio. Silenzio. Sennonché lo stato di perfezione di ogni cosa bastava a suonarne la nota.

Lo stato di perfezione, ecco cosa erano in procinto di fermare per sempre i tre cuochi pasticcieri, affinché esso potesse essere contemplato d'ora in avanti a memoria di chiunque lo anelasse.

Dunque i tre moschettieri veleggiarono rapidi ciascuno sulla sua rotta, ciascuno esperto delle proprie mosse, leggeri come se danzassero, ai lati della torre mistica; di lì si scambiarono una tacita occhiata poi fecero ruzzolare la base d'acciaio sopra due apposite cantinelle e senza provocare alcun urto e senza oscillazioni d'un soffio, sollevarono – è proprio il caso di dire – la Torta, issarono le assi su cui poggiava sopra le loro spalle, come macisti "de noantri", la misero in posa la creatura, per scattare una fotografia che immortalasse il capolavoro, che ne trattenesse l'effigie ad umana memoria, ne fermasse le spoglie per sempre.

La immortalarono loro, i suoi veri padri, in uno scatto esemplare, la fecero fotografare e, del tutto inconsapevoli, la sollevarono così dall'orrendo clima della cronaca nera in cui l'avevano gettata le mosche con la loro dedizione al fatto mostruoso e la trattennero, almeno per un poco, nel mito!

Signori! Siamo punti dal raccapriccio di fronte a questa scena!

Come osannare ancora la latrina senza fondo in cui si è trasformata la vecchia gloria medagliata; signori le apparenze sono liquefatte, le vestigia divenute già reliquie – essi non sanno! – non possono immaginare gli esiti immondi in cui è precipitata la verginale creatura di alta pasticceria, ma noi sì, noi sappiamo noi conosciamo tutta la verità dello scempio noi, e come se tremiamo, se ci scandalizziamo gran Dio! Non c'è altro tempo, la farsa è giunta all'atto finale; ora la Torta avanza verso la sala da pranzo, trasportata come la statua della Madonna durante la processione del santo patrono, sfila in mezzo a due quinte di grembiuli bianchi con i cappelli. Chi è di scena? Nel gran finale ahimè la nobile regina di un impero eccellente ormai ne rappresenta in realtà soltanto gli aspetti miserabili.

Applausi! Sono quelli che si alzano dall'intero salone dei ricevimenti, all'entrata in scena della Torta Nuziale in mezzo ad un bailamme di fuochi d'artificio scintille scoppi di fuoco girandole iridescenti giochi pirotecnici luminosi e sfavillanti. Applausi e boato! Niente da dire, il finale pirotecnico funziona sempre!

Gli invitati sono quasi tutti accaldati e di buonumore; il vino servito loro in abbondanza durante tutto il banchetto si è diffuso come un dolce calore lungo la spina dorsale partendo dalle loro nuche sudate e surriscaldate; sono le cinque del pomeriggio, gli ospiti siedono a tavola da quasi quattro ore, le signore sono visibilmente sfinite, gli anziani dormono per la maggior parte, i bambini disarcionati si rincorrono fra i tavoli con la solita gaiezza stridente e fastidiosa, le urla urticanti si sollevano e, come dardi, si scagliano contro le pareti fino al soffitto, l'eco molesta che producono rimbecillisce inebetisce fa uscire dai gangheri; c'è da sperare che l'arrivo della Torta li ricondurrà ai loro posti.

La voce si è andata spargendo tra il popolo dei sopravvissuti, così un drappello di mamme volenterose, per lo più scalze, si adopera a raccattare i bambini che trova, in sala è tutto uno sbracciare di donne chine, fermamente intenzionate ad acciuffare qualche giacca al volo un braccio la gonna una bretella di qualche infante scatenato per riportarlo a sedere, uno qualunque maschio o femmina chiunque sia, le famiglie si sono mischiate, gli abiti macchiati, le cravatte sbracate, i mal di testa aggrappolati, vietato fumare, qualcuno sospende i divieti. Che caldo!

Applausi. Lo spettacolo pirotecnico cede il passo all'acuto finale l'orchestra suona suona suona, quel pianista è un satanasso le sue note posseggono una tale portata nostalgica che la sposa si commuove e si abbandona sulla spalla del marito nuovo di zecca.

Eccoli là tutti e due vestiti di bianco somigliano identici agli sposini di plastica; lui, Ugo, non più giovanissimo, una figuretta di notaio da commedia, appare piuttosto timido e schivo, un uomo meditativo si direbbe, a ben vedere non privo di una certa finezza pretina, rincarata a dovere da una esuberante calvizie già di molto avanzata per l'età che ha raso al suolo al giovane marito almeno la metà della nuca lasciandola a nudo e mettendo in evidenza due gravi e dolci occhi azzurri incapaci forse, quello sì, di mentire.

In piedi vicini vicini, mano nella mano Ugo e Loredana sono in posa per il taglio della Torta; la scena del quadro è completa: gli sposi in piedi alla mensa d'onore schierati dietro i cinque piani della Torta che svetta come un fiore di altea al centro della lunga tavola, in tutta la sua eccelsa opulenza; in alto i calici colmi stretti tra le dita, libiam!

Soffia la fisarmonica adesso, il suo canto malinconico somiglia al delicato ciangottio languido di freschezza di un fringuello marino; è ora di gridare tutti, ora di invocare il bacio! Ma sì che si bacino i novelli Romeo e

Giulietta, prima di avvelenarsi, quantomeno di intossicarsi! Così è scritto! Bacio! Bacio! Bacio! Ecco lo scatto sublime, ecco la fotografia memorabile indimenticabile; ora il quadro è perfetto rifinito, manca solo il taglio della torta, per quello occorre la paletta, ma eccola! Oh chissà quale spicchio sceglierà la sposa, quale fetta riserverà per sé da quale piano inizieranno a tagliare e come incroceranno le mani e chi si servirà per primo? Fotografia!

Abbiamo perso tempo con tutte queste peregrine interrogazioni, la paletta dall'alto già cala come una ghigliottina letale, l'hanno appoggiata mano sulla mano lei e lui, Loredana e Ugo, dove? Dove? Tra la "s" e la "p" di "sposi". Bacio! Scatto. Taglio. Urla applausi musica, giù tagliata dalla "p" alla "i" col suo puntino! Zac! Fotografia.

Loredana ride soddisfatta ha avuto ciò che voleva, la fetta con la scritta che sigilla il legame eterno, "sposi", voleva aggiudicarsela lei. Bacio! Evviva! La sposa ha davanti il suo piatto, in mano una piccola forchetta d'argento con cui rastrellerà le uova della mosca deposte a migliaia sul puntino della "i". Ah gola! Eccola la sposa con il volto infiammato dall'eccitazione, le gote rosse calde accese, gli occhi lucenti ridenti e lo sguardo vittorioso. «È mia!» seguita a ripetere con una voce mezza indolente, «è mia!» e ride ride, la mossa suprema si è compiuta, l'orchestrina spinge s'inoltra con zelo esemplare – andante mosso allegro allegro! – "Loredana e Ugo oggi"... la scritta si ferma qui; qualcuno ha assunto il timone della paletta, ma la sposa ha spalancato la bocca, una gran bocca che perde le labbra, ha infilzato la fetta ne ha tranciato un bel boccone, quello con su il puntino sulla “i”, ah, soffice pasta generosamente farcita di crema, di crema chantilly, ecco le sta entrando in bocca, aroma di fragole e poi panna panna – gran Dio! – si scioglie tra la lingua e il palato che è una delizia e la crema di vaniglia, eccolo il tocco finale! La sposa chiude gli occhi gravida di piacere inghiotte e deglutisce il boccone dolce pesticciato imbrattato zeppo di migliaia di uova di mosca, ingoia le feci, la sozzeria e forse anche una malattia; chissà, nel suo stomaco le uova continueranno a svilupparsi, potrebbero nascere i moscerini dentro al suo intestino? Le uova si schiuderanno?

Gran Dio! Potrebbe accadere senza che ci si accorga!

Loredana mangia e inghiotte e deglutisce tutto quello che ha sul piatto raschia e ingurgita gravida di libidine.

La Torta va a ruba disgraziati scellerati! Loro non sanno quello che fanno, hanno aspettato tanto e non sanno quello che li aspetta.

La sposa ha finito, lo sposo si è approvvigionato, anch'egli ha assunto la sua pestifera squisita dose; quali esiti ne conseguiranno? Non può saperlo, al momento la Torta sta per raggiungere un centinaio di stomaci, gli effetti non saranno immediati perciò l'orchestrina, l'unica immune, seguita a spingere a pompare a riscaldare; la festa è al culmine.

Che caldo fa! Nessuno riesce a sentire quello che dice il vicino così ognuno alza la voce per superare il volume delle voci degli altri, la musica cresce le urla anche, più di un invitato si è messo a ballare con una foga! Ma con una foga! Qualcuno azzarda: pare abbiano il diavolo in corpo! I bambini poi non ne parliamo, ballano saltano corrono senza freni, senza misura, è una specie di pazzia collettiva, girano girano su se stessi a ritmo di musica, si buttano a terra, scalciano si dimenano sembrano dei tarantolati; si sono abbuffati di Torta, figuriamoci, i loro teneri stomachini saranno i primi a risentirne!

Lo sposo è impazzito! Ha preso tra le braccia la sposa e la fa roteare sulla pista; a vederlo così in piedi in mezzo alla sala, sembra molto più corto, più basso che non dietro al tavolo imbandito; il ruolo agghindato e il posto d'onore poco prima gli conferivano una certa *allure*, a vederlo ora così tra la folla, pare proprio un cameriere cui sia stato concesso il lusso di ballare con la sposa.

La sposa, piccolina anche lei, segaligna, mingherlina, è tutta vestito; certo quei due non sono proprio una gran bella coppia, non si potrebbe esclamare Dio vi benedica! Ma come si dice... Dio li fa... Mambo!

Nessuno è più al suo posto, del resto nessun posto è rimasto dov'era; tutto intorno e sui tavoli niente altro che resti disordinati e anonimi di un banchetto che non ha più portate; finalmente! Non bisogna più attendere, non bisogna attendere.

Le coppie a turno si scambiano i compagni, la sposa balla con sua madre che ha uno dei nipoti attaccato alla veste, trascinato per terra, anche lui striscia a tempo, intorno a loro si è raccolta una corona di bambini che battono le mani fuori tempo; sotto lo scalpiccio dei passi come al passaggio di una mandria tremano i tavoli, il vino oscilla dentro ai calici in fondo ai bicchieri; è proprio in fondo che siamo arrivati, non ci sono che i resti, non ci sono che le rovine il disordine il caos, non ci sono che tovaglie macchiate piatti sporchi i bicchieri svuotati i fiori bianchi sul tavolo degli sposi sgualciti, la cesta vuota delle bomboniere tutte distribuite ormai e poi su tutto: lei ovvero lo scheletro di ciò che era lei, la Torta Nuziale, ancora in piedi come una vecchia costruzione demolita e sventrata, come un animale abbattuto e scarnificato, divorato dalle iene, mostra ormai nient'altro che le costole, lo scheletro spolpato della sua ardita e barocca architettura; eccola là squagliata e gocciolante, così saccheggiata rivela il tenue colore rosso dello sciroppo di fragole al suo interno, il succo cola e sgocciola lungo i bordi dei dischi d'acciaio, lungo la spirale nuda si coagula si asciuga si condensa; eccola là così rovistata così guastata così sfatta la Torta somiglia pure adesso, pure così ad una giovane vergine violata guastata e poi abbandonata senza riguardi senza vesti ancora sul giaciglio dove in tanti hanno approfittato di lei hanno abusato di lei ne hanno goduto e poi l'hanno lasciata.

Non è altro che ciò che resta. È stato un bel matrimonio! L'orchestra continua a suonare a suonare...

Più di cento invitati hanno onorato la festa, che festa! Hanno mangiato hanno ballato hanno gridato riso applaudito brindato e cantato e parapapapapapapa.

I cinque piani di Torta ci volevano tutti!

Gran Dio! Più di cento stomaci con la stessa Torta!

La lungimiranza delle mosche!

Poi si vedrà

«Che faccio dico di sì o di no? Che faccio Flora dimmelo tu, dammi tu la risposta, qualsiasi cosa dirai io la farò se dirai sì io dico sì se dirai no, dico di no. Allora?»

«Ma non lo so, come puoi chiedermi una cosa del genere non posso prendermi una tale responsabilità Nelda!»

«Dico no? Dico no basta! Non sarà la morte di nessuno, del resto qualche volta può succedere, non sarò io la prima a farlo; butto la bomba e poi si vedrà, scappo scompaio espatrio non mi faccio più trovare, oppure resto, resto? Sì o no? Sì o no?»

«Sono tua sorella Nelda mi pareva di conoscerti, anzi ne ero sicura, io so come sei ma adesso, così, mi fai quasi paura, non ti pare troppo tardi? Come sei arrivata a questo punto?»

Flora aveva capelli rossi e pesanti, riccioli naturali morbidissimi che le incoronavano la nuca e ondeggiavano ogni volta che scuoteva il capo, occhi verdi fieri e un sorriso incantevole materno sensuale convincente e invidiabile.

Quel giorno non indossava i soliti pantaloni attillatissimi, quel giorno aveva indosso un abito di lana molto chiaro e molto aderente, di un color orchidea, il corpo fasciato disegnava per la gioia degli osservatori una serie di curve, di fasce muscolari toniche e ben proporzionate; l'abito teso e stretto lasciava immaginare un fisico sodo tornito e asciutto, un richiamo irresistibile un autentico spettacolo per gli occhi una visione mirabile che per gli estimatori sfiorava il mistico.

Non era sempre stato così, Flora era nata da una famiglia senza mezzi emigrata da uno striminzito borgo di campagna poverissimo privo di scuola e di mezzi di sostentamento; aveva ciucciato il latte fino all'età di tre anni perché non ce n'era di cibo in casa; tutta la sua infanzia risicata: miseria e rifiuto, una vita fatta di niente e di nessuno con cui parlare giocare e stare ma soprattutto Flora era nata brutta brutta ma brutta! Non era solo la improbabile composizione degli elementi del suo viso o la gracile complessione del corpo, era come veniva trattata o meglio trascurata e maltrattata a renderla indecente; era secca secca sempre spettinata spesso senza capelli, quasi sempre le venivano rasati per liberarla dalle zecche e dai pidocchi.

Era sempre sporca scalza e dimenticata; in circostanze tragiche poi era rimasta senza genitori, sola all'età di cinque anni appena. Era accaduto tutto in un giorno, lo ricordava, il padre aveva ammazzato la madre davanti ai suoi occhi e poi subito dopo si era ammazzato lui. Si era trattato di una specie di suicidio religioso, un sacrificio per l'ultraterreno; i genitori appartenevano ad una setta non tanto regolare e lì dentro, di questi sacrifici purificatori, se ne facevano eccome, veniva proprio richiesto dall'alto, pareva, si diceva che gli adepti erano obbligati a rinunciare a tutto, abbandonare case campi e capre e, verrebbe da dire, anche cavoli, ma i genitori di Flora non ne coltivavano; al posto di quelli però lasciarono Flora a vedersela da sola con il mondo e con le sue infinite ombre.

Flora allora si era infilata le scarpe nuove, una molletta con un fiocco rosa in testa, aveva chiuso la stalla e si era incamminata con l'unica capra rimasta al guinzaglio.

Aveva bussato al portone di diverse case per farsi prendere come figlia, aveva detto, in cambio alla famiglia avrebbe regalato la capra che lei sapeva mungere e che dava tanto latte.

La storia ha l'andamento di una fiaba nordica, non sembra vera; di fatto e ciononostante, come possiamo essere certi noi che le storie di vita che ci raccontano i nostri amici i nostri conoscenti il nostro stesso coniuge siano vere. Crediamo al racconto della prima comunione o alle storie delle risse e non dubitiamo di chi le abbia prese e di chi le abbia date, non abbiamo dubbi che quel nostro amico sia nato in Francia o che abbia uno zio nel Madagascar pure se mai avremo le prove del fatto che sia così, crediamo persino alle storie del tempo di guerra che nessuno davvero ci potrà più smentire. Noi non siamo stati presenti a quel tempo che altri narrano e dunque chi potrà mai farci certi che ciò che raccontano riguardo il loro passato sia realmente accaduto? E sia realmente accaduto così come ci viene raccontato?

Il fatto è che noi lo crediamo e basta, non ne dubitiamo per il fatto stesso di esserne stati fatti partecipi.

Dunque perché non credere che la nostra Flora con le scarpe nuove e la capra al seguito riuscì a trovare una famiglia compiacente e generosa una famiglia facoltosa una famiglia senza una capra e forse bisognosa come Flora, come lei con un gran vuoto da colmare, felice di accoglierla felice di adottarla e di farla crescere insieme alla propria figlia naturale, proprio come due sorelle.

Quella figlia naturale di quella famiglia così benevola e così fortunata si chiamava Nelda.

Nelda era una bambina bellissima nutritissima curatissima viziatissima elegantissima bravissima e pienissima di giocattolissimi.

Crescendo le sorelle erano divenute inseparabili si erano andate come mischiando si erano come fuse l'una con l'altra; Flora era divenuta la sorella portante, la dominante, si era fatta sempre più bella e robusta sempre più capace più ammirata, maggiormente dotata di strumenti per risolvere ogni problema, sempre più intraprendente e sempre più saggia, mentre Nelda si era andata via via sistemando nell'ombra di Flora, si era accucciata e nascosta dietro la sua statura, dentro la sua sicurezza; Flora aveva via via lasciato che ella riempisse lo spazio vuoto che le innumerevoli assenze, le care figure immanenti alla sua stessa persona fuggite sullo sfondo e uccise per sempre, quelle figure che l'avevano tradita e abbandonata insomma, avevano lasciato dentro di lei.

E quel piccolo ventre vuoto quel cuore trascurato quel corpo abbandonato pieno solo di quella povertà antica, di tutta la miseria ereditata, della spaventosa allucinazione e della follia che l'aveva allattata incessantemente senza riuscire ad avvelenarla mai, quel corpo dunque senza pregi e senza amore era divenuto un sacchetto floscio come una mammella di capra munta un otre vuoto di acqua, solo pelle solo l'involucro senza la sostanza, senza la sostanza.

Ah Flora Flora! Com'era stata capace poi di farsi aiutare e di accogliere, com'era stata capace di abbeverarlo quel corpo di sale, com'era stata capace di nutrirlo di riempirlo di ingrassarlo di amarlo di ingravidarlo e finalmente di salvarlo.

Tutto aveva ingoiato, aveva come incorporato la sorella e la sua vitalità, introiettato ogni cosa nuova che lei le aveva offerto e affidato perché non aveva il coraggio di affrontare; gioie dolori sanzioni scoperte domande rivelazioni timori illusioni, l'offerta tutta e incessante della vita, e lei l'aveva come predigerita per la sorella, l'aveva assaggiata l'aveva provata e poi gliel'aveva passata gliel'aveva riconsegnata; Nelda era cresciuta fidandosi solo di lei. Così ognuna in qualche modo aveva riempito la tana rimasta vuota dell'altra.

Delle due sorelle Nelda ora era la più bruttina, ma poi no proprio brutta no, piuttosto era opaca.

In compagnia della sorella diventava quasi invisibile, nessuno la notava passava quasi inosservata, lei ne era felicissima, in mezzo agli altri si sentiva impacciata non sapeva mai cosa dire e come dirlo, aveva il terrore di venire interpellata proprio lei, qualsiasi domanda anche una a cui fosse facilissimo rispondere per Nelda suonava come una interrogazione, perciò Flora era il suo scudo la sua pelle i suoi occhiali da sole il suo parabrezza guscio manto riccio velo paravento maschera volto.

Quanto le sarebbe piaciuto a Nelda, da grande, diventare un burattino!

«Flora scegli tu, pari o dispari testa o croce bigliettino fai quello che vuoi dimmi solo sì o no? Per favore!»

«Sì» aveva sbottato allora Flora all'improvviso, di colpo ma solo per vedere l'espressione che avrebbe mostrato Nelda a questa eventualità. «No invece no!» Niente. Nelda non aveva mostrato alcuna differenza in ognuno dei due casi, solo il volto si era piegato ad una sorta di smorfia dubitativa ma unicamente a causa del disagio per non riuscire a capire se Flora avesse preso una decisione così a caso e l'avesse buttata lì tanto per liberarsi dell'incombenza, o se invece fosse davvero quella la scelta giusta da fare, ma poi quale, la sì o la no?

«Lo vedi che non vuoi aiutarmi? Tu lo sai molto meglio di me dimmi che cosa devo scegliere, sì o no?»

Nelda aveva da sempre riposto le sue viscere nel cassetto della sorella, nel suo ventre, di questo era sicura e così troppo spesso aveva sperato aveva contato di poter avere in lei qualcuno che provasse emozioni al posto suo, aveva sperato che Flora fosse in grado di dirle cosa provava lei, Nelda che invece non lo sapeva non era mai sicura di nulla, tantomeno delle sue emozioni impressioni sensazioni, non era in grado di riconoscerle; quelle circa l'amore poi! Le amicizie le avventure figuriamoci! Ma neanche riguardo alle scelte di lavoro, di vita riusciva a raccapezzarsi, ma neppure le partenze per le vacanze riusciva a scegliere. Che ne sapeva lei, Nelda, di cosa avesse bisogno, cosa le facesse piacere, cosa fosse meglio per lei? Non sapeva riconoscere nulla che venisse da sé era come se non avesse contatti con il suo stomaco.

Perché le emozioni non sono come dei cappelli o dei guanti che qualcuno può provare al posto tuo, indossarli e poi riferirtene circa la natura la convenienza e la resa, oppure ficcarteli in testa guardarti e darne un giudizio una classificazione, un voto, un sì o un no, un sì o un no?

«Accidenti mi vedi così conciata Flora e non vuoi aiutarmi, non riesco a decidere!»

Nessuna bussola nessun ovest nessuna stella; era sempre stato così, nemmeno tra due sorelle gemelle esiste una delega così forte così definitiva così alogica così persistente!

«Non mi sto sottraendo Nelda ma questa è una responsabilità che non voglio prendermi, ti rendi conto a cosa andiamo incontro?»

«Dimmi solo sì o no tu lo sai, tu l'hai capito come al solito» aveva ripetuto Nelda con una vocetta agra di stizza; era quasi sul punto di piangere ormai. Perché Flora esitava così tanto? Perché la lasciava sola?

«I nostri genitori Nelda non sopravviverebbero, non ci hai pensato?» mentre parlava Flora aveva appoggiato le sue mani sul petto come se avesse voluto trattenere una valanga di precipitose proteste.

Nelda era certa che anche questa volta Flora avrebbe operato il miracolo; adesso tuttavia si sentiva in una specie di terra di nessuno, una sala d'aspetto dove era abituata a sistemarsi in attesa che Flora emettesse i suoi verdetti le sue diagnosi i suoi giudizi, in attesa del responso.

Nella personale interpretazione della vita da parte di Nelda era Flora a farne la prova costumi, ad abbozzarne le parti, i ruoli, ad impostare la scienza e scriverne il dramma e a garantirne il risultato.

C'era stata una sorta di trasfusione ideale passionale psicologica e sentimentale che sigillava il loro legame e che garantiva ad entrambe un ruolo e una sopravvivenza nella grande avventura, in mezzo ai rischi minori e alle scelte determinanti come appunto in questa speciosa occasione.

Non era mai accaduto che la sorella si sottraesse al compito, invece ora Nelda non poteva più fare conto su quell'automatismo fedele e involontario che ogni volta si verificava; adesso che Flora non era più il suo stomaco il suo cuore la sua pelle il suo pensiero e il suo sangue, ora che l'ingranaggio di quel trasferimento abituale da sé a Flora si era bloccato lasciando sospese in un tempo fermo tutte le forze in campo tutte le attivazioni che muovevano le infinite possibilità, che diventano reali nella vita solo perché rispondono ad un bisogno e raggiungono uno scopo, adesso dunque Nelda si ritrovava tutti i pezzi della sua vita in mano, incomprensibili indecifrabili e privi di indizi, frammenti stranieri di un viaggio di andata senza direzione incompiuto sconosciuto estraneo a lei e così difficile ancora, insolubile ancora.

Ora che Flora si rifiutava di viverla quella scena, di completare il dramma, di scriverne il finale per Nelda, lei non solo non era capace di fare nulla, perché non ne sapeva nulla, ma ora di più e in virtù di quello, solo ora sentiva tutta la sua incapacità ad esistere ad affermare a consistere ad avvertire e a riconoscere i suoi gusti i suoi bisogni le sue preferenze attitudini i suoi volti; come era arrivata fino lì? Ora ora sentiva acute tutte le mancanze, le falle, le sue antiche oscure incapacità a definirsi, ora che nessuno se ne faceva carico ora che aveva un problema da affrontare ma non conosceva i dati per risolverlo. Ora che era necessario attribuire i contorni ad una scena, definirne lo svolgimento, assumersi il terribile compito di scegliere, la responsabilità di dare una forma alla verità e di sceglierne una definitiva e scartarne altre, lasciare fuori quali? Ora che doveva assumersi l'ingrato compito di disegnare la posa che avrebbe assunto nella successiva istantanea di vita.

Flora, con il suo rifiuto ad assumerle, gliele rimandava indietro gliele mostrava tutte quelle sue insicurezze quella sua ignoranza quella sua incapacità, il cerchio magico in cui ogni avventura ogni esperienza era circolata senza fermate e senza intoppi ogni volta fino alla fine, aveva fatto sembrare sempre ogni cosa funzionante e che ogni cosa dovesse funzionare in quel modo, non aveva mai permesso dubbi non aveva mai mostrato falle, tutto il vivere scorreva liquido tutto nella giusta maniera; in quel perfetto automatismo oleato, immanente alla loro relazione e che implicitamente si attivava e si replicava ogni volta con la stessa fortuna, tutto il vivere fluido tutto giusto, ogni cosa ogni volta andava a buon fine, finiva al suo posto.

Non si era mai sentita così, povera Nelda.

È come se fossi stata mutilata; aveva pensato di dirglielo a Flora ma poi temeva che non sarebbe stata capace di spiegarlo.

Era stato come… sì sì lei si sentiva proprio come se fosse diventata orfana all'improvviso, solo che lei però non si sarebbe infilata le scarpe nuove e il fiocco in testa, non sarebbe andata in giro da sola a mendicare con una capra al seguito, non avrebbe affrontato il buio;

lei non ne avrebbe avuto il coraggio o peggio non l'avrebbe neanche pensato possibile; sarebbe rimasta immobile paralizzata non avrebbe cercato una soluzione lei, una via d'uscita, e dove poi? Non avrebbe cercato di salvarsi solo perché sarebbe rimasta schiacciata dalla mano del destino, vinta dalla crudeltà degli eventi, sopraffatta dal dolore dalla solitudine dal bisogno, di che poi, di che? Nelda! Sconfitta dalla terribile necessità di fare una scelta di decidere di prendere una direzione, un indirizzo ma poi quale? Che cosa devo fare, cosa fare di me che cosa faccio, che cosa faccio? Sono al buio sono in fondo al pozzo sono senza mani più e senza coraggio grido ma non mi sento non so chiedere aiuto non c'è nessuno intorno a me, Flora Flora! Flora aiutami tirami fuori tu io non so come fare non so dove andare non so camminare da sola non posso farlo non posso muovermi, fai che la ruota si rimetta in cammino Flora, fai girare la vita come fai sempre senza che io mi accorga ché io non so farla girare e non sono capace di salirci sopra, fai girare la giostra come quando eravamo piccole, io non voglio sospettare non voglio accorgermi di nulla non posso accorgermi ho paura! Non riesco a decidere il mondo mi inghiotte, fammi salire sulla carrozza quella dorata non vedi che sono ancora piccola ancora incapace, non vedi che ti faccio ciao ciao! Ti saluto con la mano Flora ti prego stai con me aiutami non mi abbandonare!

Nelda piangeva ora, lacrime aspre secche quasi isteriche, un pianto convulso e infantile che pure aveva reso il suo volto più bello, a furia di piangere sembrava che quella specie di appretto inflessibile, che irrigidiva il suo viso in una sorta di frigida inespressività, si fosse sciolto dissolto e l'avesse liberato come da una museruola da una prigione da una cinta muraria che la costringeva; la principessa ora non era più rinchiusa nella torre, era stata liberata, eppure no, lei seguitava a piangere a chiedere aiuto lei aveva paura, non si decideva a scendere.

«Sì Nelda, per me devi dire di sì! Santo Cielo lo sai Nelda che le lacrime ti hanno resa più bella?»

Era la fine di un incubo Flora aveva acceso la luce e con quella le tragiche ombre che la minacciavano erano sparite, Flora aveva rimesso in moto le cose aveva riavviato il tempo, come nella fiaba, tutto era ripreso dal punto in cui si era fermato, dalla indecisione in cui era rimasto bloccato.

Sì; aveva avuto un permesso, sì la vita tornava a scorrere e lei a farne parte, era salita sulla giostra e sorrideva a Flora e ai suoi genitori che la trovavano così bella. Era tornato possibile stare al mondo, ora sapeva cosa la aspettava e non aveva importanza se le sarebbe andato bene o meno non era questo che contava, era sparito quell'acuto paralizzante senso di inadeguatezza, si era trovata in caduta libera poco prima, si era sentita precipitare nel vuoto, in uno di quei crateri di cui la terra era piena, ahimè, uno di quei buchi neri dello spazio in cui ogni cosa viene risucchiata ingoiata, scompare nel mondo dell'antimateria e dello spazio oscuro del nulla; mai, mai più avrebbe voluto trovarsi in quella situazione, mai, non sarebbe più successo, Flora era con lei e le aveva indicato la strada, aveva acceso tutte le luci e aveva fatto giorno, non c'erano più timori lei le aveva suggerito di dire di sì e lei l'avrebbe detto.

Si ravviò i capelli e l'acconciatura davanti allo specchio e si avviò all'altare. Quando apparve fuori sul corridoio tutti si rianimarono, immediatamente la seguirono risollevati; in testa i familiari poi i parenti e gli invitati in una fila disorientata e irregolare.

Era stato difficile questa volta per Flora.

Era stato terribilmente difficile, non perché lei non si sentisse orientata, non perché fosse insicura o indecisa, al contrario era certa che Nelda fosse innamorata del futuro marito, ne era più convinta di quanto non pensasse di esserlo la sua Nelda; la sorella era felice con lui era diventata più affettuosa più calda più aperta e anche più bella. Sorrideva più spesso Nelda e faceva progetti; prima non l'aveva mai vista così presa così dedita ad un amoroso legame, il suo futuro marito rappresentava in sostanza il primo ed unico fatto, l'unico evento importante che Nelda aveva vissuto indipendentemente da lei, almeno nelle apparenze, il futuro marito era il mondo di Nelda, la sua stanza tutta per sé, dentro Nelda vi aveva trasportato il meglio di sé e delle sue doti, la sua natura la sua timidissima e schiva intimità con cui si muoveva lasciandosi osservare, lasciandosi accettare così com'era, mostrandosi per quello che era; il suo futuro marito piaceva a Nelda anche perché e soprattutto perché aveva meritato la benedizione di Flora così in qualche modo lui era diventato, grazie a lei, uno di famiglia.

Era stato difficile e penoso questa volta per Flora, per un motivo che non aveva potuto confessare alla sorella, non lo avrebbe mai fatto, per un motivo che pesava terribilmente su di lei e su di loro, che tuttavia aveva messo a tacere per sempre, di cui aveva spento ogni sussulto, sussurro, fatto sparire ogni traccia e che non avrebbe mai più dissepolto.

Era stato difficile penoso e dolorosissimo per Flora a causa del fatto che non era sicura di come sarebbe andata a finire in seguito, non era sicura della felicità della sorella e dell'immediato futuro del suo matrimonio; non certo a causa di sé, no sicuro, mai Flora si sarebbe tradita, ma del marito poteva essere certa? Di lui, che pure stimava, non possedeva alcuna garanzia e l'ultima cosa che Flora avrebbe voluto era che sua sorella avesse a soffrire e avesse a soffrire a causa sua.

Era stato inenarrabilmente difficile mettere sua sorella nelle braccia di quell'uomo perché Flora amava quell'uomo e lui era innamorato di lei.

Era accaduto molto prima che la sorella se ne innamorasse, che egli diventasse così importante per lei e che le affidasse, come faceva con tutto il resto, anche questo amore tra le braccia.

Con il carattere di cui era dotata Flora, la situazione di inquietante imbarazzo non era durata a lungo; Flora era innamorata di Andrea e Andrea lo era intensamente di lei, tuttavia era accaduto non molto tempo dopo che Nelda, all'oscuro di tutto, aveva scoperto di essersi innamorata di Andrea e lo aveva confessato a Flora; come si era infiammata a quel racconto! Che strano però, a Flora, quando l'aveva ascoltata, non era venuto di frapporre il suo di amore che pure già esisteva e così forte, non era stata neppure tentata di reclamare con la sorella il suo diritto, oppure sì, era stato forse per difendere il suo diritto a rendere felice la sorella che l'aveva fatto, quel suo diritto l'aveva fatta tacere da subito, l'aveva paralizzata e mossa in quella direzione.

Era stato piuttosto qualcosa di più semplice e di più profondo, una sorta di complicazione che le veniva naturale per la storia di quella specie di trapianto emotivo che era avvenuto nel tempo, quella sorta di sangue trasfuso per cui il cuore di Flora batteva al passo di quello di Nelda.

Il legame che cuciva insieme, anzi sovrapponeva, le anime delle sorelle aveva fatto sì che, come altre volte, Flora riuscisse a sentire, come a leggere in trasparenza e ad avvertire la potenza del sentimento della sorella ma soprattutto ad avvertire la struggente inevitabile necessità che ella aveva di quell'amore e di come si fosse buttata in quell'amore con tutta se stessa. Lo aveva sentito profondamente lei quel bisogno prepotente della sorella urlare nella solitudine e nel sentimento di incertezza in cui si muoveva. Aveva avvertito la necessità di ancoraggio che lo spirito debole nonché il bisogno di dipendere della sorella pretendevano anche dall'amore; aveva sentito la sua richiesta urgente e necessaria ed era certa che se fosse stata delusa o respinta, se non l'avesse potuto affermare quel suo sentimento per la prima volta così potente e così audace, se avesse dovuto a causa di quello misurarsi con lei che già quell'amore viveva, ne avrebbe ricavato una sofferenza devastante e tutto, ogni parte di lei, avrebbe rischiato di andare in frantumi.

L'aveva sentita quella sofferenza, non poteva ignorarla, l'aveva avvertita fortemente e riconosciuta come sua, non faceva differenza; ciò che differiva era il coraggio l'intraprendenza e la spericolatezza del carattere perciò quello che aveva fatto Flora non lo aveva fatto per la sorella, non era stato un gesto di generosità, lei aveva solo seguito il suo impulso più forte, il sentimento che dentro di sé aveva assunto il peso specifico maggiore, che possedeva maggiore urgenza e si era reso obbligatorio poiché recava in sé immanente la necessità di farsi ascoltare, si era preso la precedenza. Perciò non era stata lei a decidere di seguirlo era stato quello a decidere per lei.

Così era tornata indietro aveva rinunciato ad Andrea ed era riuscita a recitare la parte della fidanzata che spezza le ali ad un amore perché non vada più avanti, assumendosi il compito di dichiararne la fine ancorché agli inizi, ancorché forte e promettente e intensissimo invece, intensissimo.

Aveva mentito, una menzogna strategica ma non si era trattato di un sacrificio, non si sentiva certo buona in ragione del suo gesto, non era stata certo un'elemosina o un gesto di carità si era piuttosto trattato di un gesto di lucido virile egoistico coraggio.

Nella conta di chi ci avrebbe rimesso di più: Nelda, nella spaventosa eventualità di non poter amare e di non essere ricambiata, di sentirsi respinta, disconfermata in quell'unica occasione in cui era stata in grado di ascoltare un sentimento, un richiamo dalle sue intime stanze, non solo, era stata in grado di dargli una voce, di lasciarlo vivere, l'unica volta in cui lei aveva rischiato di esistere per conto proprio e si era eccezionalmente astenuta dal vivere per procura, una volta tanto, l'unica volta quella, in cui si era compiuto una specie di miracolo? Oppure Flora che, seppure profondamente innamorata, sapeva di sé che avrebbe avuto sicuramente strumenti per superare quel distacco, il dolore di quella forzata separazione; troppo ne aveva dovuto superare, lei era abituata a farlo, lei poteva lasciarlo andare il suo amore senza morirne, lei avrebbe continuato ad amarlo, di questo era sicura, tuttavia non più per sé, per la sua felicità, ma per la felicità di qualcuna che di lui non avrebbe potuto fare a meno.

Flora non avrebbe voluto né potuto costruire la sua felicità sulle ceneri di quella di sua sorella.

Quella volta quel giorno quando aveva preso la capra con sé e si era incamminata con le scarpe nuove e il fiocco in testa in cerca di qualcuno, aveva con quei passi varcato il limite dell'impossibile per una bambina così piccola, aveva stabilito il suo record di coraggio di forza e di capacità di accordarsi con la vita, si era allontanata da una sponda dell'abisso ed era arrivata dall'altra parte scavalcando il vuoto profondo e spaventoso, vi aveva guardato dentro lei aveva sfidato la sua notte aveva attraversato le tenebre era tornata indietro salva ed ora era diventata fortissima. Si sentiva in grado di sostenere a piene mani qualsiasi dolore senza cedere senza ustionarsi, senza più paura.

Il prete aveva sostenuto la sua lunghissima predica, un discorso sull'amore eterno e sul valore della fedeltà, pieno di retorica e di buon senso, aveva ripetuto parole già dette e già sentite, buone per ogni occasione che per di più, lasciate cadere nel silenzio sacrale della chiesa, erano suonate ancora più insulse e scontate ancora più banali che se fossero state scambiate tra condomini in qualche scialba portineria.

Il grosso degli invitati aveva piacevolmente sonnecchiato, qualcuno era scivolato in un sonno profondo ma goduto! Senza alcuna remora come spettasse loro di diritto; gli sposi si erano tenuti per mano durante tutto il tempo, i genitori della sposa si erano tenuti avvinghiati a Flora, stretti a lei come ad una colonna portante; l'organo ora stava suonando l'*Ave Maria*; si avvicinava a lunghi passi la fine della cerimonia, quando cadde il silenzio; piano piano gli ultimi echi degli accordi prolungati, trattenuti col pedale salivano verso l'alto, si sentivano vibrare contro l'oro delle guglie della cattedrale e svanire nella luce opaca delle lunghe vetrate cilestrine.

Ecco il momento era arrivato, Flora aveva assistito come un testimone impassibile ad ogni passaggio della cerimonia, non si era concessa nemmeno un pensiero, nemmeno un sospiro, aveva sorriso alla sorella quando all'inizio della celebrazione ella si era voltata verso di lei, aveva cercato i suoi occhi inviandole un'espressione querula che tradiva un gran bisogno di essere sostenuta di essere incoraggiata.

Nelda era agitata era emozionata, di più scombussolata; tutto quello che era accaduto prima di entrare in chiesa le aveva rimescolato il sangue, l'aveva sconvolta tutta; aveva vissuto la cerimonia con la oscura sensazione che non si esaurisse tutto lì, che non si limitasse solo a quello, che si trattasse di qualcos'altro da quello a cui erano stati invitati a partecipare, aveva l'impressione che tutto quello che avveniva e che si diceva e che lei stava vivendo fosse piuttosto il riverbero innocente della verità; era difficile da spiegare, con ogni probabilità, aveva a che fare con quello che era accaduto prima tra lei e Flora o magari con quello che aveva prodotto la scena precedente, aveva a che fare con l'amore l'amore e il legame, l'amore e la felicità; durante tutta la cerimonia era stata come distratta era rimasta come al margine di un rito che a lei pareva non la contenesse non la contemplasse; quella scena non le apparteneva, in qualche modo non le sorrideva, non le sorrideva.

Oddio! Di nuovo quella sensazione inspiegabile di vuoto che l'aveva spaventata poco prima, come una specie di avvertimento, una premonizione che non coglieva però; d'istinto strinse i pugni e infilò le unghie dentro il palmo delle sue mani, in una trovò la mano di Andrea, ecco pensò, quello era l'unico pieno che il suo corpo conteneva ora; non servì a tranquillizzarla. Guardò la sorella, Flora notò che ella aveva un'espressione contratta confusa, le rimandò un cenno di assenso col capo per rassicurarla.

Il prete ora si era piazzato davanti agli sposi ed era in procinto di pronunciare la formula di rito.

Si volse dapprima in direzione di Andrea, aveva allargato le braccia come per racchiudere i due in un abbraccio simbolico; nell'atto di rivolgergli la parola però si bloccò e indugiò qualche attimo fissandolo con un'aria smarrita, sembrava avesse dimenticato le parole da pronunciare, fece un sospiro poi il suo volto si ricompose in una sorta di fissità assente; non era chiaro cosa stesse accadendo, il motivo di quell'attesa; il prete non si muoveva non faceva domande non dava cenni, solo che non parlava e l'imbarazzo per quel silenzio cresceva; l'espressione del suo viso pareva quasi sognante adesso se non fosse stato per una certa smorfia dolente che corrucciava lo sguardo si intuiva chiaramente che il sacerdote non ricordava il nome dello sposo e che anzi in quegli attimi di assenza il suo pensiero doveva aver ingaggiato una specie di schermaglia col vuoto e che vagamente cercava in ogni modo di pescare quel nome, rannicchiato chissà dove dentro una semioscurità che forse lo proteggeva, ma dove? Silenzio neanche un singhiozzo. Era evidente che il prete lottava con la sua memoria e in quella battaglia che si indovinava già persa egli forse sentiva vagamente la massa di quel nome, il suo peso, andava scandagliando nomi battesimi parrocchiani inviti di nozze colloqui prematrimoniali e confessioni e pareva dicesse no non è lui, quel nome non vuole farsi strada.

Tale ridicolo inconveniente sembrava aver germinato un campo di ortiche in cui nessuno si sentiva a suo agio. Poi quando il prete fu sul punto di dichiarare persa la sua battaglia, arrendersi e domandare aiuto, ecco, evidentemente venirgli incontro e riapparire dalle profondità di qualche abisso quel nome, quel nome accidenti che non doveva inventare ma che doveva solo ricordare solo richiamare alla memoria e che non riusciva a pronunciare. «Andrea!» esordì allora come emergendo da una apnea, «Vuoi tu...» C'erano stati attimi di panico; cos'era passato dentro e intorno a quegli istanti che nell'aneddotica del resoconto sarebbero passati non più che per una semplice gaffe imbarazzante? Cos'era avvenuto in quell'intervallo della lucidità durante quegli istanti sospesi?

Nelda si era smarrita anche lei in quegli attimi di assoluta vaghezza, si era confusa, era stata tentata di attribuire a quegli istanti di silenzio significati più grandi, simbolici scaramantici catastrofici profondi funesti. Cosa le stava accadendo? Si era come immedesimata in quella battaglia con la memoria che con ogni probabilità aveva impegnato il prete e poi in quella specie di misteriosa involontaria emersione dal buio della coscienza di qualcosa che esisteva già dentro di sé e attendeva solo di essere liberato.

Così misterioso è il lavoro dello spirito che passa dal nulla alla realtà; certe intuizioni, come sillabe a volte venute in soccorso, sono come delle pertiche preliminari tese maldestramente per aggrapparci per aiutarci ad afferrare la realtà, quella parola quel nome quel ricordo quella verità che stiamo cercando.

Perché questo? Perché adesso si sentiva così? Perché pensava a tutto questo?

«... finché morte non vi separi?»

Ad Andrea ora toccava di rispondere, Nelda puntò i suoi occhi fissi su di lui con una concentrazione e uno stato dello spirito che era il derivato, il precipitato di quel sentimento di quella condizione di attesa e dell'avvertimento e poi avvento di una sorta di antica epifania.

Fu un attimo un lampo un balenio di schegge e di dardi fiammeggianti, prima di rispondere Andrea aveva solo girato i suoi occhi di lato, aveva guardato da quella parte aveva guardato Flora e Flora gli aveva restituito uno sguardo nella cui imperturbabilità Nelda aveva scovato, rannicchiato e rifugiato, uno sguardo ben diverso da quello che ella aveva lasciato trasparire all'esterno. Quante volte aveva guardato senza vedere senza accorgersi dell'altro e di quale fosse la verità. Eccolo il nome perduto, la verità, il ladro nascosto nell'oscurità della sua coscienza e nutrito dalle tante sue paure di scoprirlo di stanarlo che le impedivano di guardarlo in faccia.

Tutto, tutto aveva compreso ora Nelda, tutto ora sapeva; ah quanto doveva amarla quella sorella di sangue, di sangue certo ancor più che se avessero condiviso il ventre materno; ora tutto era chiaro, Andrea e Flora si amavano, si amavano; quello sguardo era stata la sua finestra aperta sulla verità e in quegli istanti di sopraffina sensibilità, in quella condizione eccentrica ed eccezionale dove ogni cosa poteva essere trattenuta all'infinito come gli accordi dell'organo, lei vi si era affacciata ed aveva visto tutto. Tutto.

Sotto il velo di tulle c'era una creatura da proteggere e da cullare; quanto amore! Quanto bene c'era in tutta quella storia, era vero si sentiva cullata Nelda da tanta tenerezza da tanta dedizione da tanto coraggio.

«Sì», era la voce di Andrea, aveva risposto al prete in quel momento. Sì anche lui lo aveva detto anche lui aveva dato voce a quel sussurro che era delle labbra di Flora, Flora glielo aveva insufflato e Andrea l'aveva rispettata perché l'amava e amava lei, Nelda dello stesso amore di cui l'amava Flora.

Erano racchiusi dentro un cerchio mistico tutti loro, fatto di amore e di bene ora lo sapeva, ma nel legame fusionale in cui le sorelle si erano sistemate, chiuse l'una dentro l'astuccio dell'altra, Nelda aveva interpretato sempre la parte della più fragile, della sorella indecisa, della sorella senza coraggio.

Ora ciononostante, proprio come poco prima era accaduto al prete, anche dentro di lei era emersa, come una boa riconoscibile, una scheggia di verità ed era potuto accadere con ogni probabilità proprio perché lei aveva fatto un passo in più, si era sentita immersa dentro una specie di liquido amniotico di amore, ciò le aveva offerto come una copertura, il coraggio di assumere almeno parte della verità, di lasciare che emergesse e, senza evitarla, di guardarla in faccia.

Cosa sarebbe accaduto adesso non lo sapeva ma non le importava, non aveva timori per il dopo e questa era una novità; proprio ora che era lei a tirarsi fuori dalla scena, ora, ora, se ne sentiva al centro si sentiva inclusa si sentiva della famiglia, si sentiva come Flora; ecco cosa stava accadendo, del futuro non sapeva nulla, poi si vedrà, le era venuto di pensare; l'organo della chiesa era divenuto muto eppure a lei, l'avrebbe giurato, ora pareva di sentire suonare di sentire cantare di sentire delle voci sollevarsi; cos'era quello un coro? Era il coro destinato a lei, non sapeva a cosa sarebbe andata incontro ma del resto non era quello che accadeva sempre? Solo che ora, ora era diventato possibile dire cantare innalzare una voce insieme a quel coro: "Poi si vedrà" diceva, così dicevano tutti. Poi si vedrà cantavano e assordavano il silenzio. Quello era il miglior silenzio che avesse mai ascoltato, adesso avrebbe voluto affondarci dentro lei, nuotarci e volare, volare; era piena di gratitudine.

Si sentiva felice nonostante tutto, si sentiva privilegiata; quel malessere che l'aveva tormentata prima e durante tutta la cerimonia, quella difficile insicurezza che l'aveva stretta in una morsa dolorosa, l'aveva reclusa fatta sentire sola, faccia al muro, erano scomparsi, al loro posto adesso, al posto di quella specie di pantomima retorica e stolida che stava consumando il suo ultimo atto, di quel gioco delle parti che cercava giusto un finale, c'erano Andrea e Flora e finalmente lei, finalmente lei Nelda.

Davvero, con ogni probabilità, anche così, ancora di più adesso pensò, un po' di Flora esisteva dentro di lei e lei poteva assomigliarle un po'. Poi si vedrà, si disse con il tono infantile di una neonata decisione.

«Nelda vuoi tu sposare Andrea amarlo e servirlo nella buona e nella cattiva sorte?»

«No!» rispose Nelda senza indugio e poi gettò in aria il velo.

Le evidenze

Maria Luce Colli, pregiatissima e stimatissima professoressa di matematica presso il Regio Istituto Domini secolarmente locato nell'entroterra più sperduto e dimentico della provincia di Venezia, era una donna giunta ormai a pochi passi dalla quarantina; tuttavia l'evoluzione geologica del suo aspetto fisico si era non si sa come fermata molto tempo prima, era rimasta giovane e bellissima, molto più che bella, possedeva senza dubbio alcuno le gambe più sensuali di tutto l'istituto superiore parificato, in diverse occasioni, nondimeno, durante le lezioni nelle classi a prevalenza maschile, nonostante ella avesse cura di indossare in ogni occasione un abbigliamento di tipo sobrio e dimesso, si era ritrovata al centro di gravi imbarazzi, oggetto di attenzioni a causa della singolare entusiasmante ed irresistibile ampiezza, e non solo, del suo seno.

"Parlante" era stato soprannominato perché, non c'era niente da fare, quel seno esondava dalla trama di qualunque seppur casta maglia, camicetta abbottonata, giacca chiusa, foulard o sciarpa, bordo limite margine copertura velo che le venisse imposto; non c'era niente da fare quando durante le pose del discorso le spalle si agitavano – via! – tutt'uno quelle mammellone traballavano insieme, vibravano ad ogni piccolo scotimento del busto, emettevano suoni anche, sussurri, chiacchieravano, si animavano come avessero posseduto una vita propria; quelle due c'era da giurarsi possedevano occhi gambe braccia e bocca e seni, seni tremebondi come due budini e sodi, sodi e guizzanti come salmoni.

Quante fantasie i ragazzi ci avevano fatto sopra, naturalmente ad insaputa di lei che anzi era persona dai modi rispettabilissimi, timoratissima e riservatissima e per di più ignara, totalmente ignara del suo aspetto, incolpevole delle sue grazie tentatrici, inconsapevole di portare a spasso per la via, su per le scale a scuola nelle piazze davanti a tutti, due torte lievite di quella specie, due tentazioni luciferine, due maghe Circe infilate nel reggiseno, due pericoli, due autentici attentati alla salute mentale e morale.

Esisteva addirittura, o perlomeno si vociferava che sopravvivesse, uno zoccolo duro composto da ex studenti, un nucleo storico che tutti gli anni tornava a trovare la professoressa a scuola. Che nostalgia! Per verificare, per confermare, in realtà per bearsi, per riprovare quella sensazione – oh! – di stupore di sbalordimento e anche di stupefacente goduria, di beatitudine di fronte alla rinnovata apparizione.

Di fatto era rassicurante, confortante, era un vero sollievo scoprire che nonostante tutti i mutamenti e gli accidenti, le difficoltà le peripezie che la vita – e come era diversa ora da quella vissuta durante gli anni della scuola – nonostante le cattive sorprese e gl'imprevisti non sempre appetitosi che la vita stessa aveva giocato a loro sfavore: quante amarezze da sopportare e quali sperticamenti! Povere vittime poveri disgraziati loro, nonostante dunque i tempi fossero cambiati, qualcuno di loro aveva perso il lavoro, qualcuno era stato costretto a trasferirsi altrove, nonostante alcuni fossero diventati addirittura già padri, nonostante ciò e molto altro, circostanze ed eventi che li avevano delusi traditi, lutti, abbandoni sfratti esecutivi allarmi di portata catastrofica, nonostante il tempo fosse passato e chissà in cosa consistesse il presente e del futuro non vi fosse certezza, almeno vivaddio il seno della professoressa Maria Luce Colli – oh! – rimaneva sempre lo stesso, ritto lì sull'attenti presente, tutto impennato sostanzioso compatto ingualcibile, di fatto immutato; un vero punto fermo, un autentico baluardo delle certezze, una iniezione di fiducia, una realtà ineludibile come la creazione del mondo, una tappa altissima nell'evoluzione della specie, un edificio naturale creato come le foreste come i ghiacciai come le cascate a testimonianza del divino, una cattedrale innalzata ad espiazione delle umane miserie e della loro devozione al sacro, un patrimonio da salvaguardare il seno della Maria Luce Colli, una narrazione leggendaria, un poema epico, un dono magico sortito nientemeno che dalla lampada di Aladino, il senno perduto di Orlando finito sulla luna, la quadratura del cerchio, il sesto dei segreti di Fatima, il Big Bang e il Giudizio Universale, un sostanziale ritorno implosivo emozionale vitale a quella beatitudine del brodo primordiale, alla sicurezza prenatale amniotica, un tantino psicoanalitica, primitiva istintiva ancestrale libidica pulsionale originale.

Sì finalmente! Per i suoi studenti il seno della professoressa Maria Luce Colli c'era viveva e continuava a vivere in loro, fedele nei secoli, esisteva ancora, c'era cresceva e si moltiplicava, aveva luogo, c'era come Dio, c'era.

Di tutto questo vitalistico ed enfatizzato ronzio sommesso e incessante, di tutto questo indotto che era nato e si era sviluppato intorno alla sua persona, o meglio al suo aspetto, la Maria Luce non nutriva nessuna consapevolezza, non perché gli echi di quello squittio instancabile non trasparissero da ciò che le alitava intorno, sì, a dire il vero, a volte i primi tempi si era sentita un po' a disagio, ma non tanto in classe, quanto durante i consigli e le riunioni d'istituto nel corso dei quali, a dispetto del caso, si ritrovava seduta forzosamente schiacciata in mezzo intorno e di fronte e al centro esclusivamente di professori maschi uomini, falchi insomma, ma con certi occhi, che lanciavano certe occhiate via! Non tanto per le quali!

A dire la verità, a voler essere sinceri, la professoressa Colli aveva ben altro a cui pensare; la vita era stata ingenerosa con lei, ben oltre il suo mondo di carta, in fondo a quello che esibiva quello che rendeva pubblico, oltre il recinto delle sue funzioni, dunque, nella sua vita nessuno dei conti tornava.

Donna serissima, probabilmente in tutte le occasioni schiacciata dal senso del dovere e mossa da un rigore morale nei confronti del quale sentiva spesso di trovarsi in largo difetto, la giovane Maria Luce allorquando risiedeva ancora nella sua nativa Basilicata, finiti gli studi, si era mezza fidanzata con un militare di leva, un ragazzotto insipido e inesperto, un giuggiolone imberbe di neanche vent'anni che a quell'età per la prima volta con la chiamata al servizio militare si era allontanato da casa dalla Sardegna e da mamma.

Per quel soldato semplice si era trattato di una storia di passaggio una distrazione, doveva aver fatto tombola sulla colonna ancora incompleta della sua emancipazione virile, era stata una tresca giovanile raffazzonata che però l'aveva fatto sentire scafato, sì, uno di quei riti iniziatici che ti fanno vincere la scommessa, una di quelle avventure insomma mica male, ma di cui non resta neanche una fotografia e non si porta a casa altro che il ricordo e chi si è visto si è visto.

A casa invece lei ci aveva portato un figlio e così quando la durata della leva dell'eroe era terminata lei era diventata una ragazza madre. Per carità! Nulla si era sognata di chiedere a lui, che da subito figuriamoci! aveva rifiutato di assumersi veruna responsabilità; nessun riparo niente matrimonio niente nome niente amore niente padre niente soldi niente di niente, niente!

Sola e irregolare si era ritrovata senza lavoro e senza compassione, nessun aiuto da nessuno nessun'offerta nessuna amicizia nessuna ospitalità nessuna compagnia nessuna speranza; e così aveva deciso, era emigrata, con tanto di fagotto in braccio, con tanto di niente, tanto di disperazione e di coraggio impenitente.

Di essere nel peccato, di essere colpevole l'avevano accusata.

L'aveva capita lei la natura di quell'accusa che le avevano rivolta, senza cattiveria per carità! Con l'intento di farglielo sorgere a lei il senso di colpa per quella creaturina che aveva messo al mondo così per disgrazia, per sbaglio, per non si sa come... sciagurata!... con uno sconosciuto poi! Ma che si vergognasse che se ne dolesse e che si pentisse, ancorché ormai qualunque pentimento non avrebbe cambiato le cose, non avrebbe fatto stare meglio quel povero figliolo non gli avrebbe certo dato indietro un padre. Ridursi così la signorina e poi chiedere aiuto! Prima ci doveva pensare, molto prima, adesso che affondi nelle sue acque adesso!

Pentita lei, non si era pentita invece, ma per niente! Lei l'aveva capito da subito che quelle accuse erano servite a chi le aveva scagliate, quelle accuse avevano solo fornito loro un alibi per non aiutarla; succede sempre così, il giudizio di colpevolezza di chi condanna, magari un suo familiare o chicchessia, diventa piuttosto per quello la giustificazione per non soccorrerlo, per mettersi l'anima in pace e non pensarci più.

Dunque colpevole e sporca era divenuta irriconoscibile, improvvisamente un'estranea una nemica una qualunque; acquisendo il ruolo di madre impura, di madre irregolare, si era trasformata in una reietta piena di vergogna, una specie di cagna randagia infetta e colpevole.

Via! Sciò via dai quartieri regolari, via dalle famiglie legittime e disinfettate, sciò via dalla pietà e dal soccorso, non lo meritava, via dalla vista dei bambini, via via divieto d'accesso ai luoghi della gente perbene, alla chiesa che non può tollerare una colpa così grave, via dalla cerchia dei parenti che si vergognano, e come dar loro torto!

Via via certo che sì, perché l'unico modo per lasciarlo in pace tutto quel popolo di disturbati di offesi di scandalizzati di giudici e di castigatori è di sparire dalla loro vista, di non farsi più vedere da quella gran massa di gente perbene perché si ristabilisca l'ordine naturale delle cose, il ragionevole e conforme "così fan tutti", il tutto a posto, lo stato perfetto e immobile delle cose, l'assetto regolamentare, il buon costume e l'esemplare sacrosanta normalità e così via!

Poco di buono! Come una puttana l'avevano trattata quei figli di un cane! Tutti, parenti e sconosciuti uomini e donne le si erano voltati contro e l'avevano fatta sentire stupida indegna sporca intanfata e maleodorante. Lei, che quel figlio l'aveva dovuto partorire da sola perché neanche l'ostetrica quel giorno s'era fatta trovare; macché, le aveva mandato a dire che oramai era vecchia sbilenca e non ce la faceva più a lavorare e a cavar figli con quelle sue giunture storpie e nodose come un ceppo antico di olivo saraceno.

Svergognata, di vivere da svergognata dentro quel covo di serpi tristi e avvelenate non se la sentiva proprio la Maria Luce, così non si sa se più perché fosse stata cacciata o avesse deciso di andarsene, fatto sta che prese le poche cose che avrebbe voluto con sé uscì e corse alla stazione salì sul primo treno per andare dove non sapeva da chi ancor meno e neanche per nulla come avrebbe fatto ad andare avanti, eppure lei una laurea l'aveva due risparmi li teneva con sé ma poi con sé aveva un figlio, un figlio da proteggere e da crescere.

Viaggiò tutta la notte sveglia a cullare il bimbo avvolto nello scialle di lana bianca.

Scese quando fu alla fine della corsa, all'ultima fermata del treno, scese e si trovò sulla soglia di una città che affondava nell'acqua, una incredibile perla galleggiante che sembrava appartenere ad un altro mondo, un capolavoro di solenne bellezza di intarsi di mosaici di colori di forme di marmi e di sculture, palazzi come regge ponti e passerelle scolpite e poi barche in attesa ai portoni fatte in certe forme di mezzaluna; ne rimase stupefatta nulla di simile mai le era capitato di vedere prima, se ne sentì rimescolata; dinanzi ai suoi occhi, a dire il vero, stava proprio tutto quello che in quel momento maggiormente mancava a lei, tutto quello di cui era stata privata, bellezza garbo ispirazione e cura. Ricami ad arte, ornamenti gentili e mani d'oro per rammendare ricucire e meravigliosamente abbellire anche la trama degli strappi volgari e maltrattati della sua grama esistenza; una veste dorata e ricamata per adornare la crudezza della sua realtà attuale spoglia e trascurata privata della dignità che aveva un tempo, della salute della bellezza della legittimità.

Ah potere dell'arte e di quella sua poderosa e inattesa espressione che si offriva a lei generosamente così come un prodigio, a lei che non aveva merito eppure si sentiva quasi graziata! Quanto le faceva bene quella visione, esercitava un potere lenitivo sui suoi occhi sulla sua immaginazione sulla sua tristezza; era consolazione al suo dolore alle sue offese, erano promesse alle sue invertebrate speranze, erano luce e ricchezze sulle ombre e sulle miserie della sua condizione al punto in cui era arrivata la sua vita.

Lassù dove era arrivata per caso si sentiva in sella alla storia, non era poco, si persuase che da lì in avanti il suo futuro dovesse essere un tributo di riconoscenza a tanta meraviglia e a tali altezze dell'ispirazione e del pensiero visionario della storia dell'uomo e dell'arte.

Era scesa dunque per la prima volta nella città di Venezia.

Nessuno era ad aspettarli lei e il bambino ancora in fasce, nessuno era andato a salutarla alla partenza.

I suoi genitori non erano più al mondo da tanto tempo; la madre, donna Ludovica, eccentrica e intraprendente, era stata una ricca proprietaria terriera; non più giovane aveva sposato un impiegato di banca; la famiglia, per anni serenamente adagiata in una vita ricca e privilegiata, si era sempre tenuta a distanza dalla combriccola plebea e malvestita che la circondava. Benestanti e viziati, orgogliosi di poter mostrare quella loro aura di fredda alterigia avevano vissuto da padroni cinici e arroganti senza eccezione, nessuna amicizia nessuna ospitalità nessuna festa in famiglia nessuna manifestazione di affetto, ritenuta peraltro sconveniente e populista, mai nessuna mediazione insomma con la piccola insignificante e sgrammaticata vita degli altri, nessun contatto; ne avevano trovato uno invece con la morte: qualche anno addietro, quella era andata a trovarli, il padre e la madre, neanche a dirlo incurante della loro approvazione, durante una gita in automobile all'inizio dell'estate.

Si era rivelato per i due fatale lo scontro con un carro di buoi che essi, ovviamente irritati e in gravissimo disappunto, avevano considerato occupasse abusivamente la carreggiata, senza alcun diritto.

In quel caso si trattava di una falsa opinione, piuttosto il derivato delle loro teorie svalutative sull'umanità analfabeta e sulla capacità discriminativa dei villici, tuttavia in seguito non ci fu mai più modo e tempo di rimediare all'equivoco.

La giovane figlia Maria Luce che aveva ereditato ogni cosa da loro era stata affidata ai nonni poi agli zii materni poi a quelli paterni; il tempo di depredarla e di sperperare tutti i beni della nipote e Maria Luce si era ritrovata da sola e senza neanche una casa in cui vivere.

Il suo passato familiare dunque e i suoi del tutto apparenti privilegi avevano invece contribuito a rafforzare la ferocia della condanna al suo comportamento.

E come? Ricca ben educata laureata e nullafacente si era andata a cacciare in un guaio di quelli che persino le prostitute cercano di evitare!

Della sua origine e della sua educazione, al contrario, dovettero accorgersi al suo arrivo nella piccola città della provincia veneta dove Maria Luce, dopo tanti sacrifici e in capo a qualche anno, era diventata un'insegnante di ruolo.

Si erano succeduti anni di una vita impeccabile, dedicati unicamente alla crescita del figlio Emanuele, anni severi austeri quasi monacali, anni in cui la stima e l'ammirazione generale per la sua persona erano proporzionalmente cresciuti e divenuti inossidabili. Erano stati anni che avevano permesso in parte di risarcire il grave debito di credibilità e di stima, anni in cui Maria Luce Colli professoressa di matematica in carica, aveva ricostruito degnamente senza perdere alcuna occasione frammento per frammento quelle parti delicate, quella materia frangibile di sé che la cacciata dal paese l'offesa e l'indebita vergogna che ne era derivata avevano distrutto fatto deflagrare sparpagliato ovunque, rovinato o rotto e perduto, a lei era sembrato per sempre.

La madre aveva dedicato la sua vita unicamente al figlio, nulla, nessun tratto nessun accento nei modi e nel contegno di lei aveva mai dato adito a oscure supposizioni o in qualche modo indicato porte aperte o ambigui lasciapassare; nella patria del suo intimo esilio nessuna interferenza mai era stata in grado non solo di oltrepassare ma nemmeno di sfiorare quella personale cortina invisibile che tuttavia separava inesorabilmente la sua vita da tutto il resto, dagli altri, il suo forzoso passato dal presente, il suo impermeabile segreto dallo sguardo degli altri, il suo cammino dai passi degli altri.

Chiuso aveva chiuso finestre e porte al passaggio di qualunque stagione là fuori e si era asserragliata lei, dentro le sue frugali stanze prive di arredi, spoglie di affetti e di carezze che non fossero per lui, il figlio, mute di voci e di presenze nuove, chiusa nel suo intenso ruolo di madre e di insegnante.

Non v'era stata mai una movenza, l'esistenza di una posa una parola uno sguardo nulla che potesse avere l'aspetto, la foggia di un richiamo rivolto a chicchessia, di un approccio o di un invito, nulla che potesse venire scambiato per una confidenza concessa, tantomeno per una implicita richiesta, per una seppure morigerata e casta offerta.

Le stava bene così alla Maria Luce; quando era arrivata a Venezia era rimasta incantata, attratta dalle case dai palazzi dagli stucchi e dai monumenti, dalle pietre, così sarebbe stato per sempre, solo le cose la interessavano, le cose le strade i ponti i paesaggi la materia gli oggetti inanimati insomma, ai quali non si chiede di avere emozioni, di dare affetto cordialità comprensione e tantomeno amicizia, edifici d'arte belli da ammirare e non desiderare di possedere o di appartenervi, oggetti di altri, anzi di nessuno, oggetti senza reazioni senza giudizio senza spirito senza coscienza e soprattutto senza dolore.

In fondo non era in un modo così simile a quello, in una deprivazione simile, che ella aveva visto vivere la sua famiglia, seppure per motivi del tutto diversi dalle circostanze che obbligavano lei a farlo, la sua famiglia, la sua distaccatissima famiglia, la sua isolatissima lontanissima fredda fredda famiglia atrofica anaffettiva senza pietà e senza dolore?

Aveva ottenuto lì, dove si era fermata ora, una quota clandestina di risarcimento era vero; tuttavia non era questo davvero quello che cercava, anzi non ci teneva affatto che quello fosse il suo obiettivo, nutriva ancorché il timore che se il fatto di essere risarcita avesse rappresentato il suo unico scopo, ne sarebbe stata condizionata, ovvero avrebbe cercato di indirizzare i suoi comportamenti a quel fine e di nuovo si sarebbe trovata a muoversi non più libera ma sotto la scure di un giudizio, il giudizio degli altri.

Non voleva acquisire indulgenze sconti, guadagnare medaglie. Libera invece voleva essere libera e intoccabile priva di condizionamenti e anche delle attenzioni altrui; insomma di nessun interesse per nessuno lei, nulla, nulla, un oggetto un paesaggio una casa inerte e disinteressata e per niente interessante trascurabile; ecco trascurabile doveva essere per gli altri, priva di colore neutra trasparente quasi assente, quasi invisibile.

Ecco, di portare a spasso la sua pregiata trasparenza si accontentava, anzi ne andava soddisfatta; nella nuova residenza lei non aveva traslocato nulla della vecchia esistenza, nulla come se nulla fosse mai stato e del resto non le era rimasta addosso nemmeno l'ombra del fango con cui l'avevano lapidata, inzaccherata, l'avevano sfigurata; nemmeno dentro di lei, lo giurava, ve n'era più traccia.

Era contenta della sua vita, anche se essa era dedicata, lo sapeva bene, più che a scrivere pagine nuove della sua profuga esistenza, a cancellare piuttosto – e chissà quante passate di bianco ancora – gli strafalcioni e gli errori con cui illegittimamente altri avevano scritto la sua storia.

Quanto pesava ancora! Da quando aveva lasciato il paese d'origine, con nessuno aveva mai più parlato di sé di quella sua vita precedente, di quel mistero doloroso di cui nessuno aveva colto l'inganno, l'ingenuo e inconsapevole profondo segreto.

Andava bene così, le sue giornate erano perennemente scandite e sorvegliate dai puntuali e costanti richiami al dovere, l'esistenza della professoressa Maria Luce Colli teneva ormai il passo di una marcia e conservava il rigore esclusivo di un compito in classe.

Non ci voleva proprio adesso non ci voleva, qualsiasi altro accidente pure pure, ma questo no, proprio al figlio doveva capitare, proprio all'unico scopo della vita della professoressa Maria Luce Colli.

Emanuele sì, si era ammalato e gravemente agli occhi povera creatura; da tanto tempo che non ci vedeva più bene e non diceva nulla non si lamentava, la maestra s'era dovuta accorgere che quando leggeva si appiccicava al libro da toccarlo con il naso poveretto! Ma cosa? Chi? Perché? Di che cosa? Malato di che? La madre l'aveva trascinato da tutti i dottori più importanti, negli studi più rinomati, aveva fatto di tutto, tutto! Perché? Perché proprio a lui incolpevole piccolo indifeso, perché la sorte doveva scagliarsi contro un innocente? Era la vendetta di chi? E che c'entrava suo figlio? Sciocchezze, non si poteva perdere tempo a lambiccarsi il capo in simili elucubrazioni, ora solo a guarirlo bisognava pensare! E dove però? Dove portarlo ancora, che tutti tutti i medici consultati le avevano assicurato: incurabile, malattia rara inguaribile, non curabile, cecità progressiva; non c'era scampo gli occhi del suo adorato figlio, l'unico essere al mondo per cui ella viveva e al quale avrebbe dato la vita, la sua vita e gli occhi i suoi occhi subito subito se avesse potuto se fosse valso a qualcosa, quegli occhi amati sui quali aveva appuntato i suoi, la sua unica luce nell'esistenza, gli occhi con i quali aveva seguitato a guardare le cose, quegli occhi non l'avrebbero più guardata, si sarebbero spenti piano piano sul mondo fino al buio, fino dentro al buio. No impossibile, non questo non proprio a lui e che c'entrava lui, lei non lo poteva accettare non poteva accettare che non ci fosse scampo; dove portarlo ancora? A chi chiedere ancora un consulto, una risposta un'altra risposta? Possibile non ci fosse un luogo un chirurgo un ospedale da qualche parte, una speranza a cui credere, un'esile speranza a cui attaccarsi, una speranza che le salvasse la vita davvero; e a quella s'era attaccata, una possibilità incerta ancorché remota, tradotta chissà da quale stralunata fonte, di un certo medico russo, un chirurgo che, unico al mondo, operava quel tipo di malattia; tuttavia, bisognava che lei lo sapesse, non v'era alcuna garanzia del risultato, molti poveretti erano tornati indietro senza cavarne nulla, inutile farsi false illusioni, i miracoli non esistono, e poi c'erano i costi, lei da sola come avrebbe potuto affrontarli, dove avrebbe trovato i mezzi e il denaro per trasferirsi? La professoressa Maria Luce Colli lasciò dietro di sé questi e mille altri commenti simili, la versione degli altri, il chiacchiericcio stantio e minuscolo degli intrusi, l'illustre balbettio degli esperti e tutto il bugiardo allarmismo sedentario e vigliacco, il blaterare incolore di chi lasciava passare la vita, anche lì anche adesso, a commentare la vita degli altri e dunque, senza perdere tempo, si assicurò i mesi di aspettativa che le erano dovuti e poi fu tutt'uno prendere e partire e una volta arrivati piazzarsi in un minuscolo appartamento in affitto nella gelida cittadina cresciuta alle spalle di San Pietroburgo.

Il figlio Emanuele al tempo aveva dieci anni; il suo giovane corpo racchiudeva in sé e tratteneva gli esiti vivaci ed esemplari della costruzione che la vita aveva operato della sua stessa speciosa bellezza e compostezza, racchiudeva ancora non solo i suoi anni, tutti gli anni amabili di lui, ma fondeva insieme ancora e ancora con quelli, tutti gl'istanti della esistenza della madre dedicati a lui e solo a lui, tutti gli sguardi le cure le incitazioni, il soffio vitale con cui la madre che lo aveva così tanto voluto difeso protetto, amorevolmente lo aveva aiutato a crescere occhi negli occhi, cuore nel cuore.

Mai si sarebbe arresa mai, grazie a lui, ferocemente e in modo precoce, la madre era diventata fortissima, lui le aveva dato la possibilità di combattere di difendersi di sfidare, di praticare l'impossibile.

Malgrado tutto e senza possedere più nulla, da sola lei lo aveva lasciato crescere dentro di sé, in una terra di confine divenuta improvvisamente estranea e ostile, incurante dell'odioso rifiuto che la circondava, aveva portato a termine la sua scandalosa venuta al mondo.

Era stata una specie di genocidio di anime nella burrasca dei pregiudizi e delle scomuniche, era stata una dichiarazione di guerra a chi pretendeva che lei mettesse tutto a tacere, tutto a tacere spento dentro quel muco di conformità in cui avrebbe dovuto imparare ad abituarsi a vivere.

Ora i volti di quelle reliquie sparlanti del passato parevano tornare indietro galleggianti come fogli di carta giapponese che prendono forma nell'acqua; sopra lo specchio d'acqua del fiume gelato del suo Est, scorrevano fradicie tutte le scorie residuate nel tempo, i relitti di quel passato, il ghigno acido e sprezzante di quella brava gente che l'aveva avvertita, tutti gliel'avevano predetto come no, che si sarebbe pentita che era un'impresa senza speranza che non ce l'avrebbe fatta e che non aveva futuro.

Ecco laggiù navigare la smorfia compiaciuta del pensiero vendicativo, è arrivato alla fine il momento di pagarla quella colpa alla giustizia divina, non si può sfuggire, sei stata punita come vedi non dovevi permetterti di sfidare Dio!

Sul ponte gelato della Malaya Nevka la professoressa Maria Luce sola e con un cappotto per niente adeguato addosso, rileggeva i capitoli del libro del suo coraggio indifferente, vi scrutava dentro per cercarne il segreto.

A che punto era, a che punto della notte della sua esistenza, di quei suoi giorni, della terribile prova che ancora la aspettava e della stessa inevitabilità di una tragedia?

Il dottore, il chirurgo sì quello l'aveva trovato, l'operazione si sarebbe tentata, le cure si sarebbero protratte per lungo tempo, forse si sarebbe reso necessario un secondo intervento. Tutto questo aveva un costo inimmaginabile per le possibilità della madre, a lei toccava ora pagare il prezzo assoluto della scandalosa salvezza del figlio; lei voleva farlo, non aveva mai avuto alcun dubbio tuttavia quello che avrebbe dovuto affrontare era molto più difficile che lasciarsi crescere una vita dentro il ventre.

Lei doveva pensarci, lei, ad inventarlo quel miracolo, toccava a lei trovare una via ma quale? Suo figlio l'aspettava buono buono a letto, con gli occhi bendati e le gocce che bruciavano le lacrime, lei glielo aveva promesso che sarebbe guarito, che la mamma glieli aveva fatti quegli occhi e nessuno glieli avrebbe ripresi indietro, glielo aveva giurato e lui si fidava, si fidava di lei.

Era sera tardi quando la madre si decise a tornare, a quell'ora i negozi erano già tutti chiusi e lungo le strade umide i lumi dei lampioni non lasciavano sul marciapiede che qualche stanca pozzanghera di luce fioca e grigiastra; una nebbia bassa e densa, fitta fitta senza trasparenza inghiottiva ogni cosa, nascondeva alla vista le macchine, il piano terra delle case e persino i bambini che trotterellavano per strada sui loro stivali di gomma per mano agli adulti erano scomparsi addirittura dentro quella specie di incantesimo cittadino; si sentivano appena frignare, si sentivano tossire; dei rari passanti tutti imbacuccati emergevano solo i passamontagna spessi e scoloriti, le case sembravano sospese, si stagliavano sopra la nebbia solo dal primo piano in su.

Era un quadro surreale che conferiva alla scarna umanità che lo popolava l'aspetto triste di una colonia di reduci sopravvissuti.

Ogni cosa materiale sembrava rappresa intrappolata in quella condensa di vapori; solo qualche voce di tanto in tanto riusciva a divincolarsi e a fuggire, saliva insieme al fumo caldo di qualche modesto falò acceso al bordo della strada per scaldare gli ambulanti ancora in giro a quell'ora.

Grigiore e miseria tutt'intorno, forse sarà stato il quartiere, sarà stata la malinconia di quell'ora al punto in cui era arrivata la sera in quel posto sperduto lontanissimo da tutti e da tutto e da casa poi! Lontano da dove? Il suo posto, la sua casa, il suo tutto era dove stava suo figlio, la sua patria era suo figlio, quel bambino che adorava, che il destino voleva condannato al buio e che non l'avrebbe più guardata; e quale vita, che vita l'aspettava a lui che così piccolo aveva l'aria di lasciarsi fare, lasciar fare tutto alla vita, fare quello che voleva di lui, anche strappargli gli occhi, anche togliergli la vista del mondo. No no non poteva essere! Oddio, come faceva? Come avrebbe fatto lei a tornare a casa senza una risposta, senza una notizia per lui, come poteva continuare a mentire a giurare al figlio che tutto era risolto che la mamma aveva trovato il modo di salvarglieli quegli occhi di cui era innamorata, quegli occhi che, soli, avevano visto tutto, tutto di lei, di loro e dei loro giorni, tutto della sua breve e incolpevole esistenza.

Che ci faccio qui? si disse ruotando il capo dentro la nebbia, aveva perduto l'orientamento, fece appena in tempo a scansarsi dal centro della strada e a passi lunghi guadagnò il marciapiede. Che ci faccio quaggiù senza sapere dove andare, a chi rivolgermi? Si era data da fare in quelle settimane, aveva bussato alla porta delle scuole tentato di dare lezioni private di lavorare a domicilio, venti trent'anni ci sarebbero voluti per riuscire a pagare le operazioni e le cure.

La testa le scoppiava, le turbinava, era un pensiero circolare quello che la tormentava faceva sempre lo stesso percorso e tornava sempre allo stesso punto; ora che era riuscita a trovare il medico, aveva trovato la possibilità di salvare il figlio, non sarebbe mai tornata indietro, non potevano permetterselo, non avrebbe tolto a suo figlio quella speranza, voleva provare, tutto avrebbe tentato pur di non perderli quegli occhi, nulla le importava di più al mondo adesso, nulla che riguardasse se stessa. Era riuscita ben presto a spegnere di sé ogni reattività, ogni sofferenza, ogni contraccolpo; era diventata forte perché la quantità di colpi e di offese che sin dalla giovane età le erano stati inferti aveva fatto sì che lei sviluppasse una specie di cuore inerte o meglio, almeno in parte, come un tessuto di una trama impermeabile capace di non sentire ma di distrarsi, di rendersi indifferente amorfa, era come se certe parti della sua anima potessero ormai, contro le offese, sviluppare una sorta di anestesia; ancora giovane lei aveva attraversato il suo valico dell'impossibile, dunque la sua guerra acerba e combattuta, e in qualche modo vinta, le aveva regalato l'antidoto; lei era capace di produrlo, anzi ormai accadeva naturalmente.

In cima alla sua sensibilità alla sua emotività e alla sua coscienza e in cima a tutto il suo pensiero c'era la vita del figlio, da tanto tempo, tutto il resto era riuscita a viverlo come da dietro un vetro; la vita degli altri ma a volte anche la sua, gli accidenti i contrasti le avversità e tutta l'esigua nomenclatura quotidiana scorrevano davanti ai suoi occhi come dietro il vetro di una bacheca; lei poteva vederli, era in grado di provvedervi eccome, li maneggiava con mani più che esperte, ma senza patirne, senza avvertirne il peso né la sofferenza, senza reagirvi insomma.

Invincibile signori, era diventata davvero invincibile se poteva astenersi dall'accusare i colpi che il suo stesso corpo riceveva, perché il pensiero era altrove, lei stessa si era fatta da parte, spostata altrove e poteva ordinare al suo corpo di non trovarsi dove quello in effetti stava, di assentarsi insomma lei da quel corpo, da quella relazione da quello scontro da quel luogo.

Io non sono qui, non sta accadendo a me.

Davvero potente doveva essere diventata quella Maria Luce da quella antica sfida e poi da quell'esercizio metodico e implacabile che ne era seguito giorno dopo giorno scientemente a dirigere il suo Nord, il suo unico luogo a procedere, la sua residenza intima, il suo paradiso terrestre, il suo unico centro vitale, dentro quel suo figlio, dentro la sua stessa vita, la vita di lui.

Il destino di lui dunque era il vertice e il punto di fusione, il nucleo sensibile e interamente tutti i connotati umani del sentire di lei. Altro da questo, altro dalla vita del figlio non aveva accesso, non aveva patente di entrare, di nuocere, ma neanche di interessare, non aveva alcuna possibilità di distrarre o indebolire le forze che la madre riservava a loro due.

Non sta succedendo a me, lei poteva essere altrove.

Anche ora, ora, aveva sospeso ogni giudizio, non c'era tristezza grigiore freddo che contasse, era calato il gelo adesso, ciononostante e a causa di ciò lei non era lì, o meglio il suo pensiero non era lì e neanche il suo sangue il suo cuore la sua mente, tutta se stessa era con quel suo figlio, con quella vita da salvare.

Il mondo seguitava a vivere intorno a lei con il tramestio incessante e le brighe giornaliere, lei ne era rimasta fuori là serrata in quel cerchio di diffidente chiusura, non voleva che finisse così, non voleva che il figlio soffrisse, non voleva vederlo appassire e poi spegnersi.

Faceva freddo adesso freddo, aveva cominciato a piovere, una pioggia fitta e gelata, la strada si era quasi del tutto spopolata, guardò in alto, nessuna stella accesa a vegliare le vite degli uomini, il cielo come cieco aveva rinfoderato la luce dei suoi occhi, rinunciato al suo sguardo pietoso sulla terra.

Una sparuta conventicola di uomini, forse ubriachi, le si fece incontro emergendo all'improvviso dalla nebbia, gridavano e si agitavano, qualcuno di loro inveiva non si capiva perché, teneva un pugno scagliato contro il cielo e quando si trovò ad oltrepassare lei, latrò, emise una specie di ringhio e poi sputò a terra; la donna si era fatta piccola schiacciata contro il muro e poi, poi aveva guardato allontanarsi quella cricca arrabbiata di poveri impotenti che andando sembravano ballare dall'ira.

Contro la luce dei lampioni la pioggia ora sfrecciava in lunghe strisce di luce argentea.

La notte era sul punto di precipitarle addosso come il rovescio tetro di quella pioggia.

Cosa ci faccio qui? si disse ancora.

Violentemente si ricompose in lei tutta la coscienza cupa e dura del suo stato presente.

Trascorsero attimi infiniti, un'angoscia rabbiosa e muta era andata via via riempiendo quel mucchio di cenci in cui ora si era ridotta lei e il suo insufficiente cappotto.

Era sola in mezzo al suo temporale, era giunta in qualche modo l'ora, lei aveva da affrontare la sua notte eppure indugiava ancora rattrappita immobile, spalle al muro come Andromeda incatenata alla roccia di solitudine e silenzio. C'era già stata una notte come quella e lei l'aveva attraversata più giovane e sola, allora aveva nel ventre un figlio che le raddoppiava le forze moltiplicava i suoi sensi i suoi organi i suoi arti, quella notte possedeva quattro occhi conteneva in sé due bocche quattro braccia due cuori e due teste quattro polmoni due fegati e il doppio di sé; in questa notte avrebbe chiesto al suo coraggio indifferente di aiutarla ad essere madre, essere quello, solo quello contava, del resto era tutto quello che lei aveva.

A che punto era la notte?

Si rimise ritta in piedi, si sentiva il corpo irrigidito come fosse di marmo, si scrollò la pioggia di dosso facendo sventolare i lembi del cappotto che svolazzando scompaginarono la nebbia. Il gelo adesso aveva sigillato il suo corpo dentro la sua morsa.

Era stato un istante, era accaduta solo una momentanea sincope del coraggio ma lei non si era perduta. Sono sua madre si disse e non c'è null'altro che conti.

La notte estranea e tetra era piena di rumori adesso, di imprecazioni di violenza e di irrequietezze, l'aria era satura, in qualche modo era giunta alla sua temperatura di fusione e forse tutto, presto, si sarebbe dissolto, era scesa nel suo personale inferno, eppure non ci stava per niente ad accettare un bilancio così miserabile della propria posizione nella vita.

Alzò il capo e si guardò intorno come se dovesse scegliere una direzione.

In quel preciso istante due fari antinebbia squarciarono la foschia e si piantarono contro di lei, accanto a lei; come in un sogno o un incubo, come sotto l'effetto di un anestetico, dietro il vetro vide l'uomo elegantemente vestito, vide che si rivolgeva a lei, le faceva intendere di salire, vide le banconote nelle sue mani, vide la tappezzeria ricercata dei sedili, vide i polsini candidi della sua camicia, assicurati da un paio di gemelli d'oro e poi sentì una musica, proveniva dalla radio, una specie di nenia russa con qualche influsso melodico europeo, vide le cose una dietro l'altra e poi, in uno di quegli attimi gravidi che contengono in sé e in cui culmina l'infinita serie di attimi che l'hanno preceduto, vide se stessa staccarsi dalla roccia di Andromeda e poi salire in quella macchina, vide sé muoversi come dietro il vetro di una bacheca e poi non si accorse più di nulla, non sentì più nulla, non la vergogna non il dolore non l'umiliazione non lo schifo, niente niente.

Io non ci sono, non sta succedendo a me non sono qui perché sono con lui lassù con lui col mio angelo per il quale farò tutto ogni cosa perché non perda i suoi occhi, i suoi occhi bendati sono i miei occhi bendati con le gocce che bruciano e non mi fanno vedere, non vedo nulla non provo nulla sennonché anche questa volta anche questa storia anche questa maledizione mi ha reso madre, madre cento volte madre.

Maria Luce chiuse gli occhi, adesso sì davvero era proprio come suo figlio.

Beethoven quinto movimento della sinfonia Pastorale *La gioia dopo la tempesta.*

Guarito. Emanuele era tornato a casa, con gli occhiali certamente, tuttavia gli interventi subiti e le cure a cui era stato sottoposto erano riusciti ad arrestare la malattia ed anzi avevano permesso ai suoi occhi di riacquistare parte della vista perduta.

Al suo ritorno il ragazzo ricevette l'esultanza dovuta piuttosto ad un miracolato un unto del Signore un predestinato un eletto un angelo del cielo persino! Tuttavia la figura solenne a cui fu dedicato un vero culto popolare fu la madre, la professoressa Maria Luce Colli fino ad allora stimata e rispettata eccome, tuttavia sempre con quella inevitabile punta di riserva dovuta ad una donna venuta dal nulla con un figlio e senza marito con un presente impeccabile senza dubbio, ma anche piuttosto impenetrabile, e un passato del tutto sconosciuto, una donna il cui atteggiamento di riserbo dava a volte adito ad ambigue interpretazioni una donna insomma di cui non si sa quasi nulla e non si può dire nulla. Troppo poco per le lingue allenate e sempre digiune dei poveri provinciali!

Adesso invece, quel suo sacrificio impossibile quella sua avventura estrema quella sua fede, senza dubbio religiosa neanche a dirlo, che l'aveva spinta e sorretta in un'impresa che nessuno si sarebbe arrischiato di compiere, una missione degna di un papa, l'avevano innalzata e collocata in un Olimpo divino dentro il cerchio beato del sovrannaturale l'avevano proclamata sorella missionaria beata suora figlia di Dio, signori! Maria Luce Colli Santa Subito!

La Maria Luce era felice, quel viaggio della speranza non aveva avuto granché di spirituale o di miracolistico, lei aveva sostenuto tutte le ingenti spese che le cure e la sopravvivenza all'estero avevano richiesto grazie al fatto che si era dedicata con grande impegno e per tutto il tempo alla prostituzione; a partire da quella prima sera si era andata perfezionando aveva migliorato via via sempre di più la qualità del posto di lavoro gli orari la clientela e le tariffe; quando poi le speranze della guarigione si erano rafforzate in seguito al primo intervento subìto dal figlio, la professoressa, spinta dalla prospettiva di maggiori entrate di denaro, aveva acconsentito a lavorare in un locale notturno, in quei privé riservati ai clienti di un certo livello. Era italiana, ciò conferiva alle sue doti e alle sue non trascurabili attrattive un che di esotico, un qualcosa in più che raddoppiava la domanda e faceva cassa; era molto richiesta dai clienti e lei era instancabile, una notte al termine di uno di quegli incontri nel locale dove lei era a tutti nota come Mary Lux, aveva ricevuto mille dollari, una fortuna che aveva convertito immediatamente nel costo di una quindicina di fiale iniettabili che erano state prescritte al figlio e non era ancora stata in grado di acquistare.

Nulla nel tempo presente era rimasto di quella esperienza, ma nulla era stato in grado di lasciare alcuna orma, nemmeno allora, in Russia; era stato come scrivere sull'acqua, nessuna conseguenza nessuna traccia; uscendo di casa in quelle sere lassù, la madre lasciava se stessa il suo cuore la sua coscienza e tutta la sua accesa sensibilità nel letto di suo figlio, usciva di casa e si allontanava da lui ma non si sottraeva, rimaneva al suo fianco abbracciata a lui accanto a lui e alla sua felicità, seduta lei sul suo scopo, alla fine della storia alla fine di tutto in fondo alla strada, ferma all'indirizzo della meta, il suo spirito con lui le sue braccia per il figlio la sua bocca per lui i suoi occhi solo piantati fissi su quelli di lui.

Fuori di lì sulla strada usciva solo una sfoglia indifferente di sé, fuori mandava una figurina disidratata e inerte, come mandasse la domestica a fare la spesa.

Invincibile signori! Invincibile, si era rialzata indenne pura illibata anzi eroica tenace; quale povera illusa? Quale sbandata, aveva lottato lei ci aveva creduto e nient'altro, era rimasta in trincea a battersi, non aveva accettato per sé alibi o scuse, l'aveva seguita, invece, obbedita e onorata quella voce testarda che gridava dentro di lei malgrado tutto e contro tutto; ancora una volta aveva scavalcato la mediocrità del ragionevole luogo comune e delle convenienze aveva ignorato il limite delle giustificazioni personali che ci fanno stare comodi perché impongono un confine all'incombenza di rischiare, aveva deciso lei per sé cosa poteva o non poteva fare, aveva scelto lei la taglia e la misura del suo coraggio e, come sempre, aveva assunto per sé una intraprendenza titanica alla portata della sua incondizionata maternità, aveva ascoltato e servito la speranza che la faceva vivere e osare e che li avrebbe salvati. Era andata a cercarla la loro salvezza, non era la prima volta, non importava quanto fosse lontana anche fosse stata la Luna, aveva combattuto ad armi impari eppure lei aveva il suo amore e il suo coraggio, quelli erano diventati le sue ali altro non c'era se non salvarsi; lei aveva offerto una possibilità all'impossibile, o meglio, a quello che il pensiero di bassa statura riteneva impossibile, aveva osato infrangere le previsioni e alla fine l'aveva vinta lei quella sua personale battaglia.

Passeggiava ora per le strade della provincia accanto a suo figlio che di anni ne aveva tredici ed era già diventato un bel ragazzotto, spilungone e un po' dinoccolato, per nulla simile alla madre, camminando al centro della strada, si spartiva ai lati il corteo dei passanti in due ali fruscianti di voci esclamative, di commenti di ciarle inconseguenti e conformi, un parlottio incompetente e pettegolo dal quale tuttavia la professoressa usciva puntualmente consacrata glorificata osannata e beata; insomma cosa si aspettava ancora, Colli Maria Luce Santa e Santa Subito!

Ora sì, ora sì che era diventata una loro concittadina ora le avevano concesso la patente la residenza il domicilio, ora sì, ora possedeva un passato prossimo che tutti conoscevano e un presente alla luce del sole in piena evidenza altrettanto inappuntabile che le faceva onore, ora sì che l'avevano conosciuta bene, ora sapevano chi era finalmente, ora avrebbero messo la mano sul fuoco, ma anche tutte e due, sulla sua onestà sulla sua serietà; rispettabile onoratissima professoressa Colli piacere di conoscerla bentornata a casa, è un grande onore per me per noi tutti per le nostre famiglie, lei rappresenta la madre di tutte le madri, chi più di chiunque altro ha indicato la strada del sacrificio della abnegazione e della fede in nome della vita, lei non si è arresa lei ha riposto la sua speranza in Dio lei si è messa nelle sue mani, immaginiamo quanto abbia pregato e il cielo l'ha aiutata, lei è diventata un simbolo per noi tutte di coraggio e di serietà di religiosità e di onore.

Pressappoco queste erano state le parole che le avevano dedicato nel discorso inaugurale per l'apertura del nuovo anno scolastico.

Com'è strano il mondo, quando era rimasta incinta si era tirata dietro offese ingiurie umiliazioni e giudizi, era una madre e tutti la condannarono e la giudicarono per questo, ora tutti indirizzavano a lei, a quella stessa madre, meriti e onori lodi e complimenti per i sacrifici che si era assunta, la cui vera destinataria era in realtà l'operosa Mary Lux!

Ironia della sorte! La sua splendida vittoria e la sua evidenza, o meglio il suo fulgido finale su cui tutti avevano potuto ficcare il naso e credere di saperne una più del diavolo, l'aveva resa intoccabile insospettabile l'aveva collocata inequivocabilmente dalla parte della ragione dalla parte dei giusti; erano stati loro, nessuno escluso, a giudicarla così, lei era la migliore delle madri l'avevano deciso loro, del resto era incontestabile di fronte all'evidenza cui tutti erano stati messi di fronte! Così come dinnanzi all'evidenza del suo pancione tutti a quel tempo avevano avuto a ragione o a torto diritto di giudicarla e di condannarla.

Le evidenze sono evidenze! Agli occhi degli altri quella sua gravidanza illegittima e la vergognosa condizione che denunciava non l'aveva resa madre bensì ne aveva fatto una prostituta; eppure di quella maternità lei aveva fatto una missione e in nome di quella missione ella aveva stravolto il suo modo di vivere e si era prostituita, ma quello era successo all'Est fuori dal cerchio dei concittadini autorizzati a giudicare; di qua, in Occidente, gli altri possedevano soltanto le evidenze e le evidenze risultavano specchiate ed eroiche, le evidenze avevano del miracoloso perciò la professoressa Maria Luce Colli appariva come una cittadina di elezione, era diventata una prima cittadina, anzi la madre di tutte le madri.

Insospettabile rispettabilissima signora professoressa Maria Luce Colli, forse tra qualche tempo avrebbero potuto intitolare a suo nome la saletta della scuola adibita a biblioteca, ormai ella era considerata uno dei migliori elementi dell'istituto, ma non solo, del comune tutto, della cittadinanza tutta, del popolo tutto.

Un applauso alla professoressa Maria Luce Colli. Tanta fama non l'ha mutata di una virgola, non ha cambiato nulla della sua vita delle sue abitudini della sua sobrietà della sua austera postura. Come nulla fosse mai accaduto.

A guardarla la mattina quando seria seria si avvia a passo lesto per raggiungere la scuola sembra un militare in marcia, ecco cosa sembra; nulla ma proprio nulla lascerebbe intendere che insomma... potrebbe far sospettare che nella sua vita... nulla nulla via!

Non fosse che per quel seno! Ah Benedetta Madre quel seno! Ma quel seno professoressa Colli...

Il salotto

«Sono molto cattive le zanzare quest'anno?»

Madame Isidori rivolse la domanda con tono disinvolto e lasciò squillare le parole nella quiete luminosa del luogo.

Era rientrata solo da qualche giorno, Madame, dalla sua residenza parigina; da anni infatti ella preferiva di gran lunga svernare in quella adorabile città dove, diceva, ogni giorno succede qualcosa anche quando non succede nulla; un'affermazione inconcludente e insulsa di cui le era stata più volte sottolineata la incontestabile significativa carica di banalità, tuttavia e nondimeno, ciò non le aveva impedito di riconfermarla ad ogni fine di stagione, all'inizio di ogni estate, ovvero da quando, da qualche anno ormai, aveva contratto, e con quale alacre dedizione poi, l'aristocratica abitudine di aprire al gran mondo il suo salotto italiano.

Madame Isidori era rimasta vedova in circostanze oscure, ma dalle quali era stata scagionata, non senza una qualche dubbia perplessità, assai lecita a dire il vero, a cagione del fatto che dal ricco matrimonio contratto con un anziano proprietario terriero ella aveva ereditato, oltre ad una cospicua rendita annuale, una magnifica residenza nella italianissima Toscana in seno alle dolcissime colline senesi, nelle cui fertilissime terre vantava ridentissimi ettarissimi di terra modernissimamente coltivati a vite.

Rientrava dunque proprio ora dalla sua deliziosa passeggiata, la prima della stagione, Madame Isidori; ed era stato proprio nell'atto di consegnare la mantellina di seta alle cure di Angeletta, la serva che le aveva aperto la porta, che ella aveva rivolto, non senza un velo di trepidazione, quella questione: «Sono molto cattive le zanzare quest'anno?».

Erano un vero incubo quegli insetti! Madame sosteneva, e con una certa dose di autorevolezza, di avere il sangue dolce e, a cagione di quella specialità, le sue delicatissime braccia, diceva con l'aria di lanciare *une excellente boutade*, fungevano da carta moschicida per quelle orride belve alate, tant'è che all'aperto d'estate la compagnia tutta che la circondava non poteva trarre che un cospicuo vantaggio dalla sua prossimità.

Il mese di maggio, quell'anno italiano, si presentava incantevole, i campi avevano già cominciato ad assumere quel colorito giallognolo, il grano ormai quasi maturo pareva avere colato in essi un oro pregiato un'offerta che si annunciava assai promettente e attendeva solo di venir colta a stagione inoltrata.

Il cielo naturalmente era azzurro, senza nuvole, la notte era trascorsa magnificamente, i guanti color camoscio pallido che Madame aveva acquistato a Parigi si intonavano perfettamente col completo color vaniglia che aveva inaugurato quel sabato pomeriggio, perciò onestamente non esisteva alcun ragionevole motivo per essere di umore malinconico.

Senza neppure attendere la risposta della serva dunque, Madame superò l'ampio corridoio; nel passare davanti a uno specchio si riassettò l'abito, in quello notò con soddisfazione che il suo punto vita si era notevolmente avvantaggiato del recente stato vedovile, in effetti, sebbene fosse trascorso ben più di un anno dal fatto in sé, la vedovanza, con tutti i suoi oneri sociali e gli impegni mondani che pretendeva, l'aveva stancata le aveva tolto l'appetito, da tempo ahimè si era ridotta a piluccare appena qualche ostrica durante i ricevimenti commemorativi.

Il lutto l'aveva decisamente ringiovanita, quella leggera pinguedine che nondimeno ancora modellava il suo busto, decise che fosse un richiamo sufficientemente femminile – aveva evitato di pensare "erotico" – sul quale ella avrebbe potuto contare ancora! Ma naturalmente in seguito eh!, *ça va sans dire*, al momento no! No no no no no no no no no. Non vi era in lei alcun pensiero alcuna allusione la benché minima aspirazione ad un possibile legame o ad un qualsivoglia uomo maschio marito nonno che meritasse la sua attenzione. Per carità! Col tempo chissà... Magari in Italia... forse! Adesso non voleva pensarci.

«Angeletta! Non farti chiamare due volte per il thè, è un'attesa detestabile mia cara!» Questa volta Madame urlò con voce diversa con un timbro improvvisamente forte istrionico, stava giusto per entrare in quella che poteva considerarsi la sua arena, indugiava ancora sulla soglia e aveva bisogno di un ingresso sfavillante. Quando infine con un gesto ampio e carico di aspettative aprì la porta del salotto, fu invasa anzi permeata dalla luce intensa che penetrava attraverso le enormi vetrate che tutte intere costituivano due delle quattro pareti della stanza; le porte finestre immettevano direttamente nel giardino che circondava la villa tutto intorno, curatissimo verdissimo fioritissimo, così che il salotto era come un graziosissimo gazebo trasparente che veleggiava in mezzo a prati fioriti alberi di agrumi mandorli e pruni la cui abbondante fioritura in quella stagione stava cedendo il passo ai primi acerbi frutti.

Ah, che orgoglio era quella vista! Che intima soddisfazione! Peccato che suo marito fosse morto senza vederlo quel gioiello italiano che lei aveva arredato con quel suo gusto parigino e che, nondimeno, quanta acrimonia e quanta invidia procurava nell'animo di quelle signorine di campagna con la dote scaduta e i primi segni dei baffi sulle labbra, zitelle nient'altro che avvezze alla penosa solitudine dello squallido salottino sul retro.

Ah, lei no! Lei c'aveva pensato in tempo, lei ci aveva messo riparo a quella torbida eventualità altro che, lei era fatta per vivere in cima alla piramide costasse quello che costasse, a lei era andata bene, era andata bene perché aveva fatto i conti giusti e quel suo sostenuto tenore di vita lo stava a dimostrare; ora senza alcun dubbio era lei la più in alto! Lei eccelleva eccome!

Con un incedere indulgente pigro e regale che aveva più volte provato davanti allo specchio e che si era ripromessa di mantenere anche quando era sola e non si mostrava in società, al fine di non perdere la posa, si avvicinò alle tende di mussola bianche che scoprivano, come un sipario aperto, la vista dei prati all'esterno, le accostò un poco per attutire il riverbero. Al suo presentarsi dietro il vetro un paio di uccelletti che si erano spinti a becchettare e a cercare cibo sul gradino esterno, una lastra di marmissimo di carrarissima lucidissimo, volarono via spaventati sbattendo convulse le ali; Madame seguì con lo sguardo compiaciuto il loro volo, li vide posarsi sull'albero di pere acquattati tra le foglie in attesa di volare giù di nuovo.

Fiori fiori fiori fiori, c'erano fiori dappertutto in quel salotto; Angeletta aveva avuto disposizione di non farli mancare mai, di disporli ovunque, fiori vasi di fiori anfore terracotte fiori recisi ovunque ma con gusto; un attributo che a quella bestiola implume era destinato a mancare del tutto.

Madame invece aveva imparato perfettamente dalle amiche parigine più esperte una certa arte di mischiare i colori; "macchia" dovevano fare, "macchia" a volte tenue a volte azzardata, a volte "macchia" per contrasto. I fiori di campo, non i più trascurabili, erano più giusti in certe occasioni rustico giovanili, mentre la disposizione in buona evidenza di fiori pregiati, magari regalati da un buon conoscente affettuoso e altolocato, si prestava alla meraviglia nelle occasioni mondane più accreditate.

Fiori dappertutto, anche sul pavimento e poi piante, piante da interni piante discendenti, era la sua firma il suo stemma la sua carta stampata il segno più luminoso della sua barocca ospitalità.

Ma neanche per sogno! No che non faceva *boudoir* il velluto rosso che aveva scelto per i divani e le poltrone e le sedie! Ma niente affatto!

Quanto avevano discusso con la buonanima al momento di scegliere la tappezzeria; aveva avuto ragione lei, ogni volta che la guardava ne era sempre più soddisfatta, anche ora nel voltarsi dalla finestra Madame ripeté la prova; si mise una mano davanti agli occhi per toglierla poi all'improvviso appena si fosse girata, voleva trovarsi davanti il suo salotto rosso e vedere che effetto le avrebbe fatto quel colpo d'occhio. Sennonché quando tolse la mano e scoprì la vista, all'improvviso le apparve di fronte, rannicchiata sul divano, la figura copiosa del colonnello Bortoli che si era appena accorto di lei e stava cercando di trascinare il suo sedere sul cuscino per alzarsi, senza successo si affaticava a dare gran colpi di schiena in avanti ma non trovava il modo di smontare da quella bassa e rigida seduta in cui si era incagliato, per mettersi in piedi e salutare a dovere la padrona di casa.

«Rimanga pure comodo colonnello!» lo precedette Madame con una specie di urgenza; era un'immagine impietosa quella a cui stava assistendo, probabilmente il colonnello si era appisolato da un bel po' e, nonostante gli apprezzabili sforzi da lui compiuti per sembrare vivo e sveglio, il suo volto recava addosso una curiosa espressione di urbanità stinta. I suoi sconnessi tentativi di offuscarla conferivano purtroppo alla situazione una tale carica di ridicolo che Madame finì col dimenticare il motivo per cui si fosse girata con la mano sugli occhi.

Giacché il colonnello, abbondante nella stazza e per di più gravato da fastidiosi accidenti di carattere reumatico, non riusciva in alcun modo a prendere la rincorsa giusta per attivare il colpo di reni necessario per uscire da quella buca in velluto, la donna veleggiò verso di lui ostentando una superficiale allegrezza alla quale aveva affidato l'evidente compito di minimizzare l'incidente.

Si fermò accanto al colonnello proprio nel momento in cui egli era riuscito ad emergere: «Sono in anticipo!» si scusò dopo aver consultato l'orologio; aveva la faccia contratta e la cotenna tutta sudata.

Madame notò che il riposino pomeridiano gli aveva colorato le guance di rosso e anche il naso sembrava piuttosto tumefatto come da una specie di raffreddore cronico che poteva in effetti spiegare l'accento nasale con cui il colonnello declamava pigramente le sue frasi.

Un ciuffetto sparuto di capelli, inoltre, sventolava da dietro l'accentuata radura del cranio come una bandierina ammainata, si era sollevato dritto sulla nuca a causa dei ripetuti scivolamenti della testa sullo schienale del divano. In quel suo caotico tentativo di recuperare una se non antica autorevolezza, almeno quella precedente all'abbiocco, il colonnello aveva preso a dimenarsi, gesticolava per uscire dall'imbarazzo, si adoperava nella spassionata profferta di scuse con un eccesso di disinvoltura rumorosa.

Così agitato poveretto, pensò Madame, così conciato in faccia, pareva un clown struccato male alla fine dell'ultimo spettacolo.

«Nulla di grave colonnello, non si dia pena» aveva risposto Madame, «piuttosto forse vorrà darsi un'aggiustatina?» gli aveva chiesto con una studiata e credibile premura; voleva evitare in qualunque modo che seguitasse e scusarsi come aveva l'abitudine di fare, riportando ogni volta con dovizia di particolari il calcolo esatto di quanti minuti avesse impiegato a sbrigare tutte le funzioni private che doveva svolgere prima di giungere alla villa di Madame: compiti di igiene personale, di sbrigo della corrispondenza, dal meccanico per la macchina, quella mattina anche in banca era dovuto andare e poi la gran fila di gente che aveva trovato allo sportello, per non parlare del traffico e come avesse cercato di portare a termine tutto con estrema rapidità per il timore di giungere in ritardo e poi come avesse preso le sue precauzioni per evitarlo, lei doveva sapere come, aveva di fatto accorciato i tempi della faccenda in banca, troppo lunga si annunciava la rischiosa attesa, per carità no, non si sarebbe giammai perdonato se per causa sua, Madame lo capiva bene... aveva addirittura dato la carica ad una certa sveglietta dell'orologio, un meccanismo prodigioso, Madame se ne sarebbe appassionata, che segnalava lo scorrere di ogni ora emettendo una deliziosa musichetta che peraltro non aveva mancato di destare l'attenzione e la curiosità degli astanti sinanco in banca appunto dove più di uno gli aveva domandato cosa tenesse in tasca, quale diabolico marchingegno nascondesse e che spasso si fosse preso poi a mostrarlo al direttore che aveva espresso il desiderio di possederne uno anch'egli, anzi uno simile avrebbe voluto regalarlo alla moglie in occasione del compleanno; ma poi proprio mentre lo aveva mostrato si era accorto dell'ora e così aveva desistito dall'adempiere alla sua commissione rinunciandovi del tutto; di conseguenza dunque, aveva aggiunto, come si fosse ritrovato perciò addirittura con un eccesso di minuti di tempo risparmiato, di quanti minuti si trattasse con esattezza ora non era in grado di ricordarlo, tuttavia era un calcolo che si sarebbe potuto tentare e come, anzi, la prossima volta, lo giurava ovvero lo prometteva, in ogni caso si impegnava proprio in quell'occasione di fronte a lei, si sarebbe guardato bene dal ripetere gli stessi errori, avrebbe cercato di identificarli tutti, uno per uno e, ammesso e non concesso che ogni giorno si possa dichiarare uguale ad un altro, giacché, per fare un esempio, alcune mattinate capita che si possa andare avanti a dormire in tutta tranquillità, altri giorni invece pare che il mondo intero alzi la voce e si metta a chiamarti a urlare perché tu gli dia retta, ognuno vuole il suo tempo, gli obblighi, persino alla sua età non mancavano di certo, considerando pure le condizioni di salute della vecchia madre, che peraltro ringraziava Madame dell'invito e sarebbe di lì a poco giunta alla villa per l'ora del thè; tutte quelle incombenze dunque non permettevano di certo a lui il lusso di dormire essendo ogni giorno disgraziatamente sollecitato da qualche tedioso inconveniente, dalla sempre più frequente aspra necessità di parlare con un dottore per un consulto, oppure di portarsi in una qualche clinica per le cure specialistiche di mamma, senza trascurare i suoi inveterati obblighi militari che seppure assopiti, giacché ora era in pensione, non potevano certo essere negletti. A volte avrebbe necessitato, diceva, con una specie di risolino, di un segretario o magari di una segretaria... ma quella era tutta un'altra questione, suvvia Madame non doveva fraintendere, stava celiando, non intendeva certo mescolare le carte. Avrebbe modificato la tabella di marcia onde non incorrere nell'intollerabile pericolo di importunarla di nuovo. Essere stato colto costì da Madame, mezzo sbracato gli era venuto di dire ma preferì non dirlo, era stato già imbarazzante, disse, non voleva che Madame gli attribuisse la malcreanza di essersi introdotto nella villa magari con una scusa, a tal proposito ci teneva a precisare che la servitù lo aveva autorizzato, sì insomma... che poi lui non si era mosso di lì lo giurava, non aveva neanche idea di quanto tempo fosse trascorso, la sveglietta era rimasta sorda, dunque con ogni probabilità si trattava di una questione di minuti, in ogni caso poteva stare certa che non sarebbe accaduto mai più! E giù in quello crollò in un inchino come se avessero lasciato di colpo i fili che lo muovevano.

Era sempre la stessa lagna, il colonnello la annoiava con la sua insistente pedanteria.

Il colonnello sempre chino senza risollevarsi si sedette di nuovo, fece solo un passo indietro e crollò sulla poltrona questa volta, gli parve più prudente, e si soffiò il naso, soffriva per la presenza di tutti quei fiori, negli ultimi anni era afflitto da una specie di allergia che si manifestava con più insistenza ad ogni primavera.

Non appena ebbe riposto il fazzoletto, «Madame» riprese con un tono confidenziale che non suonava né scorretto né irriguardoso, «alcuni sostengono, non senza una certa impertinenza, a mio modo di vedere, che i suoi ricevimenti siano fatti per incontrare!».

Madame ascoltò con estremo interesse la improvvida dichiarazione dell'anziano colonnello.

Non aveva mai considerato questo singolare aspetto della sua ostentata ospitalità.

A dire il vero Madame, in società, parlava esclusivamente della sua vita e di tutta l'umanità che era passata davanti ai suoi occhi, era evidente che l'eventuale eccedenza negativa delle impressioni che l'avevano colpita non le aveva tuttavia impedito di conservarne un ricordo vivace e toccante, cosicché la sua provata capacità di drammatizzarne il potere rimaneva pur sempre la cosa più efficace e importante.

Madame aveva bisogno di un suo pubblico di ascoltatori sul quale rovesciare durante la stagione estiva tutto il marciume il metabolizzato della sua vita parigina, lo scaricava loro addosso come i bidoni della spazzatura dei ristoranti scaraventano le bucce e l'umido della cucina dentro gli enormi secchioni in strada.

Incontri culturali piuttosto ella riteneva che fossero i suoi ricevimenti, salotti di interesse artistico li considerava, tuttavia Madame si sentì esentata dal rispondere a quell'involontaria insinuazione del colonnello dall'arrivo dei primi ospiti che alla spicciolata cominciavano a fare il loro ingresso nella villa.

La casa era frequentata da solenni zitelle, attempate signorine che vedevano nelle serate mondane una sorta di mercato dell'usato dove potersi portar via qualche esemplare non del tutto inedito, magari un capo non più nuovo e senza garanzia, strappato in una cortese guerra civile agli acquirenti più astuti ed esperti.

Per prima, una vecchia signora dall'imponente statura, gravata da una monumentale capigliatura bianca, una ambiziosa architettura tuttavia portata con esemplare dignità, aveva fatto il suo ingresso; era la moglie dell'ex sindaco del paese vicino, con al seguito le sue tre figlie tutte da marito e tutte sopra la quarantina.

La carica di sindaco del coniuge era decaduta da una quindicina di anni, tuttavia la signora, ormai prossima alla settantina, continuava a rappresentare la parte della moglie del primo cittadino, si mostrava in pubblico sempre meticolosamente pettinata e truccata; anche in questa occasione dunque aveva fatto il suo ingresso in testa al corteo delle zitelle, con un passo altero e un irriducibile tono di corrucciata severità che ben si addicevano ad una primadonna.

A ben guardare, abbondanti strati di cipria conferivano al suo volto un aspetto moderatamente pietrificato; sembrava piuttosto la statua corrosa, il mezzobusto sgretolato di un poeta sconosciuto, piazzato in un angolo nascosto di un vecchio parco cittadino.

Al loro ingresso, la madre del colonnello si era svegliata; era giunta poco prima in effetti, accompagnata da una specie di autista, un bestione rustico e sgarbato ma talmente forzuto da riuscire a portare la vecchia in braccio e scaricarla sulla poltrona proprio come faceva ogni mese il giardiniere della villa con i sacchi di concime.

La nonnina, così la chiamavano tutti, affondata nella sua ampia poltrona, sembrò emergere a fatica da una specie di vaga sonnolenza, fece roteare gli occhi si guardò intorno poi sollevò una mano e la agitò debolmente, aveva intuito che c'era da salutare, ma poi ricadde col muso all'ingiù di colpo, non ce la faceva a tenere il collo ritto per molto tempo.

«Sono molto cattive le zanzare quest'anno?»

Viaaa! Madame Isidori aveva dato l'incipit alla conversazione in salotto ed aveva provveduto a lasciare ad Angeletta il compito di introdurre gli ospiti.

Attendeva con ansia l'arrivo di un gruppo di orchestrali che in mattinata avevano suonato nella banda durante una festa di paese; si trattava di musicisti di ogni età giovani e meno giovani, le tre sorelle erano state informate e ci contavano assai.

Madame stava giusto aggiornando qualche ultimo analfabeta in materia su alcuni drammatici particolari della estrema appetibilità della sua pelle alle insidie delle zanzare; una storia dalle sfumature filodrammatiche che i più assidui ormai conoscevano.

Il colonnello completamente ignorato da chiunque affondò il suo naso dentro un piatto di dolcetti che anticipavano il rinfresco in attesa del thè e di cui si era arbitrariamente appropriato.

Il salotto si andava riscaldando, in quella stagione, che peraltro si annunciava più calda del solito, quel gran numero di tappeti srotolati sul pavimento era del tutto sconveniente, quei tessuti davano un caldo insopportabile e inoltre pesticciati com'erano dalle suole delle scarpe sporche della terra del giardino sollevavano incessantemente una fastidiosa polvere! Come mai la padrona di casa non si era resa conto di questo sgradevole e inospitale inconveniente?

La signora Pepi ne stava ragionando, oppure sparlando, con la professoressa di sua figlia, una ragazzetta sorda che diceva sempre di sì, qualunque domanda o richiesta le venisse rivolta, faceva sempre di sì col capo, anche quando le avevano chiesto se si annoiava in mezzo a tutte quelle vecchie babbione.

Madame Isidori guardava la ragazzetta con una certa aria di caricaturale insipienza, si asteneva per lo più dal tentare con lei il benché minimo approccio, Madame non sopportava in un bambino la benché minima deformità.

Del resto Madame non faceva mai nulla se non per le apparenze. A quella povera creatura nessuno badava. Era la madre a forzare su di lei l'attenzione, specie quella del genere maschile, ad elogiare le doti della figlia ad elencarne i pregi del carattere; arrivava persino, la Pepi, ad esaltarne la bellezza di fronte a tutti, forse che non somigliava – ma non lo vedevano tutti? – ad una bambola di porcellana? Di lei la madre parlava come di un angelo e con un'ottima dote già bell'e pronta! Oppure come di un prodigio; associato a questo, tuttavia, c'era lo stranissimo desiderio di renderla autonoma la figlia, di allontanarla da lei, spesso e volentieri la scaricava agli altri la poveretta, come per voler forzare una sorta di carità adottiva e affrancarsi in tal modo da una parte della propria responsabilità; ad ogni ricevimento conduceva la figlia agghindata e infiocchettata come un dolce locale nella sotterranea, ma neanche tanto, speranza di collocarla benino.

Era strano il modo in cui la signora Pepi se la cavava alla fine con l'ansia maternale di lavarsene le mani.

«La vecchiaia ci rende forse incapaci di intraprendere, non di desiderare, attenta! E comunque mia cara noi due non siamo ancora vecchi!»

Queste parole erano state sussurrate all'orecchio della padrona di casa dall'ospite maschile che aveva appena fatto il suo ingresso nel salotto, mentre ancora chino teneva nella sua la mano inanellata di Madame.

Quanto al significato sibillino di quella sentenza, soltanto Madame era in grado di comprenderlo, poiché essa ammiccava ad un precedente scambio di battute intervenuto nel corso di un loro non breve incontro.

Il singolare destino di Ettore Sorgi, vedovo e benestante assai a cagione della cospicua eredità consegnata a lui dalla volontà testamentaria della moglie, consistente in una azienda agricola ben avviata in aggiunta ad altre apprezzabili fortune sempre ereditate, nella circostanza presente appariva in qualche modo speculare, quanto meno per il Sorgi lo era, a quello di Madame Isidori; codesta somiglianza, insieme ad altri convincenti motivi, non ultimo l'insopportabile vita di lui, condotta in una solitudine fisica e, soprattutto per intendersi, in una forzata astinenza intima, faceva ritenere l'Ettore Sorgi, se non in diritto, quantomeno in dovere di corteggiare Madame Isidori.

Era suo convincimento infatti che loro due fossero anime gemelle, ambedue avevano avuto una stessa brillante origine e attualmente, se avessero indugiato ancora, a parer suo rischiavano di subire una medesima decadenza.

Quella funesta eventualità, insieme a certe implicite ma efficaci occhiate, atteggiamenti compiacenti che a parer suo gli erano stati riservati dalla vedova, lo avevano incoraggiato a lanciarsi in un corteggiamento spericolato e incalzante che nelle sue fondate intenzioni non doveva lasciare un attimo di respiro alla "gallina faraona", soprannome che per fortuna non aveva divulgato; così, nella sua insopportabile saccente sicumera, il poveraccio si era dichiarato alla vedova ed aveva addirittura snocciolato a Madame quelle sue grette nozioni sulla loro sfavillante origine e prossima decadenza e via dicendo... ma con una foga smorzata blanda, come se si fosse in parte annoiato, a quel punto, di vivere sempre lo stesso personaggio, come se fosse stanco di rientrare ormai nel quadro caricaturale che gli avevano costruito addosso. E che diamine! Terminato il personale sproloquio egli aveva avuto appena l'impressione di aver visto cadere a terra un'esca volgare. Era stato un attimo un baleno, con ogni probabilità alla vedova non era piaciuto per nulla e non poteva farci nulla, troppo tardi ahimè! Aveva così atteso la risposta della "faraona" ostentando un'espressione innaturalmente melliflua.

Povero piccolo miserabile, aveva pensato Madame, atrofico freddo duro e glabro Sorgi.

Ella aveva accolto quella spudorata confessione tuttavia, con una espressione matronale, dolcemente inanimata ed era riuscita a togliersi dall'impaccio affidandosi ad una di quelle esclamazioni rifugio, frasi fatte, ella del resto ne conosceva un numero infinito, poteva attingere ad una riserva di incalcolabile valore ed aveva imparato ad appuntare a ciascuno la frase giusta, le abbinava alla circostanza, come una spilla sul risvolto della giacca. Per lo spasimante in avanzato stato di vedovanza aveva scelto una vezzosa scusante da contrapporre alla pacchiana intraprendenza di lui; quella obiezione già pronta sull'età matura e il tempo che passa e le occasioni perdute e l'incapacità ormai di intraprendere checchessia; tutte cose a cui Madame non credeva affatto ma che aveva recitato davanti all'uomo come un mantra, senza tuttavia ricavarne un gran successo dal momento che Ettore Sorgi non demordeva non si arrendeva, al contrario aveva fatto della questione un punto di onore e dunque non perdeva occasione per corteggiarla con l'intento di farla crollare, non le aveva creduto perciò, a maggior ragione, dalla prospettiva di Madame egli stava irrimediabilmente svolazzando sulla soglia del ridicolo.

«Il nostro Sorgi ha sempre voglia di scherzare, indomabile giovanotto!» aveva finalmente ribattuto Madame accogliendo l'ospite in salotto.

Lo spasimante quel pomeriggio indossava un completo di lino chiaro, forse con un eccesso di imprudenza, prelevato in anticipo dal guardaroba estivo; un panama della stessa tinta sul capo scopriva una liscia acconciatura di capelli lucidissimi e ben curati; era tutto tirato a lucido, così roseo e leccato pareva una figurina di finissima porcellana smaltata.

Controvoglia dunque Ettore Sorgi abbandonò la mano di Madame e come un cane fedele trotterellò in fondo al salotto verso il tavolo del biliardo.

La stanza assai spaziosa piegava la sua foggia in una specie di "L", il tavolo da biliardo era alloggiato nel lato corto della "L", era una zona prettamente maschile una sorta di corridoio goliardico dove si stavano già esercitando un paio di ragazzotti niente male, giovani nulla facenti raccattati in paese, annessi al ricevimento in quanto, sedicenti, artisti.

Uno dei due aveva di fatto imbrattato qualche crosta in passato, l'altro era soltanto un amico di quello che le imbrattava; ambedue invariabilmente squattrinati nutrivano il comune interesse di cacciar dote, tuttavia a parte questo non possedevano in sostanza alcuna voglia di darsi da fare. I due giovanotti in ogni caso, non si poteva dire certo promettessero alcun pascolo intellettuale o garantissero alcuno sfogo a tante scomposte energie, nessun pascolo per l'anima, per l'anima poi figuriamoci!

A dire il vero la loro sostanziale inconcludenza, il nullo fare di cui si adornavano ormai da tempo e forse definitivamente, aveva loro quasi vestito la mente di una consistente scorza di stupidità.

Madame li considerava due oggetti di arredamento insostituibili, due veri pezzi unici ai quali non si sentiva di rinunciare; faceva un certo affidamento sul fatto che la loro fama di bellocci del paese potesse fungere da polo attrattivo per più d'una qualche giovane ragazza tra le invitate.

Due più uno tre! Con l'arrivo del Sorgi ora al tavolo da biliardo dunque c'erano tre partiti da prendere; o da evitare?

I passi di avvicinamento verso il tavolo verde dell'impetuoso Ettore Sorgi erano stati attentamente seguiti dagli sguardi irrequieti delle tre sorelle: in sincrono avevano appizzato mento naso collo, si erano aggiustate rumorosamente sulle sedie, raschiando gole, ammiccando risatine al nulla, fingendo di salutare il vuoto.

Erano racchie le tre sorelle; Mita la più grande, la sorella grandona, aveva compiuto quarantasei anni; era un enorme mammifero in gonnella, in ogni occasione esibiva una certa aria fiera una baldanza ruvida quasi virile; acconciata sempre in un modo per nulla ricercato, non parlava volentieri si teneva spesso in disparte non si mostrava troppo interessata alle conversazioni femminili sembrava si trovasse irrimediabilmente in disaccordo; e poi possedeva modi bruschi e sbrigativi, le sorelle si guardavano bene dal contraddirla, andava su tutte le furie, una volta si diceva avesse fatto a cazzotti con un pretendente che si era permesso troppe licenze con lei, una malcreanza maschile non del tutto smentita in lei anzi rafforzata da un vocione baritonale e un tono perentorio che conferiva alla gigantessa un certo profilo caporalesco.

Più dimessa senz'altro la seconda sorella, Mara, minuta invece con un musetto mobile e sottile due occhietti aguzzi di topo sempre irrequieti.

Vivace e curiosa la Mara possedeva un certo buon gusto nell'abbigliarsi e anche nell'acconciarsi e ornarsi i capelli neri neri e lunghissimi.

Più appetibile sarebbe stata la Mara se non fosse per quel difetto troppo evidente e poi proprio sul viso tutta quella pelle imbitorzolata dall'acne; una primavera di bitorzoli una fioritura perenne la devastava, ma non una faccia la sua il cui aspetto si potesse ignorare, che ci si potesse passare sopra! Le sue guance parevano due mezze porzioni di crostacei, era imbarazzante starle di fronte e guardarla, ancor più guardarla e rimanere indifferenti senza scoppiare a ridere, ma anche a piangere, urlare allo scandalo, infliggersi pugni, pretendere una risposta accidenti, per lo spettatore un cucchiaino di balsamo una parola di coraggio una medicina una spiegazione di come facesse lei a non vergognarsi insomma di uscire, di mostrarsi in pubblico con quello sfogo quelle protuberanze con quella lebbra! O forse non lo sapeva, le veniva nascosta la verità le veniva impedito di specchiarsi di lavarsi di chiedere di sapere, di sbirciare il suo volto nelle lame dei coltelli sugli infissi d'acciaio! Forse, a dire il vero, qualcuno lo sospettava, poteva darsi perché no, quei bitorzoli quelle creature possedevano una vita propria, conducevano abitudini proprie, magari uscivano, andavano a scuola, lavoravano, ogni tanto se ne andavano via da lei, qualcuno cadeva magari, scivolava si faceva male, alcuni ruzzolavano da qualche parte altre pustole ne prendevano il posto, chissà qualcuno magari si pentiva invece, meno aggressivo si autoescludeva scompariva poverino! Qualcuno di loro si fidanzava, si sposavano fra loro figliavano chissà! Chi era fra tutti il più vecchio? Avevano o no un carattere possedevano un sesso? E se sì andavano dall'analista? E il rovello diveniva incalzante assillante. Prudevano essi?

O non prudevano? Come venivano al mondo? Nascevano brufoli e morivano fichi d'India o si presentavano già così gonfi alla nascita? Gonfi poi di che? Di pus? Di grasso? Di liquido oleoso? Melma indefinibile? E poi sanguinavano? Facevano male? Così fitti e stipati si saranno dati fastidio tutti pressati tra loro! «Spostati!» «Ma che mi sposto non lo vedi che sono incastrato!» «Ma se ieri c'entravi!» «Sì ma oggi sono più ciccioset-to!» «Cicciosetto questo cavolo! Sembri un bue! E che spingi!» «Datti una calmata tra un po' scavalco dentro l'orecchio!»

Chissà che si saranno detti quei bulbi ripieni di cotenna, cosa sapranno di lei, si troveranno bene lì dove stanno o vorrebbero cambiare, saranno felici, vorrebbero andarsene ma non hanno il coraggio di lasciarla sola, o, nel caso, non saprebbero dove andare? Sono in affitto o cosa? Chi è il proprietario di chi? E poi su tutti i dubbi, il padre di tutti i quesiti, il quesito più grande, il massimo interrogativo per cui non esisteva risposta e perciò il più tormentoso il più molesto il più feroce il più drammatico: perché? Perché sono venute proprio a questa donna codeste sgradevoli e spudorate escrescenze? Cosa ha fatto di speciale per avere quelle cozze attaccate alle guance come mitili allo scoglio?

O forse si trattava di un morbo? Una mutazione? Questi i dubbi tormentosi e le questioni irrisolte che sorgevano, in modo diverso certo, ma inevitabile alla mente di chi si trovava di fronte quello spettacolo incendiario, questi i motivi che avevano reso e rendevano quasi impossibile intrattenersi con la povera Mara in una tranquilla banale conversazione guardandola così come se niente fosse, in modo naturale indifferente come se le pustole non dovessero esplodere da un momento all'altro e schizzare pus a raffica come se chiunque riuscisse facilmente ad esimersi dal chiederle: «Ma tu ti rendi conto delle conchiglie che ti sono nate in faccia o no? Le senti oppure puoi ignorarle... che effetto fa? Che effetto fa? Ci sei nata ti è successo in seguito? Quando hai scoperto questi ruderi, quando è comparsa questa archeologia?».

E basta! Ancora questo accanimento! Anche chi scrive per favore non infierisca!

È vero! Per dovere di cronaca dobbiamo riconoscere che ci siamo lasciati prendere un po' la mano non possiamo negarlo; per lasciare l'argomento dobbiamo girarci e guardare altrove.

Ecco! Giusto per la terza sorella, Maria Vittoria detta Mavi, stava per suonare il quarantunesimo compleanno; ella si trovava dunque in quella terra di confine terra di mezzo che intercorre tra la donna matura e la donna passata.

Era quel genere di signorina che, nei paesi e ancor più in una certa epoca, veniva considerata una tarda ancora in tempo a salire sull'ultimo treno.

Sulla Mavi soprattutto dunque, si concentravano gli sforzi della famiglia, e della stessa Madame, di caldeggiare lei alle attenzioni, per il momento ampiamente disattese, del nostro Ettore Sorgi.

La Mavi di fatto brutta brutta non era no, anzi il suo aspetto salubre, l'ampiezza del seno e la buona complessione della costituzione fisica l'avevano già candidata in passato ad una richiesta di matrimonio nient'affatto trascurabile, ma era stata proprio lei a respingerla al mittente senza indugio alcuno.

Era il carattere della Mavi la sua più aspra manchevolezza, la sua assai poco socievole stramberia; era irriverente ed irritante, l'attitudine abituale nonché la sua espressione sempre piuttosto ingrugnata e spinosa! Avrebbe fatto meglio la Mavi a portare la sua faccia severa in pubblico, con una dignità meno funebre Santo Cielo!

Aveva un unico pregio la terza sorella; Mavi cantava le canzoni napoletane, ma in un idioma davvero invidiabile; tuttavia quasi mai si lasciava convincere ad esibirsi in pubblico, quel giorno ciononostante, in occasione dell'apertura della stagione, l'arrivo straordinario degli orchestrali al ricevimento, rendeva Madame fiduciosa che il miracolo sarebbe accaduto.

In mezzo al brusio vociante che alzava sempre di più il suo volume si distinsero chiaramente alcune parole: «Sono molto cattive le zanzare quest'anno?».

Madame Isidori non trovava pace nessuno le aveva ancora saputo rispondere, non aveva complici riguardo alla sua ormai nota e irriducibile idiosincrasia per gli insetti.

«Quest'anno con ogni probabilità tutti gli insetti saranno più molesti, ci aspetta un'estate caldissima e umida non oso pensare a cosa sarà dei miei reumatismi afflitti da un clima così torrido!»

Con una sorta di tempo pigro la risposta alla curiosità di Madame era arrivata per bocca della signora Tindara Berger un esemplare importato di sacerdotessa valdese, un donnone robusto finito non si sa bene come in quel paese, dove, a dire il vero, esisteva soltanto un esiguo numero di cristiani e non sempre del tutto convinti e soprattutto da sempre ferventi bestemmiatori.

La signora Tindara, poiché ad ogni buon conto nessuno sapeva come chiamarla e nessuno si azzardava ad appellarla con un generico “Don”, doveva essere stata in gioventù una ragazzona niente male, anche se al momento era difficile intuirlo, portava in sé nei suoi occhi come la reliquia chiara e superstite del suo sguardo ormai quasi del tutto atrofizzato; esso non era più quello di un tempo, pareva, a dire il vero, piuttosto lo sguardo arcigno di una vecchia non più in sé.

Non era stata Madame ad invitarla, al contrario era la ministra che si introduceva ai ricevimenti nella sua villa, vi partecipava con la speranza, a quanto si sussurrava, di procacciare adepti anche bestemmiatori o quanto meno di divulgare anche da lì i precetti della sua Chiesa.

La grande sala si stava affollando l’ora del thè si avvicinava e gli ospiti tutti erano divenuti ciarlieri.

Madame osservava, osservava il curioso andirivieni delle coppie e dei gruppetti che anche solo per qualche minuto si fermavano a chiacchierare e poi si rimettevano in movimento avanti e indietro in circolo e sparsi; un allegro minuetto, pensò con intima soddisfazione, un’altra serata riuscita!

Poteva esserne fiera ma non era tutto, c’era di più; ad una delle pareti del salotto era stato fissato un enorme specchio perfettamente molato inserito in una gigantesca cornice dorata che dal pavimento saliva quasi all’altezza del soffitto; là dentro quello specchio, si vedevano riflessi la sala gli ospiti nonché una vasta parte del giardino, cosicché lo spazio interno dell’immenso salotto pareva allungarsi all'esterno, oppure al contrario il giardino entrare là dentro insieme a tutta la fioritura della stagione, gli alberi i fiori il prato gli ospiti tutto si mescolava, dando così l'incantevole sensazione che lo spazio si moltiplicasse.

Era stato un bizzarro capriccio di Madame quello specchio enorme, a lei sembrava un arredo degno di una dimora regale, ogni volta che vi sbirciava dentro con lo sguardo se ne sentiva estremamente orgogliosa.

Proprio in quell'istante Madame vi sbirciò l'ingresso in sala della famiglia Tostini padre madre e figlio, un ragazzotto tarchiato che dimostrava venticinque anni o forse quaranta, un'età indecifrabile, un aspetto inquietante; la famiglia lo portava a spasso come un cane che dovesse espellere i bisogni e non riuscisse a trovare l'angolo più adatto e fosse sempre indeciso sul dove fermarsi e accucciarsi.

Della famiglia Tostini si diceva ogni genere di malignità, si insinuava che il padre avesse sperperato tutta la loro fortuna al gioco, che la madre mantenesse tutta la famiglia con l'aiuto di entrate non tanto esplicite ottenute grazie ai favori di sollazzi concessi a qualche riccastro di fuori; qualcun altro aveva addirittura azzardato l'ipotesi di un qualche misterioso raggiro architettato invece da ambedue, all'oscuro fine di incastrare un vecchissimo usuraio trovato poi morto poveretto in circostanze mai chiarite; fatto sta che attualmente la famiglia esibiva un tenore di vita assai al di sopra delle sue reali possibilità ed era tuttora inspiegabilmente una delle famiglie più in vista della zona.

Frequentavano la casa in virtù della loro consumata conoscenza con la buonanima.

Fecero il loro bizzarro ingresso con l'esclusivo intento di produrre il massimo effetto sulla platea degli spettatori.

Dopo che vennero introdotti, i tre presero a salutare gli astanti con un braccio alzato come la famiglia reale, come se dovessero benedire i sudditi, roteavano di continuo il capo da una parte e dall'altra in cerca di effetto sicuro, si prodigavano come se avessero l'impressione che nessuno potesse fare a meno di quella loro benedizione.

"Guardarsi intorno", quella perenne mascherata, quella vigilanza era la teoria della loro vita oltre che la reale occupazione dell'intera famiglia.

Tutti loro tre si guardavano intorno e ammettevano francamente trattarsi di un comportamento necessario. Ci tenevano soprattutto che fosse chiaro che loro erano gente seria che richiedeva la più scrupolosa ammirazione.

Del resto il loro superlativo modo di essere bizzarro corrispondeva persino, così almeno credevano, al loro globale successo.

Madame andò loro incontro e li salutò calorosamente, li trovava esemplari grotteschi, così simili tra loro e ben assortiti, non aveva mai conosciuto una famiglia così ben predisposta al fallimento.

Rumorosamente disordinatamente e in modo scomposto dunque si insediarono; erano carichi di fagotti di cappelli di borse di accessori, una carovana, una mandria sembravano più che una famiglia.

Madame aveva colto con il loro arrivo l'occasione di svincolarsi dall'accorato sermone della Tindara, la ministra valdese che con il vigore di una sacerdotessa ispirata aveva appena finito di annunciarle che ogni giorno che viviamo a noi uomini sembra di aver allontanato la morte eppure non abbiamo fatto che un altro passo per avvicinarci a lei; le stava raccomandando di meditare attentamente su tutto questo.

Avrebbe meditato Madame, ma sulla fortuna che le era toccata, sui privilegi che la vita le aveva riservato; da quell'angolo della sala si dispose a contemplare i suoi ospiti, ravviò i capelli con un gesto di femminile ricercatezza, quante volte lo aveva provato davanti allo specchio! Dall'altra parte della sala il suo gesto era stato immediatamente colto in tutta la sua involontaria femminina provocazione; lo sguardo vigile e scrutatore del cacciatore Ettore Sorgi infatti non perdeva un attimo di vista la padrona di casa, così non appena riuscì ad intercettare quello di lei, con la rapidità della carabina che spara al fagiano, Ettore Sorgi le lanciò un bacio trattenuto dentro il pugno; poi con un sorrisetto ammiccante e indebitamente pieno di sé tornò a porre la sua concentrazione sulla partita di biliardo.

La famiglia Tostini si era installata al tavolo dove stazionava una piccola congrega di zie del defunto, erano infatti tutte vicine o lontane cugine del povero marito di Madame, una ristretta combriccola funebre, un corteo parentale che seguiva sempre le serate di Madame come uno strascico sgualcito ma intoccabile.

«Posso dire che la camelia cinese è una tipologia pregiatissima di camelia da cui, forse non sapete, si ottiene il thè» spiegava zia Eleonor in quello stesso istante, «io, vi prego di credermi, nel mio giardino sono riuscita a coltivare la rarissima specie di Camelia del Samurai!»

«Camelia del che?» aveva chiesto la cuginetta appena ottantenne.

«La Camelia del Samurai Enrichetta! È molto particolare, si può riconoscere dal numero di pistilli, pensa mia cara!»

«È vero che esiste una camelia tricolore?» aveva buttato là la signora Tostini con l'aria di aver calato la sua briscola; si guardò attorno dopo questa osservazione, cercando, anche in quel circolo esaurito, di mettersi in vista grazie ad una non così modesta conoscenza, ravanando in ogni modo e gratuitamente espressioni di consenso, anzi di ammirazione.

«Certo che esiste!» si sbrigò a rispondere zia Eleonor soddisfatta di essere divenuta in quella sede un'autorità nel campo. «È una camelia magnifica, signora, dai colori attraenti bianca rossa e rosa! Anche questa camelia del resto fa parte della mia nutrita collezione.»

Angeletta aveva fatto il suo ingresso nel salotto, spingeva il carrello apparecchiato con il servizio da thè, divincolandosi a fatica in mezzo agli ospiti distribuiva, non senza una certa precarietà nel servizio, tazze e pasticcini e il rinfresco destinato al tavolo del buffet.

Madame la teneva d'occhio, nonostante si trovasse di nuovo sotto il tiro della parola valdese che ella simulava di ascoltare con sincero ecumenico interesse. «La dolcezza del mistero, vedi cara, non è che una traccia della penombra che abbiamo dovuto attraversare.»

Madame, evidentemente oberata, sorrise: è un sacerdote un fabbricante di misteri, si disse, avvertendo tutta la frigidità di quel guardiano di belle parole. Conservò comunque le sue buone maniere, seguitava a sorridere per dissimulare l'ansia che le procurava la sorte del servizio di porcellana nelle mani di quella indigena.

All'entrata in scena del thè il colonnello si fece avanti a tentoni lottando per liberarsi dalla folla degli ospiti in fermento tutti pronti per precipitarsi al buffet.

Rieccolo, pensò Madame, vedendolo emergere stordito e arruffato le venne da sorridere a quella turbinosa apparizione che aveva del tragico e del carnevalesco.

Povero sprovvisto colonnello! Madame lo vide armeggiare intorno ad Angeletta per ottenere una tazza di thè che gli aveva commissionato la madre; l'anziana donna con l'andare delle ore si era rattrappita sulla poltrona, si era sempre di più rimpicciolita e allo stato attuale aveva fedelmente riprodotto l'aspetto di una vecchia turca.

Ben presto come uno sciame d'insetti il nugolo degli ospiti si condensò intorno, o meglio, addosso al tavolo del buffet, si accalcarono uno sull'altro uno appiccicato all'altro; in mezzo al mucchio nell'invariato corpo a corpo si videro rizzare da tutte le parti penne e fiori di cappellini di acconciature disposti in fila irregolare o in gruppi asserragliati da cui si alzava un urlo come un cinguettio di nidi di passere.

Assatanati in prima fila figuravano i componenti della famiglia Tostini, seguivano accalcate le tre sorelle e gli artisti, più attardati indietro gli attempati poi i vecchi, infine le cugine giurassiche; non ce la facevano ad allontanarsi dal tavolo lottavano sfinite con le sedie come se non riuscissero a liberare del tutto un lembo del loro vestito rimasto impigliato in qualche pietra tombale.

Eppure nulla le avrebbe tenute lontane da quei convegni mondani.

Il tempo aveva compiuto una rivoluzione nella geologia dei loro visi; alluvioni si erano abbattute sulle guance, erosioni si erano prodotte lungo il naso, negli ultimi anni poi le zie si erano sgretolate incartapecorite in un modo teatrale espressionista, sembravano la maschera di cartapesta di loro stesse.

Il cibo era stato distribuito in ogni angolo; c'era profumo di burro e di crema ovunque; nei piccoli tavoli disposti ai bordi della stanza soffocati dai fiori e dal rinfresco sedevano piccoli crocchi di persone con le bocche ingorde piene di cibo impegnate a masticare a sorseggiare a zuccherare a mordere assaporare scegliere assaggiare deglutire bere, ad aggiungere limone a maneggiare a versare latte, poco, giusto qualche goccia, a me amaro, a me scuro grazie a me chiaro prego e via a sgrullare con le mani lo zucchero a velo disgraziatamente piovuto sul bavero del vestito; ma sì a sbocconcellare pasticcini, ne prendo un altro al cioccolato da domani mi metto a dieta, ancora questo ancor quello... La pasticceria a casa di Madame era sempre di prima qualità irresistibile impossibile non fare il pieno; all'ora del thè nel salotto di Madame Isidori si scatenava un istinto collettivo famelico un manierismo cannibalesco e ventriloquo, il gusto del cibo lì dentro prosperava felicemente nell'opaco contesto in cui si proiettava e si perpetrava, in special modo a sbafo!

Che ci facevano tutti quegli avventori così diversi, estranei in fondo uno all'altro privi di una patente affettiva di un legame di una giusta causa che ne giustificasse la presenza e la commistione?

C'era un rombo un chiasso uno squittio un cicaleccio brusio chiacchiericcio, un bailamme nell'aria che era il precipitato di ogni eco delle parole delle proteste dei convenevoli dei complimenti, saluti maldicenze confessioni pettegolezzi del gran salotto. Ah quali vertici!

Madame si era fermata davanti al pianoforte atteggiata in una posa languida e austera che aveva studiato più volte davanti allo specchio, l'aveva scelta perché la faceva un po' Enrichetta Blondel e un tantino eroina balzachiana, le garbava in modo particolare, la esaltava addirittura. Da quell'angolo del salotto ella poteva dominare la scena, si sentiva come un ammiraglio sulla tolda della nave, era un quadro vivace e pieno di calore quello che ammirava, aveva fatto bene a disporre le ortensie azzurre insieme alle piccole rose del giardino, circondarle di una corona di eriche lilla tutto intorno era stata un'idea geniale. Rimase sorpresa di come certi piccoli particolari fossero in grado di esaltare una donna come lei. Sì all'addobbo! Sì non c'era dubbio, il rinfresco il ricevimento si stavano svolgendo in modo impeccabile.

La scena in quell'animazione e in quei colori era quella romantica di un quadro impressionista, la luce era cambiata ormai, il tramonto aveva scarabocchiato come uno scolaretto ghirigori in matita rosa nella tappezzeria del soffitto e così adesso il salotto era illuminato dimentico e fiorito come un tranquillo cimitero.

Madame in quella posa immobile e fiera, dentro quello spazio, aveva l'aspetto di una rosa sterilizzata.

Uno scampanellio vigoroso irruppe come un sasso nel brontolio che il salotto produceva e lo fece deflagrare in mille frammenti sonori come fosse una sfera di cristallo colpita da un proiettile scagliato a gran velocità.

Chi era? Seguirono attimi di curiosa attesa, poi tutti udirono uno scompigliato fracasso.

Finalmente, pensò Madame, i musicisti!

La serata avrebbe preso ancora più quota; la musica era quello che ci voleva per sollevare gli spiriti. Vennero introdotti confusamente gli uomini e gli strumenti; a quell'irruzione, come per una figura danzata, gli ospiti tutti insieme fecero largo al centro della stanza, si strinsero addosso alle pareti in una specie di semicerchio per far posto ai nuovi ospiti. Si era creato un nuovo disordine, si andava diffondendo un certo piacevole subbuglio; una quindicina di uomini, tanta manna così tutta disponibile non si era mai vista!

Sembrava di essere in una scuderia dove fossero stati liberati i cavalli; stalloni e puledri si aggiravano dentro il circolo curioso dei presenti; una vera fiera della vanità che aveva calamitato l'attenzione di tutti.

Madame elettrizzata venne scossa da un brivido, ovunque spuntavano teste occhi occhiali ventagli mani occhiate sorrisini e gran gomitate, il salotto ora era colmo di corpi, l'aria si era fatta pesante densa e carica di odori di cibo di fiori di sudore di aliti e di vapori alcolici; qualcosa che aveva a che fare, che stava in mezzo tra l'ingresso dell'esercito delle truppe di Liberazione e un gran bordello nell'orario notturno di apertura di una affollatissima serata.

Madame si imbatté improvvisamente in uno dei musicisti, un uomo all'incirca di mezza età spettinato e sudato con due guance rubizze e surriscaldate, che le era capitato davanti di colpo, espulso dalla mischia come un peso morto; Madame approfittò di lui per informarsi su come fosse andata la festa in paese, aveva intenzione di chiedere agli artisti di suonare un certo repertorio classico di musica da camera, tuttavia prese l'argomento alla lontana, voleva saperne di più. «Com'è andata la festa oggi?»

L'uomo la guardò con un'espressione un tantino laida mista ad un certo inebetimento.

Madame alzò il tono della voce per tentare di superare il frastuono che si stava diffondendo: «Dev'essere stato molto faticoso per voi suonare tutti bardati così sotto il sole, con questo caldo!».

I due seguitavano a fronteggiarsi ondeggiando, entrambi trasportati dalla marea umana che si agitava alle loro spalle. «Mi chiedevo» riprese Madame con una certa enfasi quasi urlata per il timore che il suo interlocutore non sentisse, le interessava il parere di un artista, «non è una vera tortura suonare all'aperto? Chissà quanti insetti, vi verranno anche in bocca e voi non potete scacciarli; cosa le è parso oggi signore, secondo lei, sono molto cattive le zanzare quest'anno?»

Il trombettista le barcollava davanti, oscillava sospinto dalla folla a cui si appoggiava a peso morto; la liquidò con poche parole, tagliava corto, non vedeva l'ora di andare anche lui a sbracarsi sul divano, era ubriaco come tutti i colleghi.

Madame piena di premure veleggiò lieta insieme a lui dall'altra parte della sala per offrirgli un ristoro; quello, senza tanti complimenti, quando raggiunse il tavolo del buffet volle versarsi da solo da bere sbilanciandosi pericolosamente in avanti nel tentativo di afferrare la bottiglia intera, rovinò sul tavolo con un gran botto.

Madame era fermamente intenzionata a chiedere loro quale repertorio operistico avessero, quali classici conoscessero, quali sinfonie del caro Mozart; era terribilmente eccitata al pensiero che l'indomani la voce si sarebbe sparsa, cosa avrebbero detto il giorno dopo nell'intero paese della sua superba serata animata persino dalla musica d'opera?

Si diresse allora verso il tavolo delle zie della buonanima per domandare loro cosa desiderassero ascoltare dagli artisti, si fidava delle loro indicazioni, le cariatidi del resto erano sempre state delle vecchie melomani.

In quel momento al tavolo preistorico vigeva una discreta animazione, con tutta evidenza era in corso una discussione dai toni accesi; un vivace scambio di idee. Quella sera zia Eleonor doveva essere animata da una strana fosca eloquenza, ne era testimonianza il fatto che anche in quell'istante la zia mostrava evidenti segni premonitori di voler esprimere un'opinione.

Tutto il cerchio parentale insieme si protese in avanti e appizzò le orecchie per sentire meglio.

«Accade per la vecchiaia» sentenziò spietata zia Eleonor, «come per la morte, alcuni le affrontano con indifferenza non perché abbiano più coraggio ma perché hanno meno immaginazione.»

«Ah!» saltò su zia Clara, la centenaria, «ah!» e sputò per terra. Nessuno si mosse nessuno osò dire nulla tutti fecero finta di niente. Zia Clara ormai da tempo apparteneva all'inebetita categoria delle persone molto malate.

«La vecchiaia» riprese zia Eleonor infiammata come una sibilla, «è sempre lo stato più miserabile per gli uomini, li precipita dai loro fasti in un modo simile ai...»

«Ai re delle tragedie greche!» le fece coro Enrichetta con un'espressione traditrice furbetta e impertinente.

Zia Clara smoccolò, questa volta sputò sul fazzoletto.

«Zie care» si intromise leggiadramente Madame con un gran sorriso da cerimoniere, «cosa vi piacerebbe ascoltare dai nostri musicisti? Sono artisti arrivati apposta per noi ad allietare la nostra magnifica serata; non è un evento straordinario?»

Le zie solleticate da un compito così gratificante cominciarono a guardarsi intorno per avvistare i musicisti, c'era un esercito di divise sbottonate tutte abbandonate sui divani, sulle poltrone, uomini stravaccati con le gambe pencolanti, nessuno sveglio; non senza una certa costernazione le vecchie ostinate e pronte a tutto chiesero in ogni caso con un certo stoico coraggio senile di ascoltare qualcosa di Bach sì sì, la musica di Bach! Di Bach o Beethoven!

Madame allora, ormai all'apice di una confusa animazione, si avvicinò con il suo passo regale e celebrativo al tavolo del buffet e fece tintinnare un cucchiaino sul calice di cristallo che aveva riempito; voleva invocare un brindisi in onore dei nuovi venuti, un brindisi di benvenuto agli artisti che avrebbero concesso loro l'onore di un'esibizione.

Con posa studiata alzò il bicchiere e, in quello, cacciò indietro la testa con un colpo audace e molto scenografico che scosse il ciuffo di capelli raccolti dietro la nuca; la crocchia ebbe un sussulto un breve singhiozzo dopo di che sputò fuori una forcina che atterrando slittò di rimbalzo sopra il coperchio della zuccheriera.

«Signore e signori in alto i bicchieri vi prego, diamo tutti il benvenuto ai nostri cari musicisti!»

Nessuno si mosse, intorno alla miope esultanza della padrona si era generato un imbarazzante silenzio, solo di tanto in tanto emergeva un ronzio stonato, era il russare degli orchestrali completamente perduti nel sonno ubriachi e ignari di tutto.

Madame scolò tutto d'un fiato il suo champagne, si sentiva divertita non era sorpresa di quello che accadeva, al contrario era da attribuirsi di certo alla eccentricità degli artisti, solo loro, pensò, possono concedersi certi lussi, del resto, genio e sregolatezza, non era questo il motto che li definiva?

Lei stessa lo aveva potuto testimoniare con i suoi occhi, si sentiva orgogliosa che tutto quello fosse accaduto a casa sua nel suo salotto, ecco un altro autentico spiritosissimo aneddoto che avrebbe di certo raccontato alle amiche parigine.

Si sentiva onorata e privilegiata.

Il parlottio riprese chiassoso e divertito, dal fondo della sala si sentì latrare una risata a piena gola.

Con una grazia ottocentesca Madame tracannò il suo calice tutto d'un fiato; in quello avvertì alle sue spalle la presa energica di due mani vigorose che le cingevano i fianchi, una presa calda virile e anche un tantino sfacciata.

«Sono uscito a fumare una sigaretta in giardino Madame» la voce che bisbigliava alitando all'orecchio di Madame era quella biascicata e seduttiva di Ettore Sorgi in uno dei suoi insistenti e compulsivi approcci tattici. «Guardi mia cara! Guardi cosa ho trovato nascosta tra l'erba, qualcosa che brillava» aprì la sua mano e scoprì sul palmo una massiccia spilla di brillanti e topazi, «un frammento del mio cuore infranto!»

E dalli! Ecco un altro fulminante aneddoto spiritoso e piccante che avrebbe attratto le invidie di chicchessia, le sue amiche parigine sarebbero crepate e chissà le chiacchiere! Ah le chiacchiere!

Quest'ultimo episodio la incoronava regina del salotto in qualche modo si sentiva gratificata divertita; non era intenzionata, almeno per ora, ad accogliere quel gesto inopportuno tuttavia il suo ostinato corteggiatore con quelle sue continue offerte la faceva sentire una specie di maga Circe!

Con questo la serata si rivelava davvero di gran successo, senza dubbio si collocava nel novero delle più riuscite. Senza voltarsi indietro Madame protestò mollemente con un tono di rimprovero quasi materno: «Santo Cielo! Fuori a quest'ora di sera in mezzo all'erba umida appena annaffiata, sarà stato oggetto di una pattuglia di insetti scatenati che non vedevano l'ora di accorrere a civettare con lei. A proposito cosa è sembrato a lei, sono molto cattive le zanzare quest'anno?».

Dadam! A sorpresa un accordo brusco e definitivo di pianoforte decise per tutti. Due delle tre sorelle erano in procinto di esibirsi; Mita si era messa a suonare e Mavi iniziò a cantare, aveva scelto una vecchia canzone di Murolo, vecchia e assai malinconica e soprattutto interminabile.

Madame fu felice che si fosse avverato il prodigio, qualcuno era riuscito a persuadere Mita a suonare; un altro apice artistico si preparava lì dentro, il suo salotto volava! Si sedette totalmente rapita dimenticando il suo *coup de théâtre* le zanzare la spilla e la risposta, voleva godersi quello che considerava un altro dei vertici della serata, di cui tutti l'indomani avrebbero riferito la cronaca.

Il Sorgi, rinfoderato il gioiello, non perse l'occasione di sedersi accanto alla vedova, si sistemò in pizzo ad una sedia, il busto proteso verso la donna, non visto poi ne approfittò per allungare un braccio e appoggiarlo sulla spalliera della sedia dove ella sedeva, quasi a sfiorare la sua schiena e in tale scomoda posa rimase per tutto il tempo dell'esecuzione, fino all'intorpidimento.

Il pubblico, quello ancora sveglio si dispose ad ascoltare; si trattava di una canzone struggente, tutti tacquero immersi nella melodia lacrimevole, qualcuno senza dare troppo nell'occhio passò dalla concentrazione ad occhi chiusi al sonno vero e proprio, qualcuno si accontentò di un pisolino breve, c'era spazio per tutti.

Fuori intanto era calato il buio, Angeletta era entrata da un pezzo nel salotto ad accendere le luci.

L'esibizione era imperfetta, più volte Mita si era inceppata sugli accordi – ma che fa! – nessuno aveva protestato, nessuno, a dire il vero, se ne era accorto.

Anche l'acquisto del pianoforte era stata un'idea di Madame e ora si rendeva conto sempre di più che si trattava di un'idea felice, di successo, ma del resto non poteva essere diversamente!

C'era un gran silenzio adesso non solo derivato dal dormiveglia, forse la serata volgeva al termine, gli ospiti immobili sulle sedie parevano vetrificati; nella luce pallida che pioveva dall'alto i loro volti avevano preso tutti un pallore, come un color di pergamena, gli anziani ormai visibilmente stanchi con quegli sguardi pigri e addormentati parevano statue di cera.

Erano tutti in estasi! avrebbe raccontato Madame; non ci furono applausi nessuno si accorse che la musica era finita e del resto la Mavi con estrema sensibilità era andata un po' a sfumare sul finale, non appena si era accorta che nessuno più la ascoltava; non voleva correre il rischio di disturbare, aveva smesso di suonare e riposto tutto con estrema cautela, stando attenta a non far rumore per timore di svegliare qualcuno.

Angeletta entrò nel salotto con una certa solerzia cialtrona per domandare a Madame se avesse bisogno di una maglia, forse era il caso di accendere il fuoco aveva azzardato contro voglia, la temperatura era scesa di molto si era alzato il vento e il cielo minacciava pioggia.

Pioggia! Era stata quella la parola d'ordine, l'interruttore insolito che aveva riattivato il motore; come una giostra la curiosa umanità degli ospiti si rimise di colpo in movimento, era giunta l'ora di tornare a casa per tutti; il salotto dunque divenne la scena aperta di un irregolare scompiglio, ciascuno abbandonò la sua postazione con una fretta chiassosa e come un piccolo gorgo umano la massa liquida degli ospiti iniziò a scorrere avanti e indietro a girare in tondo a orbitare su se stessa, come una centrifuga viziosa; si sollevò una colonna sonora stridente di rumori di sedie trascinate un pesticcio convulso e disordinato un andirivieni un girare a vuoto un tornare sui passi nel tentativo di ricongiungere i pezzi, un via vai di voci richiami gesti un tramestio di oggetti abiti familiari fagotti, ad uno ad uno e alla spicciolata in un girotondo vorticoso sparpagliato e senza nord, l'umanità variopinta e inutile che si agitava in fermento roteò sull'ultimo giro di giostra e come in una parata sfilarono ad uno ad uno verso l'uscita.

I primi ad uscire dalla mischia furono i componenti della famiglia Tostini, padre madre e la bestiola emersero dal caos come un unico corpo rivestiti e ristrutturati si posizionarono primi nella fila e inaugurarono la passerella.

Se ne andarono in fila per tre tronfi e impettiti alla ricerca di qualche angolo idoneo ai bisogni espulsivi del figliolo; via di seguito la famiglia Pepi con la figlia esibita, colata in oro che salutava – ciao ciao! – con la manina – ma che tenera la pupina! – l'unica ad ogni buon conto disposta a sorridere; via la monsignora la cardinala la sacerdotessa immigrata la rovistatrice di anime, smantellati che ebbe gli scanni del coro e la sua disutile eloquenza; forse la pesca era stata infruttuosa ma la rete era stata tesa, non avrebbe smesso di attendere pazientemente. Questo non faceva di lei un pescatore di anime? Via le zie dinosaure, sui loro stanchi cappellini era calato una specie di torpore serotino, ciuffi di piumette afflosciate falciavano l'aria senza alcuna convinzione, uscivano di scena le ziette, addio ruderi superbi possano le loro ossa diventar corallo! Via, passerella per le sorelle instancabili zitellone, avevano l'aria imperturbabile di chi ha certezza di aver compiuto il proprio dovere. Erano ancora salve; meno salva l'acconciatura della sindachessa che si era sgonfiata come un panettone tolto dal forno troppo presto, tuttavia la cotonata implosa come un carciofo non le impediva di conservare lo stile e la taglia per cui era sempre stata ammirata e viaaa! Pure la nonnina corrosa e appena un po' ammaccata, trascinata fuori nel sonno come in processione con tutta la poltrona, da quell'insuperabile uomo scimmia.

Perché non invitarlo anche lui, alla prossima occasione? pensò Madame quando lo vide sfilare con gli esuberanti muscoli del torace e delle braccia tesi e gonfi come otri che scoppiavano sotto la maglia, sacrificati come animali in gabbia.

Uscita di scena la *grand-mère*, via! L'amabile colonnello che quella sera si era così distinto fra un ristretto gruppo di curiosi collezionisti per l'adorabile vezzosissimo orologetto carillon. Via via via! La giostra turbinava e la gente sfilava; Madame attese che tutti gli ospiti uscissero, applaudì la sortita degli artisti, cari divertenti stravaganti musicisti, li adorava rendevano il suo salotto prestigioso brillante colto invidiabile; li accompagnò in giardino e li guardò prendere la strada barcollando trascinati, loro, dal peso degli strumenti. Qualcuno fidando nel buio si fermò ad urinare, avevano fatto il pieno di alcol dalla parigina, cantavano, si sfottevano l'uno con l'altro, fuori dal cancello iniziarono una gara di rutti.

Faceva un bel fresco, Madame si strinse nelle spalle intirizzita voleva respirarla tutta quell'aria frizzante voleva guardare la sera che si faceva buia e che odorava di terra; respirò intensamente il vento e il buio che sapeva di rugiada e di polline, rabbrividì, ma di piacere. Questa è la vita, pensò mentre osservava i suoi ospiti diventare nient'altro che sagome volatili e indistinte che sfidavano il buio, piccole ombre malferme lanciate contro il vento.

Come le erano indispensabili quei meritati supremi picchi di gioia; tutto le piaceva di quei momenti.

«E lei cosa fa ancora qui fuori?» non era finita, quella serata le riservava ancora un'ultima tentazione; poco prima Madame aveva rifiutato la spilla del Sorgi, un gioiello nient'affatto trascurabile, tuttavia non era sicura di essere così forte e decisa da resistere ad un secondo attacco, al contrario ora avrebbe potuto mostrarsi più disponibile, in fondo ora erano soli e lei non voleva affatto farsi rimproverare le sue cattive maniere. «Come mai non è con gli altri, perché è rimasto fino ad ora?»

«La osservavo Madame» rispose il Sorgi fissandola negli occhi; fino all'ultimo minuto aveva intenzione di giocare le sue carte.

«Ah sì? Le credo, ma allora mi dica che cosa ha scoperto?» Madame notò, non senza un modesto disappunto, che il Sorgi si stava infilando i guanti, dunque aveva rinfoderato la spilla con ogni probabilità.

«Vuole sapere che cosa ho scoperto?» disse con un tono drammaticamente seduttivo, non poteva contare più su molte altre cartucce in canna e sparò: «Se proprio insiste, ho scoperto Madame qualcosa che la stupirà, ho scoperto che la bella visione del mio sogno non è che un furto alla sua beata persona!» disse come a memoria e poi subito si smosciò, si accasciò si sgonfiò, di colpo la sua espressione perse vita, fu preso dal timore che non fosse proprio così che diceva la frase, l'aveva imparata a memoria e ripetuta più volte, ma ora aveva la sgradevole sensazione che la memoria l'avesse tradito; guardò Madame e gli parve recasse l'aria interrogativa e perplessa di una che non avesse capito nulla di quello che aveva ascoltato e tentasse di rintracciare uno straccio di filo, di rimettere a posto la logica, se c'era, di quelle parole mal organizzate, distribuite a casaccio come una mano di carte al tavolo.

«La galanteria è il suo vizio cardinale Ettore, ma ora temo lo sia anche la persistenza!» Madame si sentì fiera di aver acciuffato una di quelle frasi riuscite. Si strinsero la mano, Madame sorrideva disinvolta, mostrava una certa padronanza, non solo, come una femminile dimestichezza con i corteggiamenti; lui le rispose senza staccare i suoi occhi da quelli di lei: «Per la prima volta Madame mi ha chiamato per nome oggi! Non torni indietro la prego, le prometto che non ne approfitterò!». E si profuse in un inchino dall'aspetto quasi caricaturale, si congedò inforcando il panama e, affidandosi ad una posa, perché no, teatrale – l'aveva provata tante volte davanti allo specchio – si mosse per andare a tuffarsi dentro la nebbia che aveva addensato l'oscurità della notte.

Faceva freddo adesso eppure Madame rimase ad osservare il cielo; alzò lo sguardo dentro ad un respiro, le prime stelle si accendevano come tenui fiammelle, barbagli lontanissimi di perle e diamanti dentro un cielo turchino e buio; nulla nulla, silenzio, appena l'eco lontana di un frinire di grilli. «Questa è la vita!» ripeté e sorrise; ne avrebbe avute da raccontare! Era stata una serata di successo, ce ne sarebbero state ancora di così prestigiose e riuscitissime, questi erano i suoi anni migliori e la stagione si era aperta in modo incantevole.

Madame Isidori si assicurò la mantellina di seta sulle spalle, là fuori in giardino era già diventata la preda delle acute punture delle zanzare, un vero assalto, bruciavano però, prudevano fastidiosamente immensamente più di sempre, Madame fu costretta a rientrare senza indugi, era una vera tortura non poteva resistere. Non c'era dubbio, pensò, sì sì, adesso se ne era davvero fatta persuasa lei, "Sono molto cattive le zanzare quest'anno!", si disse. E scomparve a lunghi passi nella luce artificiale.

In punto di morte

«Come andiamo oggi?»

«Così.» Aveva ancora due o tre giorni prima di morire, forse anche una settimana, l'onorevole Casimiro Mei; gliel'aveva detto il dottore all'ospedale, non aveva scampo, la morte poteva portarselo via anche l'indomani.

Così, non aveva niente da rispondere alla domanda su come si sentisse; intanto non capiva per quale motivo le persone sane che vanno a trovare i moribondi parlano sempre al plurale, "Come stiamo, ora ci alziamo, mangiamo, prendiamo le medicine...", ma se loro stanno benissimo, se loro sono già in piedi svegli alzati giù dal letto saziati di primo mattino pronti per attendere a tutti quegli obblighi e faccende, perfettamente in grado di occuparsi di quegli impegni che i moribondi possono soltanto guardare e di cui possono sentir parlare ma da cui sono stati già da tempo interdetti, da cui sono esclusi; certo che alla domanda "come andiamo" non sapeva cosa rispondere lui, come si voleva che andasse un giorno o l'altro o l'altro ancora via! Dal momento che ogni giorno passava come quello precedente in attesa di morire, avrebbe fatto forse una qualche differenza, un cambiamento d'umore un dolorino in meno una buona digestione un arrossamento locale o un colpo di tosse senza spasmo bronchiale o una notte che non avesse trascorso come le altre, insonne?

Delle due varianti di cui disponeva, l'una coricato a letto sdraiato, l'altra a sedere sul letto appoggiato addosso ai guanciali ammontati dietro la schiena, attualmente si trovava in quest'ultima condizione; abbandonata lì, la testa ciondoloni priva di appoggio, stava scomodo; come accidenti glieli avevano sistemati quei cuscini, si erano tutti afflosciati, lui pendeva con il busto tutto da una parte, storto e malmesso! Dopo ogni attacco di tosse si sentiva stremato, era in preda alle vertigini e non aveva dove poggiare il capo; era sempre la stessa storia, anzi quello che adesso era cambiato era solo la sua reazione, quello sì, non aveva più voglia di chiamare il nipote, più voglia di lamentarsi di chiedere aiuto di migliorare il suo stato di stare seduto più comodo di mangiare di essere pulito maneggiato manipolato sballottato come un bambolotto.

L'onorevole Casimiro Mei non aveva famiglia, non si era ammogliato non gli era venuto di metterla su, non era capitato, non si era mai innamorato, nessun legame, non che fosse stato respinto, no no, proprio era che nessuna donna aveva mai catturato la sua attenzione, o forse era lui che non se ne era accorto, come se quella faccenda lì che due s'incontrano e poi si piacciono e poi a furia di piacersi non possono fare a meno l'uno dell'altro e poi seguitano a stare insieme, insieme finché non ne possono più l'uno dell'altro, non gli era mai accaduta, non esisteva nella sua vita e lui se ne era fatta semplicemente una ragione.

Ecco perché ora era solo, del resto tutta la sua vita l'aveva attraversata in solitudine, non era fatto per la combriccola, per la vita pubblica, per la troppa esposizione; onorevole c'era diventato quasi per caso, controvoglia, nonostante lui con la politica non volesse per niente avere a che spartire; politico lui c'era diventato per caso, lui nasceva professore, l'avevano tirato dentro per via di certi studi che aveva portato avanti sulla popolazione scolastica, una ricerchina seria seria ma del tutto modesta che, mai si sarebbe aspettato, gli era valsa una piccola onorificenza, ma niente niente di più.

Quale politica, quale onorevole, lui in quelle maglie oscure e intricate si era mosso con una tale onestà una schiettezza una tale connaturata trasparenza, che figuriamoci se in quell'ambito aveva potuto trovare un alleato qualche seguace qualche sostenitore! Solo solo come un ragnetto finito dentro un portaombrelli abbandonato aveva tessuto il filo della sua esistenza prima senza gli occhiali, poi con gli occhiali e i capelli bianchi e poi, poi basta, poi gli era saltata la morte addosso che neanche si era accorto, neanche lo sapeva, gli aveva acchiappato le viscere, piano piano gliele aveva rapinate, ora le tratteneva strette nelle sue mani come una manciata di gioielli rubati, senza far rumore lo aveva legato a sé, portato dalla sua parte, sequestrato incatenato avvelenato e adesso, adesso aspettava pazientemente di completare l'opera.

Finale già scritto, nessuno scampo.

Curioso, mettersi seduti fermi e aspettare la morte, aspettarla che arrivi, non che tutta la vita non si faccia altro, ogni giorno che passa non facciamo altro che avvicinarci un po' di più alla morte, ma conoscere la data è diverso, avere un appuntamento a breve e aspettarla da un momento all'altro è un'altra cosa.

E l'onorevole Casimiro Mei si trovava proprio in quella posa inebetita del malato in attesa e sapeva che avrebbe dovuto riempire quel tempo che andava dal suo oggi a... domani? Domenica o tra una settimana? E come avrebbe riempito tutti quegli istanti?

Le medicine lo tenevano libero dai dolori per quasi tutto il tempo, questo era un vantaggio, il dolore fisico, quello non si può sopportare, il dolore sfinisce, toglie la forza di andare avanti, la voglia di vivere e costringe ad invocarla subito, subito la morte, appunto, a supplicarla di farla finita, di farci finire noi, finire di consumarci nel dolore, di maltrattarci di torturarci; invece ora lui così senza dolore e senza sapere che fare, seduto immobile tutto il tempo, inutile come un vuoto a perdere, con tutti quegli istanti da aspettare, tutto quel vuoto da sopportare, si era ingegnato a rendere grandi le cose piccole perché prendessero più spazio, si esercitava a far durare di più ogni istante perché ognuno di quelli ne includesse altri successivi e diventasse più lungo, così che in un lasso di tempo ne entrasse un minor numero di quegli istanti duraturi, istanti di niente dilatati deformati e trattenuti all'infinito.

Così aveva imparato a dilatare il tempo piccolo, il tempo breve e a seguirlo a rallentare il respiro perché un giorno diventasse fatto di pochi lunghissimi attimi protratti a tempo indeterminato, possibilmente privi di pensiero.

Della sua coperta, della sottile trapunta stampata con una fantasia di fiori un tempo vivacemente colorati e ora un tantino stinti, l'onorevole conosceva tutto, una volta al giorno ispezionava con gli occhi attentamente i disegni stampati e tutti gli innumerevoli particolari floreali; aveva scoperto che dalla sua parte, fin dove era riuscito ad ispezionare la coperta, in sette punti i disegni in coincidenza delle cuciture presentavano delle irregolarità.

Ad un tulipano mancava lo stelo, la metà del fiore di una rosa combaciava con l'altra metà di un pomodoro e poi un grappolo d'uva finiva dentro il riccio aperto di una castagna, addirittura la corolla di una margherita spuntava dal corpo cicciotto di una pianta di cactus; queste erano le anomalie più eccentriche ed evidenti poi ce n'erano altre tre che si scorgevano appena, l'ultima l'aveva scoperta da poco tempo era quasi impercettibile, la cucitura sul bordo della coperta si era mangiata un pezzettino del gambo di un lilium che era più corto di tutti gli altri almeno di un centimetro, il vecchio l'aveva misurato più volte con la scatoletta delle pasticche per il cuore, l'appoggiava per lungo sopra lo stelo e confrontava, negli altri ci andava due volte la scatoletta, mentre nello stelo più corto la seconda volta il lato lungo della scatoletta finiva sulla cucitura, avanzava un centimetro abbondante non c'era dubbio.

Da tempo dedicava le sue ore di luce alla minuziosa ricerca di un ottavo difetto, ma non era ancora riuscito a trovarlo; forse se avesse potuto ispezionare il resto della coperta, il letto era largo una piazza e mezzo, ma poi quando aveva la possibilità di chiedere al nipote di agevolarlo, di girare la coperta, non ne sentiva più alcuna necessità, gli passava la voglia e poi, poi se ne faceva uno scrupolo, sì, a confessarle certe attitudini, certi pensieri, certi personali piccoli... segreti, sì insomma manie inconfessabili; allora meglio tenerle per sé, non parlarne, nessuno potrebbe capire, sono gesti insulsi che appartengono a quel tempo intimo, quel tempo lento dell'attesa solitaria, sono aneddoti insignificanti e privi di interesse per chiunque, scomparirebbero in mezzo alle faccende della vita in verticale, delle sue novità importanti, quelle sì, delle cose che contano per tutti, meglio dunque lasciarle nel sottosuolo di quella vita allettata quelle notizie inutili uguali a nessun'altra, senza peso specifico, moscerini che diventano visibili e assumono importanza solo quando vivono nel nulla, quando hanno come sfondo il vuoto, galleggiano in quella specie di eternità disinfettata e claustrofobica infilata come in un astuccio dentro il tempo solitario degli attimi interminabili vuoti e uguali a nessun altro, dentro la vita ristretta divenuta piccola piccola e priva di orizzonte.

Quella mattina l'onorevole Casimiro Mei si era svegliato molto presto, a dire il vero i frequenti accessi della tosse lo avevano disturbato incessantemente durante tutta la notte, alle prime luci dell'alba era giunto come se fosse stato percosso al ritmo poderoso dei suoi terribili persistenti colpi di tosse, come un vecchio scoglio flagellato dal continuo scotimento delle acque al ritmo vigoroso e instancabile dell'onda.

Nell'ora in cui, stremato, aveva aperto gli occhi, la camera era immersa in una oscura penombra; medicine e mosche era la prima immagine che ogni mattina si trovava davanti al risveglio, poi la sua bocca che gli sorrideva dal comodino con i denti a bagno affondati in un bicchiere d'acqua; quella mattina, forse la buona stagione stava arrivando, dalla persiana della finestra filtrava un esile raggio di luce sottile come uno stiletto dorato, ne seguì il tragitto, penetrava la fessura e infilzava il suo piede proprio all'altezza dell'alluce. Come un filo tessuto dalla luce, sottile ed eterno, pareva legare quel dito del suo piede a quella palla di luce là fuori che già prendeva il volo nel cielo inaccessibile e così lontano, così lontano.

Era un riverbero debole opaco quello che, sospeso lì dentro, filtrava, eppure lui aveva messo il suo sguardo inerte a cavallo di quel raggio di sole dentro il quale un pulviscolo denso e inconcludente si agitava senza andare da nessuna parte; piano piano aveva preso a seguirlo e l'aveva guardata scorrere lentamente quella lama di luce, millimetro dopo millimetro, con mossa invisibile, salire lungo tutto il suo piede scheletrico e accarezzarlo quasi, poi senza farsi accorgere guadagnare la caviglia, poi quello che era rimasto del polpaccio, un sacchetto di pelle vuoto sottile come carta velina scarabocchiata da ghirigori disordinati, una fitta rete intricata di vene varicose gonfie e nodose dal colorito bluastro che davano alle gambe un alone violaceo; il vecchio aveva trascorso tutto il suo tempo, i suoi istanti tesi sul vuoto come da una sponda all'altra di innumerevoli invisibili abissi, ad osservare l'inesorabile muta ascesa di quella strisciolina luminosa; in casa c'era un silenzio assoluto infrangibile, dalle altre stanze tutte al buio veniva solo il rumore del silenzio, un vuoto vacuo, l'aria muta, il sottofondo senza suono di quella tetraggine abituale che pareva ormai aver messo la sordina ad ogni ora del giorno e della notte.

Un esile schiocco una specie di scricchiolio del legno

si sprigionò chissà da quale mobile o cassetto, come il crepitio di uno zolfanello sfregato accese una sorta di minuscola spia di quel silenzio senza interromperlo, tuttavia immediatamente si spense nell'aria sorda senza poter essere ricondotto a nulla, tacque e senza pretesa alcuna riconsegnò il dominio al silenzio.

Al ritorno da questo impercettibile nulla, uno dei tanti a cui l'onorevole Casimiro Mei era diventato sensibilissimo, particolari trascurabili e corrosivi che intervengono ad insidiare il tempo vuoto e di nessuno, tarme del tempo riposto e non più adoperato, invisibili pidocchi irrilevanti, punteggiature comparse sulle pagine bianche in cui mancano le parole, inservibili perché ormai il racconto è arrivato alla fine, il vecchio ancora immobile si era lasciato guidare da quel movimento di luce lento fino allo spasimo, il suo sguardo, come il naso di un segugio, aveva pedinato senza interruzione quel raggio debole per un numero infinito di istanti, quello aveva lambito il suo inguine, adesso aveva appena infilato la sua pancia ed aveva depositato lo sguardo su di lui, montato in sella alla luce proprio sopra il suo ombelico e, senza mezzi, si era messo a scaldarlo.

Quella era la sua unica razione di calore di quel sole che fuori di lì, fuori da quella scatola isolata e oscurata, fuori da quella terra inospitale e spopolata, splendeva caldo caldo e generoso sulle abili vite degli altri.

In quel preciso istante si sentì girare la chiave nella serratura, qualcuno aveva aperto la porta, suo nipote era entrato in casa; l'interferenza di quell'ingresso fece crollare come una specie di castello di carte l'intera costruzione di quegli istanti di attesa.

Suo nipote era entrato in casa, era arrivata l'ora di pranzo, quella mattinata almeno il vecchio l'aveva superata.

Il nipote dell'onorevole possedeva le chiavi di casa, era l'unica persona che si occupasse di lui, i due avevano stretto una specie di accordo, egli poteva disporre della casa, che del resto avrebbe ereditato, e in cambio si era impegnato ad accudire dignitosamente lo zio ad accompagnarlo come si deve fino alla morte e ad occuparsi delle esequie secondo le scarne disposizioni che lo zio aveva dettato.

«Come andiamo oggi?»

«Così» aveva risposto l'onorevole; il nipote gli aveva sistemato i cuscini alla bell'e meglio, ma glieli aveva ammonticchiati male, lui era finito in una posizione innaturale con i cuscini puntati contro la parte bassa della schiena, conficcati dietro ai reni, le spalle erano rimaste senza appoggio, si stava stortando tutto da una parte, cedeva, si sentiva un ebete, un fantoccio mezzo squagliato e invertebrato che rovinava sbilenco tutto da una parte.

Si pensa per lo più che i malati, i moribondi poi, non si accorgano più di essere spettinati o di avere le macchie di cibo sbrodolato sul pigiama, di essere tutti sgocciolati o col naso sporco, non si accorgano di avere l'alito cattivo o la camicia da notte sporca e sudata, si pensa che si siano abituati a puzzare di disinfettante o a farsi bucare le braccia dagli aghi a farsi infilare il catetere, ad andare a spasso col sacchetto delle urine in mano, a ingurgitare medicine bevendo l'acqua con la cannuccia, si pensa che non ci facciano più caso se scoreggiano o se il loro ventre fabbrica rumori che fanno ridere i bambini e che gli adulti fanno finta di non sentire per non offendere il malato, ammesso che si accorga.

L'onorevole Casimiro Mei si accorgeva di tutto, di tutto, come una volta, come da giovane, come tutti gli altri, uguale, anzi di più perché aveva tutto il tempo per osservare le cose, per guardare, un tempo senza distrazioni, per avvertire proprio ogni più piccolo particolare di ogni istantanea che invece può sfuggire a chi corre, a chi ha altro da fare, troppe cose da sorvegliare; si accorgeva l'onorevole Mei di tutte le sfumature della tela che si animava davanti ai suoi occhi quando qualcuno veniva a trovarlo, "giusto una visitina" diceva senza neanche togliersi il cappotto, "per non disturbare" diceva; non appena quel qualcuno arrivava da fuori con quel suo aspetto sano robusto efficiente così abile così energico, sicuro nei movimenti senza alcun impedimento senza avvertire alcuna stanchezza a rimanere in piedi tutto il tempo e con quella fretta addosso che metteva subito in chiaro, che voleva avvertire vado via subito, ho solo poco tempo, ho incastrato questa visita tra un impegno e l'altro della mia vita in verticale, piena di attività, del mondo di fuori del mondo vivente di tutta quella macchina che ormai girava senza di lui, si muoveva laggiù, nei marciapiedi, per strada, fuori dalla finestra, fuori dalla sua portata, altrove dove la vita batteva ancora senza dubbi e senza esitazioni, dove per lui non c'era più posto, nell'andirivieni per le vie, dove non sarebbe più sceso; lui davvero non sapeva se avesse più voglia di invidiarlo, Casimiro Mei, quel forestiero iperattivo, oppure di finirla lì quella farsa quella fiera di saluti d'occasione e cosa vuoi che gliene importi a un moribondo se l'ospite prima di salire da lui ha dovuto fare tanti di quei giri con la macchina per trovare il parcheggio, se fa un caldo da schiattare, se è stressato, se sono tutti impazziti al giorno d'oggi? Una visitina soltanto pochi minuti e via, non vogliono disturbare loro; la verità piuttosto è che i malati i sofferenti i moribondi poi sfiancano con le loro disgrazie e con la loro sofferenza, recano cattive notizie, turbano con i loro racconti ma anche con i loro silenzi, sono dei reduci anche se non sono ancora partiti, sono l'effigie vivente della sorte che ci è destinata, anticipano a sproposito il nostro futuro, ci mettono alla prova accidenti, sono inopportuni, ci fanno paura, sono il nostro memento mortis o quel cavolo che si dice, è difficile non è sopportabile rimanere accanto a loro scuotono affliggono anche quando sono diventati così saggi e così sereni così sorridenti da essere la dimostrazione che non è difficile morire, che ci si può preparare che loro si sono avviati piano piano e che non c'è nulla da temere. Al diavolo! Ma a chi piacerebbe una lezione come questa, ma chi se ne importa! Una visita così è capace di risucchiarti, di rimanerti dentro per tutta la vita, di insidiartelo dentro quel tarlo, che mentre alla bell'e meglio vivi, in un attimo, senza preavviso, anche a te potrebbe capitare, ma no ma no, scappa a chiunque istintivo proprio di evitare via, di non pensarci di fuggire di distinguersi di prendere le distanze, come se la malattia, la morte capitasse solo agli altri, e che diavolo! Viene la voglia via! Di starci lontano da quel letto, per non caderci dentro, per non rimanere, sì, almeno col pensiero, contaminati, per non farsi risucchiare perché è di questo che viene, la paura che in qualche modo quella lì... sì insomma anche a noi... ci possa... ma no ma no; e così meglio non toccarlo il malato, meglio non farsi ghermi... non incrociarle quelle mani scheletriche galline e piene di edemi, meglio evitare di trattenersi meglio non pensarci, meglio una visitina breve breve e poi via, perché quella camera a dire il vero già puzza di quella lì, già odora troppo di morte.

Suo nipote era un bravo ragazzo però non sapeva fare un granché, sì lo stretto necessario sì, un po' di minestra, aiutarlo a scendere dal letto anche se ora il vecchio non ci riusciva neanche più, doveva fare i bisogni in quelle mutande di plastica che si aprono e si buttano, ma non sempre l'onorevole Casimiro Mei ci riusciva, perché si vergognava, si vergognava da morire di farsi aprire e di farsi trovare sporco, si vergognava del cattivo odore, non ci si abituava a quella cosa lì, si sentiva umiliato, si sentiva esposto, si sentiva solo, si sentiva di farla addosso alla sua età e si vergognava del nipote, si sentiva morire, ecco quello era per lui un punto di morte, uno di quei punti di morte, ma non il solo, che si raggiungono prima di morire.

La morte arriva prima e più feroce dove non c'è la compassione, dove non ci sono carezze, dove non c'è amore, arriva come la volpe dentro il pollaio, rapida attacca fa male morde e uccide, ghermisce dove c'è solitudine.

Quante volte era già morto lui da solo, ancor prima di arrivare a morire.

La fossa sotto terra per seppellire la madre aveva voluto scavarla lui da solo in gioventù, palata dopo palata aveva affondato le braccia e scavato una buca profonda, portato via sacchi di terra e poi aveva modellato il buco a lungo, ne aveva scavato gli angoli per fare spazio a lei, per fare largo a lei…

Perché questa immagine adesso?

Che strano, eppure tutto quel darsi da fare da solo non era quello che in fondo stava facendo anche lui ora?

Lui, con la sua vita, ogni giorno andava svuotando le stanze ammobiliate dai ricordi e dagli umori come per un trasloco, ogni giorno ampliava gli spazi vuoti di silenzio, ogni giorno accettava di togliere sostanza e materia alla sua giornata, di scavarne il tempo e consumava quello che gli era rimasto della sua esistenza incessantemente a modellare sul vuoto i suoi ultimi giorni.

Aveva scavato dentro la vita e tolto ad uno ad uno i suoi densi richiami per fare spazio, per lasciare entrare comoda la morte. Così aveva cercato di spogliare la sua attesa e ciò che restava di ogni pieno, di ogni sostanza.

Negli ultimi tempi Casimiro Mei si era abituato a guardare davanti a sé solo fino alla sponda del letto, non oltre, escludendo via via sempre un maggior numero di oggetti dalla sua vista; voleva restringere il campo del suo quotidiano sguardo come se temesse che la vista degli oggetti cari, con la loro portata di allusioni e di ricordi, in qualche modo avesse il potere di richiamarlo, di suscitare ancora in lui qualche emozione, la nostalgia, un certo rimpianto, incauti sussulti che lo avrebbero tenuto ancora legato alla vita, mentre a lui occorreva di abbandonarla la vita per aiutarsi a morire per riuscire a farlo; così si era ingegnato a costruire nella immobilità e nel silenzio lo spazio vuoto che la morte avrebbe dovuto colmare.

Tempo addietro forse avrebbe potuto ancora scegliere se lottare o arrendersi, tentare di sottrarsi, adesso non più, adesso non insisteva a vivere, del resto non dipendeva più da lui, era una questione di ore ormai gliel'aveva detto il dottore, a lui toccava solo di aspettare.

Aveva chiesto a suo nipote la cortesia di dormire in casa con lui, dopo quella nottata così difficile forse non ne avrebbe avute più molte; chissà se sarebbe arrivato alla domenica, ma no no no non bisognava pensare occorreva solo fare spazio fare largo togliere pensieri usati svuotare supposizioni inutili ingombranti togliere speranze ricordi desideri fare largo fare il vuoto e basta.

Nessun ricordo, a dire il vero, in tutto quel tempo gli era tornato alla mente; non c'era stato niente di memorabile nella sua esistenza; era accaduto come se alla sua nascita la vita stessa avesse scelto un tetto per il suo cielo, e l'avesse deciso basso, basso ma non per un motivo particolare, così, era capitato e lui si era adattato a quella vita minima senza clamore senza pretese, un'esistenza senza differenze, senza aspirazioni e senza sorprese e vi si era riconosciuto, aveva sentito di appartenervi, o meglio, non aveva mai avuto avvertimento del contrario, o forse non si era neanche tanto bene accorto. Era questa la condizione tutta intera che lo definiva, la sua persistente evidenza, ovvero, le forme che la sua esistenza aveva via via assunto nelle successive epoche e nel corso dei più diversi accadimenti avevano sempre coinciso con il calco che la vita aveva predisposto per lui, i suoi passi lasciavano orme sulle tracce che la vita gli aveva già assegnato, così lui non aveva fatto altro che camminarci dentro quelle orme, altro che andare dietro a quelle, sistemando ogni volta se stesso nella custodia che la vita gli aveva allestito.

Così adesso buono buono si era messo a fare gli ultimi passi, povero Casimiro! Per tutta la vita aveva letto i capitoli della sua esistenza via via come se non si potessero cambiare, ma neanche commentare, come se fossero stati obbligatori e a lui fosse toccato solo di venirne a conoscenza, di esserne informato, ma dopo.

Se l'onorevole Casimiro Mei non fosse esistito nessuno se ne sarebbe accorto, nulla sarebbe cambiato nel mondo; è vero questo si può dire per ogni individuo, tuttavia esiste sempre per chiunque un piccolo o grande cerchio di affetti, di persone legate a quel chiunque, un cerchio di amici parenti familiari per cui quell'individuo conta tantissimo, per cui la sua vita è importante necessaria vitale e insostituibile, è tutto quello che lo tiene in piedi quell'individuo, che giustifica in qualche modo la sua esistenza, la rende necessaria perché necessaria per qualcuno; non è forse questo lo statuto cardine costituzionale della chiamata alla vita, della messa al mondo?

Con che diritto altrimenti potremmo permetterci di fabbricare nuovi esseri umani se non garantissimo loro il motivo per esistere? La necessità di sopravvivere e di accettare in qualche modo una chiamata che non dipende dalla sua volontà?

L'onorevole Casimiro Mei non aveva mai abbellito la vita di nessuno; rimasto orfano giovanissimo era del tutto solo al mondo, non aveva nessun parente prossimo nessun legame nessun affetto e non conosceva nessuno che avesse mai fatto il tifo per la sua esistenza, qualcuno per cui la sua vita avesse un valore, un significato, qualcuno che avesse mai espresso il desiderio di vederlo, di stare con lui o anche solo di conoscerlo, un uomo o una donna che avesse sentito minimamente la sua mancanza, ma anche solo qualcuno che si fosse accorto della sua assenza nell'istituto dove insegnava.

Forse perché di assenze ne aveva fatte ben poche, lui all'appello si presentava sempre, lui c'era era sempre puntuale, era che non importava a nessuno comunque.

Una specie di fungo marino, un pesce di montagna il povero Mei, tuttavia lui se ne era fatta una ragione ormai, anche perché era sempre andata così, lui proprio lui non aveva mai contato nulla in nessuna occasione e per nessuno, che ci fosse o non ci fosse non si notava, la realtà lo oltrepassava, lo ignorava, così molto presto si era ingegnato a vivere da invisibile senza farsi notare, frequentava sempre gli stessi posti e ci arrivava sempre attraversando le stesse strade sullo stesso marciapiede e negli stessi orari.

Come aveva fatto la morte ad accorgersi di lui!

Cose che capitano, doveva aver pensato il professore; era come se arrivato ad una certa pagina del libro di storia avesse trovato scritto quel fatto lì, che lui doveva morire.

Svolgimento. Aveva il suo tema da svolgere adesso, il suo compito da portare a termine e ci si stava dedicando il professore seguendo la traccia, ogni giorno si portava avanti un pochino, ora stava preparando il finale, era la parte più difficile, non aveva idee, a quel punto la traccia si interrompeva.

«Come andiamo oggi?»

«Così» aveva abbassato gli occhi per rispondere il professor Casimiro come per un certo pudore, aveva abbassato il capo come se non si sentisse all'altezza di rappresentare di fronte al nipote la parte del moribondo, l'esemplare del condannato a morte, di esserne l'esempio, di mostrare a lui il lavoro della morte e come fosse averla addosso., sapere che quella belva si è già infilata dentro ed essere così vicini a morire, così vicini a morire.

Macché! Oggi non andava bene per niente, il vecchio si sentiva privo di forze, respirava male aveva le vertigini, non riusciva più neanche ad avvertire il peso del suo corpo abbandonato sul letto, era ormai immerso in una sensazione di vuoto e di stanchezza, si sentiva come naufragare perciò si obbligava a restringere la terra di nessuno che lo circondava per non perdersi, aveva acciuffato un angolo della coperta e vi si teneva stretto come per cercare un ancoraggio un punto fermo a cui rimanere attaccato per non scivolare via trascinato come uno straccio nella corrente.

Non avrebbe ingaggiato una lotta no, non avrebbe potuto, non stava resistendo era solo un gesto istintivo quello, che non gli serviva a nulla, che non lo metteva in salvo, che non lo faceva stare meglio, un gesto spoglio che però significava.

Non aveva fame, non riusciva a deglutire, aveva solo sonno tanta stanchezza e una mancanza assoluta di forze, una astenia dolorosa che gli rendeva faticoso anche solo girare il capo. Oggi proprio non andava forse domani ma... lasciò cadere quel pensiero, doveva solo portare a casa la giornata.

La perdita complessiva delle forze era stata salvifica, nello scavo che procedeva per far posto alla fine per lasciare spazio alla morte, era stata determinante per accelerare i tempi.

La mente dell'onorevole Casimiro Mei tuttavia, la sua coscienza, era rimasta ancora completamente lucida e continuava a respirare sommersa sotto i resti, le reliquie evidenti della disgregazione del suo corpo, era come se fosse rimasto vivo sotto le macerie della sua casa crollata per effetto di un terremoto; dunque doveva solo attendere ancora, non doveva muoversi, solo aspettare non c'era nulla da fare, nessun soccorso da chiamare.

Ora sarebbe stato più agevole restringere il campo vitale, lo spazio dello sguardo, più facile rinunciare ed abbandonare qualsiasi pensiero desiderio legame con il mondo, lasciar andare i richiami come barche al molo, sciogliere le corde che le trattenevano lasciare loro prendere il largo e scomparire.

Ecco, ecco, le cose il mondo prendevano il largo senza sforzo e quasi senza rimpianti, lui non doveva fare nulla lui era inchiodato a quello straccetto di coperta che stringeva nel pugno e poteva solo osservare, erano tutte le necessità, le possibilità, le offerte della vita, dapprima a non consistere più e poi piano piano ad allontanarsi sullo sfondo e poi infine a scomparire; sarebbe stato più facile morire così quando ogni cosa dei vivi non fosse più stata a disposizione, quando ormai si fosse devitalizzata, spenta e fosse già morta per lui.

Ora il buco era diventato più grande chissà se alla morte sarebbe andato bene.

Piano piano si sarebbe oscurata la luce dell'esistenza, con ogni probabilità senza spegnersi di colpo, così gli aveva detto il dottore all'ospedale, l'onorevole Casimiro Mei ci aveva parlato, aveva voluto sapere come sarebbe accaduto, pressappoco cosa lo aspettava, come sarebbe stato il decorso e come sarebbe arrivata quella, come si sarebbe dovuto regolare insomma; voleva fare le cose per bene il professore non voleva trovarsi preso alla sprovvista, senza un'indicazione, senza un consiglio, senza una traccia insomma per potersi regolare.

Avevano suonato alla porta, così almeno gli era parso; tutto quello che vedeva ormai, quello che sentiva, arrivava da lontano; era immerso in una specie di muco un'atmosfera vischiosa e densa dove i suoi sensi sembravano annaspare e attivarsi a fatica, dove lui stesso si confondeva si perdeva si sentiva travolto; con ogni probabilità si trattava degli effetti collaterali degli antidolorifici di cui gli avevano aumentato la dose e la potenza; questo non ricordava che glielo avesse detto il dottore ma non era in grado di tornare indietro col pensiero a quel colloquio, gli richiedeva uno sforzo troppo grande.

Nel tentativo di tornare indietro il pensiero attraversava una specie di corridoio lunghissimo infinito e impersonale una specie di tunnel spoglio dove il pensiero non incontrava nulla non si imbatteva in nessuna presenza nessuna immagine familiare nessuna scena intera e riconoscibile, una marcia indietro cieca e senza propulsione. Dove sono io e come sono arrivato fino qui? Questo il dottore non glielo aveva detto.

Era arrivato un sacerdote, al momento attendeva di entrare, era venuto sua sponte, aveva tenuto a precisare, solo perché all'istituto gli avevano comunicato che il professore… sì insomma… oh ma se lui non avesse voluto… se non fosse stato d'accordo… Dio bussa ma non… e lui non aveva alcuna intenzione di forzare la volontà del malato, sarebbe tornato indietro qualora…

Il professor Casimiro Mei non era credente non aveva mai praticato pur non disdegnando qualche piccola benedizione ogni tanto, specialmente a Pasqua quando proprio non se ne poteva fare a meno, col prete in classe e la storia del buon esempio, a casa no mai, tuttavia ora, di fronte ad un gesto di tale gentilezza, non se la sentiva di rispondere con una scortesia, non aveva neanche la forza di sostenerlo un rifiuto, ma poi sì, insomma, gli sarebbe parso brutto rimandare indietro il prete, all'istituto poi non l'avrebbero presa tanto bene, ma sì! Che facesse pure, che snocciolasse le sue orazioni quello lì, che lo benedicesse, cosa aveva più importanza adesso?

Era venuto anche lui, il prete, a fare la sua parte, ad allargare la buca, anche lui aveva infilzato la pala, avrebbe scavato la terra e ne avrebbe portato via il suo secchio; così aveva eliminato un'altra faccenda da sbrigare, un altro ingombro, aveva compiuto un passo in più, sottratto ancora tempo al tratto finale, anche lui aveva contribuito ad accrescere il vuoto ad allestire lo spazio ad avvicinare l'arrivo di lei a preparare il suo ingresso finale.

Era in punto di morte e lo sapeva, non mancava più molto lo sapevano anche all'istituto; era tutto così lontano! Della scuola ora gli tornava solo l'immagine delle rampe di scale, le scale e la fatica che faceva negli ultimi tempi per arrampicarsi ai piani delle classi; era faticoso persino sostenere il ricordo, persino il pensiero lo stancava adesso, lo sfiancava, era sopraffatto dall'affanno e dalla stanchezza; forse proprio a causa di quella astenia lui sarebbe soccomb... si smarrì molto presto nell'infruttuosa ricerca del participio passato del verbo soccombere, non gli veniva in mente adesso o non l'aveva mai saputo? Che non esistesse quella forma verbale era una eventualità che non prese neanche in considerazione in quanto quella possibilità l'avrebbe scagionato dalla sua manchevolezza, mentre lui si era sempre attribuito la responsabilità di quello che non andava. E cos'è che non andava adesso? Cos'è che voleva dire niente nulla scomparso ogni riferimento, del verbo si era già dimenticato.

Prendeva un passaggio dai pensieri, ci trascorreva un po' di tempo, si lasciava portare avanti trasportare per qualche istante, si faceva intrattenere finché riusciva a tenere il filo, poi lo perdeva e scendeva da quel pensiero come dal tram, soltanto che adesso accadeva che non si trovava più, non sapeva più orientarsi; a quale fermata era sceso? Dove si era fermato? Dov'era non ricordava bene e non riusciva a concentrarsi, si smarriva pericolosamente perché non riconosceva i luoghi dove si fermava perché in quei luoghi lui non ci era mai stato, ci arrivava ora per la prima volta, per questo si sentiva perso per questo non c'era mai nessuno accanto a lui per questo non sapeva tornare indietro né sapeva perché si trovasse lì.

Non erano luoghi reali però erano luoghi di una città invisibile dove era entrato per la prima volta, luoghi mai visti sconosciuti e dissimili da qualunque altro, sempre disabitati freddi e terribilmente inospitali; non sapeva perché si trovasse lì non conosceva niente e nessuno, tuttavia, seppure in quello stato e nonostante quello, nutriva l'avvertimento di trovarsi in un pianeta freddo, un posto di confine in cui ogni sguardo, il paesaggio stesso aveva l'aria di essere minaccioso, in qualche modo indecente, eppure di portare con sé la certezza inquietante che non ci fosse alcuna possibilità di uscirne. Erano quelli luoghi del pensiero, luoghi della coscienza o forse del suo opposto?

Oddio era già arrivato laggiù? Laggiù dove? C'era come una nebbia adesso, si era confuso, aveva perduto la concentrazione, cosa voleva sapere? Qual era la domanda? Le sillabe del pensiero si sgranavano, il pensiero si sfarinava si perdeva si disintegrava come l'anima di mercurio quella volta che si era rotto il termometro, era caduto a terra, il suo pensiero pure rotolava dappertutto simile a quella granella di mercurio si sparpagliava era diventato intoccabile il suo pensiero adesso era inservibile inguaribile, lui faceva una gran fatica ma non poteva riaggiustarlo.

Ci voleva ogni volta tanto tempo prima che qualcosa di riconoscibile, un pensiero una immagine, attraversasse il cielo di quel vuoto; cos'era, lui che andava dietro a quel pensiero o il suo pensiero che cercava di afferrarlo?

Oddio Dio di nuovo quella sensazione di essere disteso nel vuoto, di nuovo quel freddo, quella rigidità, quell'attesa come di una esecuzione alle spalle; ecco tutto il corpo si dichiarava pronto, si era come pietrificato, tutto rattrappito piccolo piccolo e immobile, si sarebbe detto che avesse paura ora, paura a sentirla arrivare così vicina, così vicina e certa, paura di arrivarci a quel momento e di arrivarci così da solo, così cosciente ancora, ancora no, ancora no no no, era troppo difficile così era impossibile. Nulla nella vita prepara a quegli ultimi momenti, povero professore ora lo avvertiva tutto il vuoto, la desolazione che lo aveva accompagnato fino lì era come se si fosse arenato in solitudine in un posto tristissimo, non si sarebbe salvato ora lo sapeva, al punto in cui era arrivato non c'era alcuna luce nessuna ultima immagine nessun "valeva la pena", non c'era neanche una perdita dei sensi oltre quell'offuscamento in cui tutto ancora egli percepiva; cos'è che avrebbe dovuto trovare? Non c'era nessun Dio a cui volgersi non era vero nulla la storia della luce e della morte in pace, era solo adesso come un bambino, doveva andarsene, lo sapeva, ma andare dove?

Anche in questa circostanza era passato inosservato non era venuto nessuno a salutarlo e nessuno si sarebbe accorto che lui non c'era e non ci sarebbe stato mai più.

Mai più è un tempo terribile che nessun pensiero può contenere, in quel momento il solo avvertimento di trovarsi sulla soglia dell'eternità era ancora più spaventoso.

L'ultimo respiro del tempo finito e il primo eterno vivono in due istanti gemelli eppure lontanissimi, nemici e inconciliabili; cosa passa in mezzo a quei due attimi, era quella distanza che doveva attraversare in quel passaggio, bisognava che salutasse quello che lasciava alle spalle; non era pronto aveva apparecchiato e fatto spazio alla morte, almeno così credeva, eppure il corpo quel coraggio non l'aveva era come se fosse attaccato con le unghie a quell'ultimo respiro come ad una roccia che sporgeva appena sopra il nulla, il corpo resisteva non si staccava non lasciava il passo pur se in quella odiosa contesa aveva già perso perché aveva paura, avrebbe dovuto lasciarsi andare nel vuoto sapendo di morire.

E lui aveva paura.

E in quella paura c'erano tutte le paure che il professor Casimiro Mei non si era mai permesso di sentire nel tempo, tanto non ci sarebbe stata alcuna speranza; vecchie paure giovanili, la paura di salutare ogni epoca che si concludeva e che lui doveva lasciare indietro, troppo presto quella dell'infanzia e poi la morte della madre e della famiglia tutta. Addii consumati in fretta senza che nessuno ci facesse caso, paure sopite che aveva nascosto sistemandole sotto la coltre dell'abitudine e dell'acquiescenza, paure come quella di amare forse o di essere amato per non essere costretto ad accendere il tasto dell'esistenza per non svegliarlo quel corpo intorpidito e irrigidito, custodito dentro un'avara solitudine, per non buttare all'aria tutto quello che l'onorevole Casimiro Mei sapeva di sé e aveva sempre immaginato sacrosanto, come il tetto di quel cielo basso e immutabile quel cielo fisso come la grammatica a cui la sua vita non aveva concesso alcuna eccezione.

Povero Casimiro, non l'aveva avuto il primo giorno di scuola, c'era andato e basta col nonno che l'aveva accompagnato solo quel primo giorno senza enfasi senza accenti senza saluti, adesso era come se gli tornasse su tutta la paura di quel momento, il momento di avviarsi da solo, lasciare indietro i trastulli delle quotidiane ore e andare via di spalle senza mettere la sua mano in quella di nessuno, senza che nessuno l'accompagnasse proprio in quell'ultimo tratto che era il più duro, il più difficile.

Tutto tutto sarebbe emerso e lui era adesso così stanco e così affaticato.

Tutto si sarebbe spento, non doveva mancare molto, tuttavia questo non lo consolava anzi in qualche modo lo faceva piangere, piangere, sì, perché era proprio un peccato via che toccasse a lui, era un peccato smettere di vivere, lui ci si era abituato, ci aveva fatto l'abitudine a passare sempre per la stessa strada alla stessa ora sullo stesso marciapiede, si era abituato a camminare la sera da solo e ad ascoltare il rumore dei suoi passi, si era abituato alla sua ombra che gli ricordava che c'era, che ancora esisteva; perché non lasciargliela ancora un po' una vita piccola piccola anche più stretta di quella che conduceva, per un altro pochino, non avrebbe dato alcun disturbo ma no no si sarebbe accontentato anche solo di rimanere affacciato alla finestra senza che la vita perdesse tempo con lui, non chiedeva altro non chiedeva altro ma che non venisse strappato così, non ancora non ora non ora. Ora se ne sarebbe accorto, Dio mio non ancora, ora l'avrebbe sentita addosso la mano di lei arrivare alle spalle, ora ne avrebbe avvertito l'alito che gli sembrava sfiorasse il suo collo, che freddo! Ancora no, no era sveglio lui, era ancora vivo, non voleva scendere laggiù ancora vivo, ancora no, morire adesso era come essere sepolti vivi, si sentiva soffocare, malgrado tutto resisteva non poteva essere quella l'agonia; uno strappo allora? Meglio uno strappo un colpo un furto di vita esperto un attimo e via all'improvviso bruciare tutte le attese essere preso alla sprovvista esecuzione senza sala d'aspetto senza preliminari senza che lui se ne accorgesse un attimo e via via via via!

Adesso si era agitato, il suo spirito si divincolava come un pesce infilzato all'amo, sanguinava tanto più tentava di liberarsi moriva per cercare di salvarsi.

Era come se annegasse ora gli mancava il respiro. Adesso? Era adesso che sarebbe arrivata stava per succedere? O stava già morendo, così doveva accadere? Quanto era difficile, annaspava ansimava non ce la faceva a respirare era come se non riuscisse a tornare da un'apnea, sul petto sentiva l'oppressione di un peso insopportabile e il suo sterno era come una fisarmonica sfiancata; non così non così, era arrivato ad un punto estremo non aveva coscienza di ciò che avveniva al di fuori di lui del suo corpo, solo che sentiva male, che si sentiva soffocare, teneva gli occhi chiusi per paura come fosse sott'acqua come fosse stato spinto in fondo all'oceano perciò non si accorse neppure che il nipote, chino su di lui, gli infilava il tubo dell'ossigeno dentro il naso.

Ecco, poco dopo l'accesso era passato, piano piano lui era tornato a respirare e il suo cuore a battere con più calma; il peggio, quel peggio era passato e l'aveva risparmiato; forse il prossimo peggio sarebbe stato fatale.

Non respirava più da solo Casimiro, la sua aria era stata comprata in farmacia ed ora stava dentro una bombola accanto al letto; non respirava più neppure l'aria degli altri, adesso il buco doveva essere quasi del tutto pronto.

Si era messo paura Casimiro, una gran paura come da bambino quella volta che per dispetto l'avevano buttato in acqua, lui non sapeva nuotare ed era andato a fondo, le scarpe i vestiti gli si erano tutti riempiti d'acqua, il peso addosso lo spingeva giù sotto e lui non riusciva a riemergere, gli era uscito anche il sangue dal naso quella volta, era stato terribile era stato un incubo.

Poteva darsi a causa della stanchezza, oppure grazie ai farmaci che goccia a goccia gli scivolavano nelle vene, il vecchio aveva preso a sonnecchiare, una sonnolenza perdurante e distesa, un torpore modesto e stabile che avviluppava e proteggeva ogni cosa, il suo tempo la sua veglia e la sua coscienza; una specie di luogo paludoso che lo tratteneva appena lasciando che scivolasse piano piano.

Non c'era nulla nello sguardo, nessuna notizia attraversava il suo cielo, nessuna immagine, nessun suono; l'assenza di ogni cosa riempiva il suo tutto carico di una speciale miscela inconsueta che con ogni probabilità doveva consistere nel precipitato di tutto quello che sta al mondo, che abbiamo visto avuto vissuto e sentito e tuttavia si mostra in un aspetto originale irriconoscibile, un equivalente che ha perduto l'evidenza materiale della forma ed è divenuto la forma del nulla o meglio l'assenza di forma del tutto.

Questa era una novità; questa era la novità, il primo brodo caldo dell'ultimo svezzamento, l'ingresso dentro il ventre dove sarebbe andato a morire.

Si era avviato da solo, a mani nude; tra breve – ma poi breve che tempo era? – il suo tonfo nel nulla il suo fragoroso Big Bang finale non si sarebbe tradotto più che in un timido schiocco di legno del suo comodino, chissà se suo nipote l'avrebbe avvertito.

Sono già morto o sono già nell'incoscienza? Non potrò riconoscerla, non esiste coscienza dell'incoscienza; quanto dura quest'attesa qui buono buono inutile è come se avessero messo il mio corpo in una cella frigorifera, come fossi all'obitorio; già? E perché poi? No io voglio morire nel mio letto, andarmene di qui dove mi hanno portato, ma dove sono?

Era nel suo letto l'onorevole Casimiro Mei, si guardava respirare attaccato al tubo dell'ossigeno, aveva socchiuso gli occhi enfiati e pallidissimo guardava dietro le sue rughe come da dietro sbarre del tempo finito; aveva rivisto la sua stanza, anche quella stava aspettando, aspettava fredda e immobile che lui concludesse, ma senza fretta.

Chissà se sarebbe arrivato fino a domenica e chissà che giorno era, era giorno o notte? La scarna e spoglia successione dei suoi giorni e dei suoi stessi anni lo depositava ora alla fine della corsa sulla soglia di una tomba infrequentata e ignorata, sul margine di una fine trascurabile e priva di risonanze.

«Zio, ho incontrato il portiere mi ha chiesto come stai, ti saluta.»

Il nipote si era portato accanto al letto del vecchio e nel tentativo di farsi sentire si era chinato fin quasi a sussurrare al suo orecchio; non era sicuro che il vecchio fosse ancora in grado di capire ciò che accadeva intorno a lui; sennonché nell'accostarglisi aveva appena sfiorato la sua mano delicatamente con i suoi polpastrelli aveva strusciato il dorso di quella del vecchio che sembrava scolpita nel legno; si era trattato di una mezza carezza uno sfioramento tenue delicatissimo tuttavia dagli esiti imprevedibili. Incredibilmente quel preciso punto di contatto si trasformò in qualcosa di simile ad un imprevedibile uragano, nulla era mutato nell'aspetto della scena esterna, le apparenze seguitavano a comportarsi così come ci si aspettava, eppure dentro il corpo inaspettatamente le smentiva, quel tocco carezzevole quello sfioramento era stato come un'accensione, quell'unico contatto che lo aveva raggiunto mentre era capitolato laggiù in quel silenzio disabitato che prefigura il nulla, quell'esilissimo richiamo aveva congiunto un'infinitesima parte di sé a tutto il resto da cui si era ormai escluso così come quella mattina aveva fatto quel raggio di luce col suo alluce.

Quella neonata vertigine, da quella breve carezza era cresciuta si era allargata e propagata ed era esplosa come una specie di tempesta tutta insieme nel suo corpo. Così un fremito impalpabile era divampato dapprima e poi aveva generato dentro il suo corpo una segretissima inconcepibile detonazione.

Brividi e scosse, ma del tutto invisibili, una inondazione sensibile calda, una piena di piacere lo aveva invaso, un fremito di benessere gli aveva restituito e forse inaugurato la sensibilità di tutto il corpo e di tutto se stesso, era stato come un breve giorno festivo, non aveva mai provato qualcosa di simile nella sua vita, è vero nessuno lo aveva mai sfiorato e poi con quella gentilezza, nessuno gli aveva mai dato una carezza.

Era accaduto al suo corpo, adesso, dentro a quell'involucro che respirava col tubo, che si era fatto piccolo e inerte e che rimaneva immobile e addormentato come se il suo tempo scaduto si fosse arrestato, lontanissimo e perduto per sempre in quella specie di notte inesplorata e scoraggiante, a quel corpo che aveva già ricevuto le stigmate della morte era accaduto qualcosa senza precedenti. Tutto qui.

Grato grato era a suo nipote che l'aveva svegliato e stordito, gli aveva fatto un dono l'aveva riempito gli aveva regalato la vita in punto di morte, inaudita vita laggiù e in quell'ultimo momento!

Era grato al portiere che aveva chiesto di lui; dunque la morte era affar suo sì ma qualcun altro sapeva, a qualcun altro interessava se lui fosse morto o no o forse se fosse ancora vivo.

Grazie grazie, era colmo di riconoscenza e di stupore anche se non avrebbe potuto esprimerlo non poteva più dirlo non sarebbe stato in grado, il nipote poi non avrebbe capito, mai nella sua vita mai l'emozione e la sensibilità erano arrivate mai a quella intensità a quella capillarità a quella purezza mai.

Nulla di buono era accaduto nella vita dell'onorevole Casimiro Mei, quella carezza in quel momento era la prima buona notizia della sua esistenza e la sola di quella specie; esile e involontaria aveva preso il volo, strano a dirsi, era stata capace di attraversare il corridoio buio e interminabile della sua appartata esistenza, aveva varcato ignorata le stanze glaciali dell'infanzia, raccolto e cullato le sue brutte avventure, gli aveva sorriso, aveva sventagliato la campanella della sua ricreazione, asciugato le lacrime delle sue cattive notizie, gli aveva fatto un po' di compagnia, l'aveva atteso all'uscita dall'ospedale, aveva accarezzato i suoi capelli bianchi, aveva lenito ora come un balsamo le sue dita strappate alla roccia e in qualche modo lo aveva rifocillato, in qualche modo lo aveva risarcito.

Niente di prevedibile aveva messo tutto a tacere.

Quella carezza appena palpabile l'aveva sorpreso, l'aveva preso d'assalto, all'improvviso l'aveva sfiorato lui nudo e irrintracciabile lui che si era già avviato; spenta in lui e nel suo corpo ogni memoria ogni mancanza di legame ed ogni legame difettoso, caduto il manto della sua abituale rigidità, abbandonate le orme e le tracce delle quotidiane abitudini e delle umane mancanze, ora che ogni ridicolo vezzo ogni familiare sfiducia che la disillusione teneva accesa, tutto tutto il bagaglio domestico con cui aveva imbellettato senza fortuna la sua mansueta solitudine galleggiava al largo come il relitto di un disgraziato naufragio, lì dove ogni cosa pareva averlo abbandonato e ogni cosa aver lui lasciato andare e perso nella purezza assoluta di quel vuoto e di quel nulla, ora e proprio lì in quella terra vergine si era infilata la vita, si era scatenata l'effigie della sua invisibile potenza, a lui si era manifestata la sua più allettante offerta, aveva dilagato in lui e lui si era lasciato inondare; era stata furba la vita a mettersi in mezzo, a infilarsi tra due istanti come un baleno si era insinuata e come un'onda aveva montato, approfittando di un certo ritardo si era presa la precedenza, le era bastato un polpastrello e si era presa tutto il suo corpo, era esplosa a suo piacimento, si era sbizzarrita, era scoppiata la vita dentro senza farsi accorgere, si era messa a ballare era impazzita, aveva scardinato ogni teorema dentro quel corpo, l'aveva rivoltato aveva scoperchiato il tetto del suo cielo, l'aveva benedetto fatto godere senza badare di chi fosse, l'aveva beneficiato eccome, battezzato in extremis e alla fine lo aveva iniziato, aveva sedotto ogni cellula del suo corpo e poi, poi lo aveva lasciato andare e così, così aveva vinto.

Alla domanda del nipote e ai saluti del portiere l'onorevole Casimiro Mei non aveva più risposto.

(SIPARIO)

Cirino e Marilda non si può fare*

Era per via di quella loro singolare abitudine, una specie di ordine naturale che spinge gli elefanti ad abbandonare il branco quando avvertono che è arrivato il loro momento; vanno a farlo di nascosto, vanno a morire più in là, lontano da tutti.

L'aveva studiato a scuola; c'era un racconto nel sussidiario pure con la fotografia di un pachiderma vecchissimo che si incamminava da solo a testa bassa in una direzione opposta a quella in cui avanzava il gruppo.

Era una specie di ricordo profugo, scampato alla tetraggine abituale di quegli anni avvolti del resto da una coltre di noia robusta e invadente.

Li aveva cancellati lui, senza rimpianto, così almeno credeva.

Spazzati via senza brio, come quella codina troppo corta che pencolava appesa a quel sederone enorme della fotografia, eppure svolazzante nonostante tutto.

Chissà cosa sta pensando, si era chiesto senza staccare gli occhi di dosso a quel deretano rugoso e imponente

* Testo in scena nella stagione teatrale 2013-2014.

che per un po' aveva riempito lo schermo scialbo del suo improvvisato orizzonte.

E poi non era così che era andata?

Due stelle superior Pensione Smeraldo era lì che si era ritirato da solo, in quegli ultimi anni, da quando... sì da quando, perso il lavoro, era stato costretto a vendere la piccola casa, proprio il mese successivo a quello in cui aveva terminato di pagarla.

Dalla sua casa, sua poi era stata giusto quei sette otto giorni prima che fosse rivenduta, dei vecchi mobili, dei pochi oggetti ad ogni buon conto, si era portato via solo una fotografia in bianco e nero; c'erano su due giovani in divisa militare, in posa davanti ad un velivolo militare, di quelli utilizzati per le ricognizioni a lungo raggio.

Il ragazzo col ciuffo biondo che sorrideva accanto a lui, il suo caro amico, era morto proprio un'ora dopo quello scatto, appena si era alzato in volo.

Quella foto, quel sorriso virile e ignaro nel gesto cortese e, Dio mio!, così prelibato di tenergli un braccio intorno alle spalle, era tutto quello che gli rimaneva.

A poco più che cinquant'anni Cirino Pascarella si sentiva ormai stanco di obbedire alle necessità della vita, non capendo che proprio per obbedire a quelle necessità si sta in vita.

Quella fotografia, istantanea di quel giorno, testimoniava che c'era stato un tempo in cui era valsa la pena, era stato più facile vivere; quello era stato forse il suo unico tempo felice, un tempo in cui non appena guardava le cose accadeva che egli le riempisse di possibilità, di eventualità, di "come se", di immaginazioni vaghe e immense, quasi ariostesche; un tempo brevissimo e acutissimo, fulmineo come una trafittura.

Era accaduto in quel tempo: come una specie di fiamma lo aveva portato ad uno stato di fusione, ecco sì così era accaduto, ma poi molto presto quella fiamma si era spenta e lui era tornato come a rapprendersi nella sua forma consueta.

Nella sua forma consueta.

Da quando si era risolto a vivere in quella stanza quattro metri per tre, un giaciglio un tavolino e un piccolo lavandino rotondo, una specie di acquasantiera, lo specchietto appeso in alto per radersi quel poco di barba che la decenza imponeva, da quando non sapeva più che fare tutto il giorno perché non aveva niente da fare, ecco proprio questo niente sembrava adesso la cosa più vicina alla sua forma consueta.

La vita adesso non era altro che questo.

In quell'inverno perenne in cui aveva trasformato la sua esistenza, si industriava di non farsi mai trovare lui, in mezzo a scene chiassose tra le urla della gente assiepata alle bancarelle durante le ore di mercato o in mezzo al traffico che si riversava sul pontile alla fermata del traghetto di mezzogiorno.

In quel lungo inesorabile inverno in cui protraeva la sua magra esistenza tutto si era diradato, tutt'intorno gli accadimenti le persone la realtà che egli non riusciva più a toccare in nulla, in nulla tanto pareva distante brulla inesistente. Morta. Forse.

Tuttavia chi può dire d'inverno quale tra tanti alberi sia morto?

Ogni sera rientrava dalla passeggiata sul lungomare, sempre lo stesso itinerario, sempre alla stessa ora, intorno alle diciotto, al crepuscolo d'inverno, più tardi nei mesi caldi della bella stagione, rientrava, sottobraccio al giornale meticolosamente ripiegato per restituirlo intatto alla signora Olimpia, la tenutaria della Pensione.

Prima di arrampicarsi all'ultimo piano del palazzo, la Pensione era al settimo piano, su in cima, bisognava arrivarci a piedi perché l'ascensore saliva solo fino al sesto, fino dentro un angusto pianerottolo che prendeva luce da una specie di lucernario ottagonale galleggiante sul soffitto delle scale, il professore Cirino dunque si fermava a parlottare col meccanico che aveva l'officina proprio accanto al portone d'ingresso. Lo trovava spesso fuori in strada, acquattato sotto qualche macchina, sdraiato a terra sopra uno di quei divertenti carrellini con le ruote che sembrano giocattoli e sul quale con grande facilità il meccanico entrava ed usciva da sotto le macchine e rispondeva al saluto, con un sorriso candido, aveva negli occhi come un riso di luce, che rischiarava tutto il resto della faccia unta e fuligginosa simile a quella di uno spazzacamino da marciapiede.

«Buonasera Marcello» tuonava il professore quasi senza fermarsi anche quando non riusciva a scorgerlo, anche senza sapere dove si trovasse; e quel saluto intonato sempre allo stesso modo e lanciato sempre nella stessa direzione trovava in ogni caso la sua giusta destinazione, finiva sempre per infilarsi sotto qualche macchina a cui Marcello stava auscultando il cuore.

«Buonasera a lei professore, già di ritorno anche stasera?»

Marcello, il giovane meccanico, aveva ereditato l'officina dal padre che s'era fatto vecchio lì dentro; ne era divenuto il proprietario e il capo, giovane, robusto, che Dio lo benedica!, avrà avuto poco più di trent'anni, eppure era uno di quei giovani già calvi che tuttavia portano con una certa dispettosa disinvoltura la loro precoce calvizie tra la violenza di una selva di riccioli neri che non si sa perché, forse per una sovrabbondanza di ormoni maschili – il professore ne aveva una compiaciuta convinzione – scomparsi dal sommo del capo, gremiscono poi tutt'intorno la testa.

Ecco, Marcello si era materializzato sulla soglia dell'officina incorniciato dall'insegna degli autoricambi, lo straccio bianco tra le mani con cui andava strofinando i palmi senza successo; il professore Cirino se lo vide comparire così di fronte con quel corpo placido e possente che quasi gli oscurava il passaggio e armato, a lui parve, di un certo qual sguardo di obliqua sorveglianza, con un gesto languido abbandonò lo straccio sulla spalla e poi si mosse verso di lui ma lentamente lentamente con melodrammatico passo come di tenebrosa congiura che pareva sfidare senza tema gli arcigni pudori provinciali, così dunque gli si era piazzato davanti proprio muso a muso ma senza parlare; il professore socchiuse un po' gli occhi come fanno al vento gli uccelli abbandonati su un ramo, attese per qualche istante che qualcosa si verificasse sentiva imprimersi sul capo lo sguardo di quel ragazzo, gli parve di avvertirne persino l'alito sulla fronte; in quella semioscurità a cui si costringeva gli venne chissà come davanti l'immagine del boschetto delle nere elci maestose sopra la collina, a quell'ora doveva già essere immerso nel buio e riuscì da quella istantanea oppresso da una specie di doloroso stupore senza tuttavia sapersene spiegare il motivo, divenne preda di una irritazione smaniosa una sorta di smania mala che gli aveva preso il ventre.

Dopo un'attesa che a lui parve solenne si rese conto che avrebbe dovuto rispondere. A cosa?

Spalancò gli occhi, possibile? C'era stato un passaggio di luce, il sole era tramontato definitivamente sulla calvizie specchiante immersa dentro quella scura corona di capelli ricciuti e sopra una faccia beata che lo guardava, gli parve, con un che di caprigno! Fece appena in tempo a pensare.

«Già di ritorno anche stasera professore?» Non c'era altro solo questo gli aveva ripetuto il meccanico, come tante altre volte eppure così, quella sera, quello sguardo gli era sembrato una specie di provocazione, oppure no difficile dire, decifrare, da così tanto tempo chiuso nella sua realtà ideale fuori dalle transitorie contingenze del tempo aveva l'impressione di toccare la realtà senza riconoscerne le forme.

Tuttavia quella sera, quel modo retorico, poteva darsi, che aveva usato Marcello, una di quelle intonazioni consuete intrise di una carezzevole freddezza, frasi fatte e lagnose con cui ci si rivolge agli anziani e di cui non c'interessa affatto la risposta, quei modi lo avevano fatto sentire improvvisamente uno di quegli omicelli striminziti nei vecchi abitucci lustri di taglio antico odoranti di pepe e di canfora.

Aveva provato vergogna.

Aveva provato vergogna, ma non per come gli pareva di essere stato guardato, ma per quell'imbarazzo che, pure in quella veste, egli stesso aveva provato; imbarazzo pudore di quella vertigine di quello stordimento inconfessabile che l'avvertimento di quella sensibile vicinanza del giovane e del suo corpo gli aveva tuttavia provocato.

Quella sera era salito fino alla Pensione, entrato senza parlare e senza salutare s'era affrettato a chiudersi nella sua stanza al buio e poi seduto sul bordo del letto ancora con su addosso il cappotto era rimasto a fissare il pavimento di legno e le sue scarpe; tutto lì, la scena ideale di una natura morta, tutto lì, gli parve che racchiudesse così in quel modo tutta l'affliggente angustia di quel luogo.

Bum bum bum. Non era la prima volta che venivano a bussare alla porta; la signora Olimpia aveva visto rientrare il professore, non aveva capito perché non si fosse fermato neanche a restituire il giornale che, davvero davvero non era mica suo, e se lei gli faceva il favore ogni giorno di prestarglielo per andarselo a leggere fuori, era anche vero che stava pure inteso che lui lo restituisse al ritorno!

«Signor Cirino? Professo' me scusi tanto perché non risponde? Che fa lì dentro?»

Niente nessuna risposta, bum bum! «Che se sente male? Perché ha chiuso a chiave professo'?» la signora Olimpia si era appiccicata alla porta della Dodici, la stanza del professore, a dire il vero lei aveva con sé il passe-partout ma non si arrischiava ad aprire, con quello in camera, sebbene crepasse dalla voglia di sapere cosa fosse successo lì dentro o magari cosa stesse combinando il professore.

La signora Olimpia, la tenutaria della Pensione, era

una donna immensa, aveva l'aria di una megattera, un mammiferone antropofago che a furia di farsi gli affari di tutti pareva che avesse ingurgitato un condominio intero e ora lo portasse dietro con sé con gran fatica, con tanta lentezza e tanta goffa stracchezza muoveva il suo grottesco ingombro dalla stazza comica, quasi caricaturale.

La signora Olimpia aveva perduto il marito in tragiche circostanze, era stato trovato morto soffocato dentro il suo letto; qualcuno, munito per lo più di una scarsa e indocile benevolenza, aveva voluto insinuare che la moglie... sì insomma che il povero sor Mimmo si fosse venuto a trovare nel sonno nella sfortunata condizione di sostare troppo a ridosso del corpaccio della signora Olimpia e che questa dovendosi rigirare su un fianco, durante la complicata manovra, avesse avuto la sventura di smottare e di rotolargli addosso al povero defunto che si era trovato così a non poter respirare né tantomeno chiedere aiuto al pari di un malcapitato alpinista che fosse rimasto sepolto sotto una rovinosa slavina.

La signora Olimpia ad ogni buon conto andava dicendo che da quel giorno le si era guastato il sonno; che fosse vero o no, codesta doveva essere la causa di quella sua perenne fiacchezza e di quei certi occhi stanchi e barlacchi che portava ormai semichiusi e perduti dentro cuscinetti di ciccia pallida e avvizzita con quel colorito verdognolo e la pelle gonfia e tesa quasi trasparente, si poteva vedere chiaramente la rete delle vene che ci scorreva sotto. Il fatto è che le responsabilità della signora Olimpia erano aumentate adesso, da quando era diventata vedova era costretta a svolgere anche le mansioni del marito come se fosse lui e così pareva che si fosse ingurgitata pure il sor Mimmo, che se lo portasse appresso con sé come una maledizione siamese, una malformazione cui il destino l'aveva condannata.

Madonna del Carmine! Tutto su di lei gravava! Una figlia l'aveva sì, la Marilda; una spilungona mingherlina, tutta suo padre, ma Madonna Santa si avvicinava ai quaranta e nessuno mostrava veruna intenzione di pigliarsela!

Al diavolo anche lei! Al diavolo il destino e la fortuna che pareva avesse rinunciato a salire fino lassù esattamente da quando era stato stabilito che l'ascensore si dovesse fermare al sesto piano, cioè in sostanza da quando la signora Olimpia era arrivata alla Pensione. Giovane! Snella sottile caruccia! Come un'acciuga una silfide. Tanto caruccia. Un punto vita che le invidiavano tutte! Altro che megattera. Per Caritààààà!!!

Era stata tutta colpa di una trasfusione di sangue sbagliata; gliel'avevano fatta appena dopo il parto «quando ero mezza rincoglionita, chi c'ha capito niente 'sti disgraziati assassini de' dottori! Morammazzati tutti quanti alò!» e via giù quando si ritrovava a pigliare il discorso a rivangare i fatti come fosse la prima volta le si accorava il sangue e ricominciava a sciorinare il racconto delle sventure e delle tribolazioni, le tirava giù come recitasse una giaculatoria, svagava giù un rosario di bestemmie e di imprecazioni nel nome del Padre del Figlio e nel segno del mistero doloroso entro cui si contemplavano tutte le disgrazie che lei aveva dovuto sopportare senza colpa e senza poterci fare nulla nulla!

«Porett'a me disgraziata che vitaccia che me tocca fa' sola, senza uno straccio de omo da poteccese raccomanda'! Omini poi so' tutt'uguali co' uno ce fai quell'altro porett'a noi sciuprinate!»

«Professo' ma se po' sape' che sta a fa' lì dentro al buio pure?» La signora Olimpia, nel tentativo di trarre un qualunque indizio che le rivelasse cosa stesse accadendo oltre quella porta muta, aveva abbassato il capo a fatica poiché la ciccia del sottomento strizzata allo spasimo dalla pressione le faceva male e, sportasi oltre la duna della pancia che oltremodo le ostacolava la vista giù da basso, aveva notato che nessun filo di luce usciva da sotto la porta. Strano a quell'ora il professore Pascarella al buio in silenzio chiuso a chiave e muto per di più!

«Professo'!» Non le garbava per nulla alla signora Olimpia che il professore fosse così scorbutico e così orso! «Buongiorno e buonasera a testa bassa e chi s'è visto s'è visto! E che è! In fondo stava a pensione ormai da più di un anno e pochina di confidenza se la poteva pure prendere, un minutino di dialogo, uno scambio di notizie, un'opinione, un interesse, un'occhiatina mica a me Dio ce scampi e liberi che c'entra ma pigliarsi il disturbo di dare un'occhiatina alla Marilda! Tanto caruccia a modino faticatrice tanto brava servizievole obbediente pulita ordinata donna di casa precisina taciturna! E che accidenti je prende sotto ai piedi! Come entra pare che je scotta il pavimento fa più presto a chiudersi in camera che a di' buonasera! Ma che è? Per Caritààààà! L'omine!»

Eppure la signora Olimpia non demordeva, nulla e nessuno l'avrebbe fatta desistere dal... non proprio corteggiare ma insomma tenerlo a tiro quel buon partito del professore «tanto caruccio serio discreto co' una bella pensione, solo poretto! Manco vedovo che non s'è mai sposato, vergine proprio caruccio via che scapolo scapolo ormai non si poteva chiamare! Tanto educato istruito conoscitore tanto discreto morigeratissimo! Un po' attempato quello sì non si poteva dire di no ma pe' la Marilda figuriamoci sarebbe stato come il fieno pe' li bovi! Ma magari!».

E invece "Per Caritàààààà!" Cirino Pascarella non si accorgeva di nulla pareva non vedesse nulla pareva venisse sempre come da lontano e che non fosse mai davvero dove gli accadeva di trovarsi, pareva vivesse in una specie di incantesimo acido e imperfetto che egli tuttavia non era in grado e nemmeno in animo di rivendicare e che lo teneva, esso stesso, a distanza da ogni cosa, da tutto il consueto dell'esistenza.

Eppure certe volte in certe esili occasioni, certi minuti richiami che nascevano come poco prima in strada da scintille visionarie, scherzi di luce in vicinanze troppo azzardate o durante segmenti anarchici, indipendenti dalla sua volontà di rimanere chiuso in una specie di senile immobilità in una discreta funeraria libertà dagli eventi, in quegli attimi dunque a lui sembrava di assistere come al crollo di tutte quelle forme fittizie in cui si era rappresa la sua sciocca vita quotidiana.

Curvo immobile come sotto il peso di una rivelazione, seduto sul bordo del letto il professor Pascarella era rimasto sordo alla petulanza dei richiami della padrona; il bombardamento sonoro cui ella lo aveva sottoposto si era tramutato da ultimo in uno strano silenzio innaturale ma nient'affatto riconducibile ad una tregua, si capiva benissimo difatti che l'Olimpia si era messa ad origliare spiaccicata dietro la porta della camera allo scopo di trarre un qualche segnale anche dal più timido sospiro. Niente. Non succedeva niente.

Non aveva appetito il professore non sentiva il bisogno di muoversi da lì, quella sera era una delle tante in cui si era trascinato lassù al rientro dalla consueta passeggiata, negli ultimi quattro anni; sere tutte indifferenti e tutte simili tutte all'apparenza uguali, sere in cui ad un gesto era seguito il successivo senza che ad esso fosse chiesto il motivo; necessario e tuttavia inutile indifferente e oscuro, sere stracche come ondate di mare avvezze ad infrangersi appena alla banchina del porto. Sere giunte alla conclusione di giornate, le sue, che vedeva passate come nuvole davanti alla luna.

Nulla sarebbe cambiato ma poi perché?

Questo che era stato, ed ancora forse era, il suo pensiero salvavita il suo salvacondotto di fronte ai timori di ciò che lo aspettava, era stato il cemento con cui aveva rafforzato le mura del suo freddo ritiro, il diaframma che gli era parso di opporre ai capricci raffermi e mutabili del destino, il pensiero dunque che nulla sarebbe cambiato ora lo invadeva invece come una vampata di insano calore, lo rendeva in qualche modo inquieto.

Da tempo egli non sperava più per così dire direttamente, tuttavia da una qualche parte più recondita di sé coltivava, per passatempo diciamo così, speranze immaginarie inconsistenti che avrebbe potuto avere e non avere e che tuttavia...

Uno scalpiccio dietro la porta ruppe senza troppo clamore il silenzio compatto che era sceso insieme alla sera a sigillare quello spazio angusto e stinto come un coperchio ermetico apposto a richiudere una vecchia scatola trascurata e inusata.

Era la signora Olimpia che sfiancata dall'attesa e dall'immobilità stava tentando di rimettersi in piedi e oscillando come un veliero in alto mare si disponeva a doppiare il pianerottolo e ad abbordare il piano di scale che la separava dalla portineria.

Non si poteva rassegnare a quel nulla di fatto a quell'attesa inutile; c'era quel cristiano! C'era lì dentro, possibile che fosse rimasto immobile al buio tutto quel tempo? E a fare che?

«Professo'?» azzardò un paio di bussatine discrete tentando di mantenere a freno il cazzotto che di suo avrebbe mollato a quella porta amorfa e indifferente. «Che m'ha chiamato? Me pareva di aver sentito che me cercava... me cercava?»

Madonna del Carmine l'Olimpia sentì crescere una rabbia tale che se solo avesse potuto lasciarla esplodere avrebbe tirato via tutto il parquet, peraltro decrepito, avrebbe sfondato le porte e l'intero piano camere.

«Je mando su la cena da la Marilda!? Tanto caruccia!», a questo dunque doveva esserci risposta!

Niente.

Pur senza rilevarne le parole esatte eppure quel ronzio molesto e ficcante che seguitava a pungolarlo alle spalle gravava ormai addosso al nostro come uno zaino carico, riempito di pietre che ancor più gli impediva di muoversi.

Bussavano alla porta delicatamente oppure con insistenza, bussavano e gli chiedevano di aprire chiamavano il suo nome era una voce di donna che lo chiamava, era una voce di donna, «Cirino cos'hai? Non vuoi darmi il bacio della buonanotte?», sua madre. Quanto l'aveva amata! E quanto presto e disperatamente perduta disperatamente e per sempre.

Nulla nulla di simile era comparso mai più nella sua vita nulla mai più così necessario e assoluto nulla mai più di lei, lei il calco perfetto della forma del suo amore. Egli lo aveva come colato in lei ed ella ne era diventata immortale, la divina statua in oro.

Mamma! Sentì gli occhi che si invetravano di lacrime; i suoi occhi gentili e limpidissimi vedevano ormai da tempo quasi soltanto quello che era già formato dentro di lui.

Sollevò il capo e un poco il busto tenendosi appoggiato sulle mani che premevano il materasso; lentamente costrinse quegli occhi a guardarsi intorno, il buio si era infilato lì dentro aveva invaso ogni cosa e sommerso gli oggetti che privi dei contorni sembravano fluttuare come pesci sul fondale.

Cirino Pascarella seduto lì da qualche parte precipitato in fondo all'universo pressappoco all'ora di cena di un venerdì della settimana. «Il venerdì è giorno di baccalà strascinato coi ceci li vole sor Ciri'?» Se ne sentiva il puzzo caldo e nauseabondo nella stanza per tutta la notte.

Buio a quell'ora dentro e fuori.

La vita adesso non era altro che questo!

Quanto spesso si era avvicinato alle cose senza avere il coraggio di prenderne ma nemmeno un boccone, di assaggiarne vivaddio il sapore almeno, quante volte aveva avuto in vita la medesima impressione che appartiene ai sogni di stringere forme che non hanno materia corpi senza peso; non aveva fatto altro che scivolare sulle cose come dita sui tasti di un pianoforte.

Il suo profilo pallidissimo si stagliava tuttora nella luce opaca e azzurrina del buio a guardare il nulla che c'era là fuori. Ecco, come un testimone in disparte; aveva solo fatto atto di presenza nella vita ma essa non era mai stata sua. Mai.

Esiste un tempo, nel tempo che scorre, superato il quale il pensiero, ma il progredire stesso di quello, sembra poter fare a meno della scansione e del quanto del tempo, anzi ne perde del tutto la dimensione, la cognizione stessa ed è come se esso divenisse infinitamente attuale, si perdesse in una sorta di indeclinata stasi perenne.

All'improvviso, mentre il nostro si trovava proprio in quella sorta di estasi spoglia e disidratata, una luce si accese di fronte e attraverso i vetri della finestra giunse a bagnargli il viso come una grazia non domandata e non destinata a lui.

Al pari di una sfera frangibile il buio compatto della stanza sembrò deflagrare colpito al cuore sulla traiettoria di una cometa condominiale.

Un lume or ora acceso nella casa dirimpetto dunque come l'alito di una vita estranea entrava a ottenebrare il buio della stanza, a svelare il vuoto di quella notte, il deserto forse della sua esistenza.

Egli si riscosse dalla tetraggine attonita in cui si era trastullato, socchiuse le labbra in un sorriso che parve di sdegnosa commiserazione.

Si riscosse piano da quella specie di purgatorio e dapprima si ritrasse come se qualcuno o qualcosa avesse in qualche modo attentato, sì, insomma... fosse arrivato a scovare il disordine di quella sua vergognosa intimità, ma poi si mosse e fece per avvicinarsi alla finestra.

La via su cui affacciava il palazzo che ospitava la Pensione era una stradina secondaria piuttosto stretta così che i palazzi di fronte distavano appena qualche metro; le finestre del palazzo a quell'ora erano tutte chiuse, evidentemente già tutte disposte a custodire le stanze e gli appartamenti sprofondati ormai nel sonno e nel silenzio notturno.

Una sola di quelle finestre e di quelle stanze, come in un film, trasmetteva le pose di una vita. Cirino notò che c'era un giovane uomo che animava la scena, era un ragazzo, avrà avuto poco più che vent'anni, appena egli lo scorse ebbe l'istinto di ritrarsi per il timore di essere visto sebbene ben presto si rese conto che il buio in cui invece egli era immerso lo proteggeva, lo rendeva invisibile.

Il ragazzo seguitava ad andare avanti e indietro in quella che doveva essere la sua camera da letto, il letto si vedeva benissimo, anzi il ragazzo vi andava appoggiando degli abiti, una specie di tuta e intanto con disinvoltura si spogliava di quelli che aveva indosso.

Con un gesto rapido infatti si era liberato della maglia ed era rimasto con addosso una semplice canottiera, ma aderente! Era una notte di primavera mitigata da una temperatura clemente e il giovane così mezzo nudo si era affacciato appoggiato al davanzale a guardare di sotto, a perder tempo, pensò il professore, mentre scrutava meticolosamente senza perdersi un gesto le mani del giovane che massaggiavano su e giù ma no no accarezzavano i muscoli delle braccia, le spalle, con delle movenze naturali involontarie eppure straordinariamente accattivanti e irrimediabilmente sensuali.

Di fronte a quella mostra evidente di una intimità creduta tale eppure violata e così avidamente scrutata il povero Cirino pensò di ritrarsi sotto l'impulso castigatore di una sorta di timidità sconsolata, tuttavia no tuttavia no, no restò a guardare senza potersene ritrarre.

Era ad inchiodarlo l'attrazione per quel ragazzo e per i suoi giovani anni certo, ma non solo, era piuttosto a tentarlo la possibilità di immaginare la vita di quell'altro e di immaginarla trascinando le immagini osservate e le pose assunte di quello; fino a dove? Non c'era limite, e poi ora che si era riacceso in qualche modo un sentimento della vita, attraverso quella insana curiosità per la vita d'altri, nella cui ricostruzione Cirino si era immediatamente applicato in una specie di vagheggiamento claustrofobico del pari di quello che si concede il carcerato inchiodato per ore a guardare una formina di cielo dentro gli scacchi delle sbarre.

Chi era quel giovane robusto e vigoroso che si vestiva a quell'ora a tarda sera quando tutti già si disponevano al sonno?

Con ogni probabilità lavorava di notte ecco forse di giorno dormiva, era una tuta quella che gli aveva visto indossare del tipo di quelle degli operai impiegati al porto. Un portuale!

Ogni passaggio, non c'è che dire, assumeva davanti ai suoi occhi attributi di una sempre crescente mascolinità.

Il giovane si era allontanato dalla finestra con una specie di girandola allegra, un passo di danza lo lesse il buon Cirino e se ne sorprese, poi dando le spalle alla finestra ma sempre in bella vista al centro della scena si tolse la canottiera e rimase a torso nudo per qualche secondo fermo a scrutarsi così com'era di fronte allo specchio lungo dell'armadio.

Il professore ebbe per la schiena, nei capelli, brividi di qualcosa che si confessò solo come una specie di intenerimento ineffabile, che poi intenerimento proprio non era, solo che al momento si trattava di qualcosa di inconfessabile; eppure quella scena tutta lo aveva scombussolato del tutto lo aveva rapito lo aveva scosso.

Ecco, l'attimo che scoccava in lui in quella prigione scorreva come un brivido elettrico per tutto il mondo gli parve, e lui con l'immaginazione risvegliata poteva seguirlo.

E il suo sguardo seguiva il suo bersaglio come se lo tenesse al guinzaglio come se quella figura che si muoveva oscillando da un lato all'altro della scena fosse la testa di un aquilone il cui filo originava al di qua della strada nelle mani del professore che lo teneva stretto e per nulla l'avrebbe lasciato andare.

Così ogni giorno a tarda sera il professore prese l'abitudine di salire in camera a volte senza neppure cenare. "Eccolo che riparte manco c'avessimo la peste!" Si chiudeva a chiave e al buio si disponeva ad aspettare senza muoversi senza far nulla, ogni sera in attesa che il miracolo si ripetesse, che quella luce si accendesse e come la prima sera quel giovane facesse la sua apparizione.

Quell'apparizione appunto era divenuta il suo pensiero dominante lo scopo della sua giornata l'appuntamento notturno cui giungeva con l'arsura del desiderio trattenuto per tutto il giorno, l'ansia di riaprire il racconto alla pagina in cui si era chiuso e di ritrovare quelle immagini estranee eppure proprio per questo attraenti, appena le guardava egli poteva riempirle di possibilità, di immaginazioni. A Cirino Pascarella s'era rintronata l'esistenza! "Alò!"

Non usciva più dalla sua stanza se non alla luce del giorno e per una passeggiata frettolosa, pasti nella sala comune "manco a dillo!" colazioni abbreviate e cene in camera o neppure consumate.

Figuriamoci la signora Olimpia! Che di tutto questo ambaradan non aveva capito nulla sennonché il sor Pascarella non aveva più occhi per nessuno tantomeno per la Marilda sua che invece povera disgraziata aveva fatto di tutto per attirare l'attenzione: «Tagliati i capelli! Un caschetto co la frangetta tanto caruccia!» che a dire il vero la faceva assomigliare ad un centuriore, aveva smesso quel vestaglione scuro e adesso ogni giorno sfoggiava un vestitone lungone e colorato. «Caruccia l'ha vista la Marilda co li capelli a la garçon? Je piace sor professo'? Che dice je rendono al viso? Je danno quella luce, quella giovinezza! Eh professo'? E che diavolo scappa! Che c'ha da fa', pare un satanasso quando passa qui sotto schizza via come una biscia da in mezzo a la strada!»

E non demordeva la signora Olimpia, quando all'ora di cena non vedeva scendere il professore, la si vedeva lei veleggiare su per le scale attraversare lo stretto pianerottolo fino all'enigma Dodici. E lì si fermava. Che faceva? Origliava! Origliava e parlava da sola o comunque come se fosse sola perché era sicura che tanto non avrebbe ottenuto risposta.

«Professore cena stasera? Ho fatto li carciofi!»

Cominciava quasi sempre usando una certa pazienza come fosse la prima volta che fosse stata costretta a salire per ricordargli l'ora di cena. «Professo' scende? Che fa non cena? C'ha la mezza pensione pagata se ricorda? Niente manco fosse diventato sordo! Hai capito sì che roba a esse' gentili come te ripagano!» e seguitava a maledire da sola tra sé e sé. «Mi sa che vole la Marilda è vero che je la porta su lei tanto caruccia!» diventava vezzosa anche. «Certo a prenderla dalla Marilda è più bona, dico la cena eh professo'?»

Certe volte Cirino Pascarella cedeva, più per togliersi quella molestia di torno. «Ah scendete dunque ha cucinato la Marilda oggi!» L'Olimpia si gonfiava come un tacchino.

No! Il professore preferiva che gliela si lasciasse fuori dalla porta! Che ci avrebbe pensato lui da solo.

«Da solo! Lo sa che succede sì a forza de fa' solo? Uh porett'a me disgraziata pure volgare me fanno diventa'! Professo'?»

«Lo...»

«... Lasci fuori dalla porta! E arifacce gira e rigira e dài e ridài e forza e gira e pittola e cammina qui non se move un passo!»

Invece si muovevano passi al di qua di quella cortina di incomprensibile sbalordimento e tutto quel chiacchiericcio quel tafferuglio domestico e inconcludente non era, povera ignara Olimpia, che il preludio concertato la farsa d'apertura l'intrattenimento fuori programma in attesa che il sipario si aprisse sulla sera e lasciasse entrare prima il silenzio e poi lentamente si facesse avanti sul proscenio il buio. Ecco da quel momento iniziava l'impazienza dell'attesa, lo sguardo fisso sulla scena e poi l'irrequietezza l'ansia l'incertezza il dubbio che quella luce non si accendesse di nuovo ancora e ancora per quella sera e ancora quella figura che egli guardava vivere lo trascinasse dentro una turbolenza di emozioni contrastanti dentro una sorta di nostalgia atroce di quello che avrebbe potuto essere: ecco cosa lo legava a quella efficace comparsa e che gli procurava quell'incessante desiderio e quel turbamento che non era solo della carne.

Era l'avvertimento di una vita diversa che non era mai stata ma che conteneva in sé le promesse di quello che avrebbe potuto essere; una specie di nostalgia del possibile di cui non si conoscono gli aspetti, svaniti prima ancora di accadere, nostalgia di una vita da vivere da qualche parte non sapeva dove solo che c'era in qualche infinita lontananza, dove era quello che non era, quella vita che non era nata ma che avrebbe potuto essere.

Oddio quanto gli era riconoscente a quell'esemplare, solo per quello, solo per lasciarsi guardare, solo per presentarsi a lui e permettergli di immaginare.

In tutti quegli anni gli era sembrato che il sentimento della vita gli si fosse indurito in quella sua realtà ispida come in un terreno sterpigno pieno di cardi spinosi e di sassi aguzzi.

Ora gli sembrava che il mondo, e chissà per quanto ancora, gli fosse da chissà quale pertugio rientrato nello spirito.

«Posso entra' professo'? È andata via la luce je porto le candele!»

«No le...»

«...Lascio dietro la porta che ce pensa lei te pareva!»

Ora dunque egli poteva in qualche modo consolarsi levandosi ogni tanto da quella sua abituale afflizione per prendere con l'immaginazione una boccata d'aria nel mondo.

Così, immaginiamo, sospeso come s'era acconciato il nostro, al filo di quell'aureo aquilone che mai aveva smesso di seguire e che anzi per la vita che quell'altro vi aveva trasfuso pareva piuttosto mutato in un cordone ombelicale, immaginiamo dunque la sera in cui per la prima volta sul buio che avvolgeva la affamata sagoma e impaziente del professore, la luce invece non si accese.

Non si accese e non si accese neanche il giorno dopo né quello dopo ancora, nulla buio assenza mancanza abbandono.

Altro che fissazione, una vera malattia se ne fece Cirino Pascarella nell'attesa vana di quelle sere denutrite deluse schiaffeggiate, immobile davanti alla finestra fino all'alba, fino a che il suo corpo freddo e incadaverito non vedeva scomparire il chiarore umido e blando della luna.

Dove! Dove dove era finito quel suo inconfessabile sogno insensato com'era possibile che da un momento all'altro si fosse dissolto come se mai fosse esistito?

Oddio quanta vergogna in quella mancanza di ritegno con cui ogni parte di sé e del suo spirito desiderava ancora quel giovane, quella sua breve mostra di sé che egli s'era abituato a farsi bastare purché...

«Ma che vergogna a quell'età a scappa' via a tutte l'ore pe' scende' giù al porto! Ma che ce va a fa' tra quelli selvaggi laggiù? Mica aspetterà qualcuno che deve veni'? Una donna?»

La signora Olimpia era mezza rivulticata, niente! Non riusciva a capire cosa fosse accaduto di tanto grave al professore che aveva cambiato del tutto carattere e modi e non faceva altro che attraversare di corsa «assaettato, su e giù pe' le scale co' certi occhi spiritati! E che c'ha il diavolo addosso! De giorno e de notte, de notte hai capito sì! A passeggia' su e giù avanti e indietro de nascosto! Nun ce le vojo le mignotte su pe' le stanze lo sa sì! È una pensione questa mica un bordello!».

Già perché il professore s'era messo a cercarlo quel fantasma coi muscoli, s'era messo in testa di scovarlo ed aveva cominciato proprio dal porto dove egli aveva immaginato che lavorasse, aveva chiesto a tutti, domandato, atteso scrutato seguito perlustrato e ancora atteso, a tutte le ore persino in quelle di punta, ore in cui una folla vociante e sudaticcia invadeva la banchina, persino dentro quel clamore s'era costretto a confondersi.

Come mai uno sconosciuto che non era a conoscenza nemmeno della sua esistenza aveva così tanto potere su di lui?

Era che quel ragazzo, a dire il vero, non era uno sconosciuto per Cirino, non lo era perché ogni sera, in ognuno di quegli incontri a quegli appuntamenti, il professore attribuiva senso e significati; con parsimonia tuttavia vi colava dentro il suo poco oro, i suoi spiccioli, il resto della storia immaginata, della vita fantasticata che era di quell'altro appunto, ma che, in quel modo, proprio per il fatto di dovergliela attribuire era anche un poco sua, era quella che non poteva vivere in prima persona ma che c'era Santo Dio e così, giusto per procura era possibile riconoscerla, anzi così egli era riuscito a viverla.

Perciò quello che era accaduto era un danno.

Al primo frigido pallore d'alba, in quell'ennesima notte di attesa inconcludente, quanto c'era di vaporoso e d'arcano, quasi di esoterico in quella specie di cordoglio per la scomparsa delle apparizioni, si restrinse, si precisò con nuda durezza come i contorni degli oggetti sparsi nella stanza e che erano ricomparsi nella loro cruda banalità alla incerta luce del giorno.

Cirino Pascarella si rese conto, ma tutto insieme, che quel fantasticare aveva assunto nel suo spirito una realtà massiccia ponderosa infrangibile e che la forma massima del suo stesso consistere egli l'aveva riposta nel massimo dell'inconsistenza; una sorta di prigionia di velluto, un incubo assurdo e minuzioso in cui eppure egli era riuscito a condensare la maggior parte del suo spirito; e così ad un tratto sentì farglisi avanti dentro un tale senso di vuoto così arido ma così soffocante adesso e vieppiù ora un'insostenibile atroce afa della vita.

Era tutto finito! Era la prima domenica di giugno, la festa della Repubblica, quando munita di passe-partout secchi stracci scope sapone e spazzole la signora Olimpia aveva spalancato la porta della Dodici con l'intenzione di espugnarla, rivendicarne l'usufrutto, anzi la proprietà, insomma di tornare a disporne come meglio avesse creduto.

La prima cosa che fece fu spalancare la finestra per far entrare aria! Aria!

«Sente che aria consumata pare de sta' all'ospedale!»

Via via ogni minimo resto! «Per Caritààààà! E lava e

struscia spolvera e spazza e strofina e sciacqua e riordina e sistema e mett'a posto!» Tutto sarebbe tornato come prima, come niente fosse stato, come se quel turbine, quello scompiglio non fosse mai accaduto. E difatti la camera era stata già riaffittata a partire dalla sera stessa, la Marilda aveva rinfilato lo zinalone scuro e le ciabatte di panno, ficcata su una molletta per tenere scostata la frangia dagli occhi, come niente fosse stato. E del resto cosa doveva essere?

Finito, tutto finito da un momento all'altro il professore aveva lasciato la Pensione pagato il conto e via! «Sparito! Chi lo sa dove? Dice che è partito dice Marcello qui sotto dice che l'ha visto dice che c'ha parlato dice proprio a lui dice gl'ha detto diiiceee dice parto dice dove parte? Dice parto nun se sa dice j'ha detto, dice co' la nave dice! dice co' la nave? Dice e quando? Oh! Dice subito dice stanotte dice gl'ha detto diceee che parte! Dice dice col piroscafo dice una de quelle navi dice chi lo sa quelli bastimenti dice che arrivano dice lontano dice almeno così dice! Dice lui dice l'America dice gl'ha detto dice giù pe' il New Jersey dice, non era sicuro come te dico sbajo, dice dice può darsi m'ha detto dice po esse' pure giù pe' Caltanissetta! So' un diavolo! Chi lo sa dice j'ha detto non ha capito bene oh ma sta' a senti' dice che era tutto vestito dice bene dice come un gagà dice pettinato ripulito! dice come l'attore de un qualche film. Che je pijasse un colpo! Solo quando stava qui faceva il santarello timido riservato tanto caruccio! Hai capito sì che roba! Ma do' scappi che c'avevi una moje a portata de mano, un esempio de virtù una donna seria che l'avrebbe lavato e stirato tenuto come un principe. No! S'è andato a scapicolla' chissà dove in capo al mondo! Ma per caritàààààà.»

E dunque chissà dove andrà ora Cirino nella notte; piccolo piccolo per strade grandi deserte ignote, è come inebetito lui, guarda in alto i tronchi giganteschi degli alberi di cui a stento riesce a scorgere le cime e più su più su finestre vane illuminate, più su come nel cielo, su su su dove vorrebbe sparire, se Dio, come spera, vorrà alla fine concedergli le ali.

Indice

Finito di stampare nel mese di novembre 2013
presso Grafica Veneta - via Malcanton, 2 - Trebaseleghe (PD)

Printed in Italy